亞瑟·柯南·道爾爵士 (Sir Arthur Conan Doyle 1859–1930)，英國小說家，因塑造歇洛克·福爾摩斯而成為偵探小說歷史上最重要的作家。《福爾摩斯全集》被譽為偵探小說中的聖經，除此之外他還寫過多部其他類型的作品，如科幻、歷史小說、愛情小說、戲劇、詩歌等。柯南·道爾 1930 年 7 月 7 日去世，其墓誌銘為「真實如鋼，耿直如劍」(Steel True, Blade Straight)。

柯南·道爾一共寫了 60 個關於福爾摩斯的故事，56 個短篇和四個中篇小說。在 40 年間陸續發表的這些故事，主要發生在 1878 到 1907 年間，最後的一個故事是以 1914 年為背景。這些故事中，有兩個是以福爾摩斯第一人稱口吻寫成，還有兩個以第三人稱寫成，其餘都是華生 (John H. Watson MD) 的敘述。

譯者李家真，1972 年生，曾任《中國文學》雜誌執行主編、《英語學習》雜誌副主編、外研社綜合英語事業部總經理及編委會主任，現居北京。譯者自敘：「生長巴蜀，羈旅幽燕，少慕藝文，遂好龍不倦。轉徙經年，行路何止萬里；耽書卅載，所學終慚一粟。著譯若為簡冊，或可等身；諷詠倘刊金石，只足汗顏。語云：非曰能之，願學焉。用是自勵，故常汲汲於文字，冀有所得於萬一耳。」

SHERLOCK HOLMES

福爾摩斯全集

I

亞瑟·柯南·道爾

福爾摩斯全集

I

李家真譯注

THE OXFORD SHERLOCK HOLMES
ARTHUR CONAN DOYLE

OXFORD
UNIVERSITY PRESS

OXFORD
UNIVERSITY PRESS

Oxford University Press is a department of the University of Oxford.
It furthers the University's objective of excellence in research, scholarship,
and education by publishing worldwide. Oxford is a registered trade mark of
Oxford University Press in the UK and in certain other countries

Published in Hong Kong by
Oxford University Press (China) Limited
18th Floor, Warwick House East, Taikoo Place, 979 King's Road, Quarry Bay,
Hong Kong

1 3 5 7 9 10 8 6 4 2

福爾摩斯全集
I

亞瑟·柯南·道爾著

李家真譯注

ISBN: 978-0-19-399543-7

全集 ISBN: 978-0-19-943184-7

Title page illustration: Mark F. Severin

THE OXFORD SHERLOCK HOLMES
ARTHUR CONAN DOYLE

福爾摩斯及其他 (代譯序)

　　世上有許多曾經在於某處、此刻在於某處、將來或者在於某處的人，我們不曾聽說、無緣識荊，甚而至於，將來也永遠不會瞭解。對於我們來說，他們的離合悲歡，他們的喜怒哀樂，既不是司空見慣的常事，也不是茶餘飯後的談資，更不是銘心刻骨的記憶，僅僅只是，並不存在的虛空，如此而已。

　　也有一些人，曾經的下落頗有疑問，此刻的蹤影不易找尋，將來的行藏更是無從預期，然而，我們對他們非常熟悉，熟悉他或者她的相貌、熟悉他或者她的性情、熟悉他或者她的一顰一笑、熟悉他或者她的一言一語，熟悉到想用自己的心思和力氣，為他或者她在身邊的世界裏找一個篤定的位置。

　　這些人當中，就有歇洛克・福爾摩斯。

　　他也許生活在維多利亞時代的倫敦，也許住在某條真實街道當中的某間虛擬公寓，也許擁有凡人難以企及的高超智力和凡人難以認同的智力優越感，也許擁有「為藝術而藝術」的可欽信念和「無藝術即無意義」的可疑立場，也許擁有視邪惡罪行如寇仇的俠肝義膽和視他人疾苦如無物的鐵石心腸，也許擁有最為充沛的精力和最為怠惰的習性，也許刻板自律，也許佻脫不羈，也許是最不業餘的業

餘偵探，也許是最不守法的法律衛士，也許擁有一個滋養思維的黑陶煙斗和一隻盛放煙草的波斯拖鞋，也許擁有一件鼠灰色的睡袍和一堆孤芳自賞的古舊圖書，也許，還拉得一手可以優美醉人也可以聒噪刺耳的小提琴……

他自己說：「我的人生就是一場漫長的逃亡，為的是擺脫平淡庸碌的存在狀態。」（《紅髮俱樂部》）同時又說：「生活比人們的任何想像都要奇異，人的想像根本不能與它同日而語。」（《身份問題》）也許，就是由於這樣的原因，他才會讓我們如此難以忘記，因為我們偶爾也會厭倦「平淡庸碌的存在狀態」，偶爾也希望看到生活之中的種種奇異，畢竟，連他的忠實朋友華生也曾經忿忿不平地對他說：「除了你之外，其他人也有自尊，搞不好還有名譽哩。」（《查理斯·奧古斯都·米爾沃頓》）

也許，文學形象之所以可以比血肉之軀更加動人，歸根結底，是因為他們告訴我們，人生之中，終歸有其他的一些可能。無從逃脫的此時此刻之外，終歸有一個名為「別處」的所在。

在長達四十年的時間裏，柯南·道爾爵士 (Sir Arthur Conan Doyle, 1859–1930) 陸續寫下了這些他自己並不看重的文字。一百多年以來，數不清的讀者因為各種各樣的理由喜歡上了他筆下的這位神探，喜歡上了神探的醫生朋友，喜歡上了維多利亞時代倫敦的昏暗街燈，喜歡上了風光旖旎的英格蘭原野，喜歡上了各位蠢笨低能的官方探員，甚至還喜歡上了神探的頭號敵人、智力與他一時瑜亮的莫里亞蒂教授。更有一些讀者對神探的演繹法如醉如

　　　　　　　　　　　　　李家真

癡，不遺餘力地四處尋覓他和他的朋友在現實中留下的蛛絲馬跡，以至於最終斷定，他和他的朋友實有其人，柯南·道爾爵士反倒是一種偽託的存在。

神探的身影在各式各樣的舞台劇、電視和電影當中反復出現，又在萬千讀者的記憶之中反復縈迴。我們真的應該感謝柯南·道爾爵士，感謝他不情不願抑或半推半就地寫下了這樣六十個故事，為我們的好奇心提供了一座興味無窮的寶山。六十個故事如同一幅斑斕的長卷，我們可以從中窺見另一個民族在另一個時空的生活，窺見一個等級森嚴卻依然不乏溫情的社會，窺見一個馬車與潛艇並存的過渡年代，窺見一個又一個雖欠豐滿卻不失生動的人，窺見一鱗半爪，商品化程度較低的人性。

忝為這套巨帙的譯者，我喜歡作者時或淋漓盡致時或婉轉含蓄的文筆，更喜歡浸潤在字裏行間的浪漫精神，尤其喜歡的是，這種浪漫精神的兩個化身。人的浪漫，是真正懂得人的可貴在於人本身，男女之間的浪漫，何嘗不是如此。

以我愚見，如果說福爾摩斯代表着驚世駭俗的才能和智慧，華生就代表着驚世駭俗的理解和寬容，兩樣稟賦同樣難得，兩個妙人同樣可喜，他們兩個在文字的國度裏風雲際會，我們就看到了一段無比浪漫的不朽傳奇。

再寫下去，恐怕會破壞閱讀的趣味。

止筆之前，請允許我引用一個經久不衰的笑話作為結尾：

歇洛克·福爾摩斯先生和華生醫生一起到郊外露營。

享用完一頓美餐和一瓶美酒之後，他倆鑽進了帳篷。

凌晨三點左右，福爾摩斯推醒華生，如是問道，「華生，你能不能抬頭看看天空、再把你的發現告訴我呢？」

華生説道，「我看到了億萬顆星星。」

福爾摩斯接着問道，「很好，你從中演繹出了甚麼結論呢？」

華生回答道，「從天文學的角度來演繹，結論是宇宙中存在億萬個星系，很可能還存在億億顆行星。從占星學的角度來演繹，結論是土星升入了獅子座。從神學的角度來演繹，結論是上帝至高至大、我等至卑至小。從計時學的角度來演繹，結論是眼下大約是凌晨三點。從氣象學的角度來演繹，結論是明天的天氣非常不錯。你又演繹出了甚麼結論呢，福爾摩斯？」

福爾摩斯咬牙切齒地説道，「有人偷走了咱們的帳篷。」

這一次，我們的浪漫英雄終於看到了平庸至極的現實。

是為序。

李家真

二零一二年二月十二日

李家真

目　錄

暗紅習作
A Study in Scarlet

第一部

第二部

四簽名

The Sign of the Four

A Study in Scarlet

暗紅習作

這是發表時間最早的一部歇洛克・福爾摩斯小說，首次發表於英國的《比頓聖誕年刊》(*Beeton's Christmas Annual*) 1887 年刊；英文篇名為「A Study in Scarlet」，由故事中敘述可知此篇名為借用藝術術語，在藝術術語當中，「study」是「習作」的意思，故此譯為「暗紅習作」，類似例子如同時期美國著名畫家惠斯勒 (James McNeill Whistler, 1834–1903) 的《玫瑰色及褐色習作》(*A Study in Rose and Brown*) 以及法國著名畫家夏加爾 (Marc Chagall , 1887–1985) 的早年作品《綠色背景之粉色習作》(*A Study in Pink on Green Background*)。除此之外，這是亞瑟・柯南・道爾創作的第一個福爾摩斯故事，亦暗合「習作」之意。

第一部

錄自醫學博士、前陸軍軍醫
約翰・H. 華生回憶錄

第一章
歇洛克 · 福爾摩斯先生 *

　　一八七八年，我拿到了倫敦大學的醫學博士學位，接著就到內特雷醫院 † 去進修軍醫課程。課程剛剛修完，我就奉命前往諾森伯蘭第五燧發槍團，充當該團的軍醫助理。那個團當時駐扎在印度，可我人還沒到，第二次阿富汗戰爭 ‡ 就打了起來。在孟買下船的時候，我聽說我那個團已經穿越重重關隘，挺進到了敵境深處。即便如此，我還是和許多處境相似的軍官一起跟了上去，並且安全地抵達了坎大哈 §。我在那裏找到了自己的團隊，立刻就投入了新的工作。

　　許多人都通過這場戰爭取得了榮譽和升遷，我的收穫卻只是霉運和災難。當時我奉命轉入伯克郡步兵團，跟那

---

* 福爾摩斯這個人物的靈感主要來自亞瑟 · 柯南 · 道爾在愛丁堡大學醫學院讀書時的老師約瑟夫 · 貝爾 (Joseph Bell, 1837–1911)，後者擁有驚人的觀察力，並且有一些福爾摩斯式的事跡。關於歇洛克 · 福爾摩斯 (Sherlock Holmes) 這個名字，「Sherlock」的來由有多種莫衷一是的說法，「Holmes」則可能是因為作者對美國作家福爾摩斯 (Oliver Wendell Holmes, Sr., 1809–1894) 的景仰。

† 內特雷醫院 (Netley) 是當時英國的一家軍事醫院，位於漢普郡南安普敦附近的內特雷。

‡ 第二次阿富汗戰爭是英國對阿富汗發動的侵略戰爭，時間是 1878 至 1880 年。

§ 坎大哈 (Candahar) 為阿富汗東南部城市，毗鄰巴基斯坦，通常的寫法是「Kandahar」。

支部隊一起參加了傷亡慘重的邁萬德戰役 *。戰役當中，我肩上中了一顆捷澤爾 † 槍彈，肩胛骨被打碎，鎖骨下方的動脈也擦傷了。多虧了勤務兵穆雷的忠誠和勇氣，我才沒有落到那些嗜血的回教士兵手裏。他把受傷的我扔到一匹馱馬的背上，帶着我安全地回到了英軍的陣地。

創痛令我形銷骨立，長期的艱苦生活又令我虛弱不堪，於是他們就讓我離開戰場，跟一大群傷員一起去了白沙瓦 ‡ 的後方醫院。我在那裏休養生息，到後來已經能夠在病房之間走動走動，甚至能夠到陽台上去曬曬太陽了。就在那時，我又遭遇了印度殖民地為我們特備的那種詛咒，染上了傷寒。幾個月的時間裏，我一直都是命懸一線。等到我終於恢復神智、開始痊癒的時候，我已經虛弱憔悴得不成樣子，以致醫生們決定立刻打發我回英格蘭，一天也不能耽擱。就這樣，我被他們遣送回國，坐上了「奧倫蒂斯號」運兵船。一個月之後，我在樸茨茅斯 § 碼頭上了岸，健康已經遭受了無法挽回的損害。還好，愛民如子的政府准了我九個月的假期，好讓我調養身體。

我在英格蘭無親無故，因此就擁有空氣一般的自由——換句話說，擁有一個每天收入十一先令零六便士 ¶

---

* 這場戰役發生在 1880 年，以英軍失利告終。邁萬德 (Maiwand) 是坎大哈西北邊的一個村莊。

† 捷澤爾 (Jezail) 是過去印度和中亞地區常用的一種構造簡單、成本低廉的火槍。

‡ 白沙瓦 (Peshawar) 為巴基斯坦北部城市，當時的巴基斯坦是英屬印度的一部分。

§ 樸茨茅斯 (Portsmouth) 為英國中南部海港。

¶ 按照當時英國的幣制，1 英鎊等於 20 先令，1 先令等於 12 便士，據此可知華生的年收入是 200 英鎊出頭。根據不同的計算方法，

的人所能擁有的最大自由。既然如此，我便順理成章地選擇了倫敦，因為它好比是一個巨大的污水池，大英帝國境內所有的遊民懶漢都會不由自主地流到那裏去。我在斯特蘭街*的一家出租公寓裏住了一段時間，過着一種苦悶無聊的生活，而且大手大腳地花錢，遠遠超過了應有的限度。到後來，我的經濟狀況惡化到了讓人恐慌的地步，以致我很快就意識到，我要麼選擇離開倫敦、到鄉下去過日子，要麼就得徹底改變自己的生活方式。我選擇了後一種辦法，第一步便是打定主意，要離開那家公寓，另找一個不那麼浮華也不那麼昂貴的住處。

就在作出上述決定的當天，我站在克萊蒂倫酒吧的門前，有人拍了拍我的肩膀。我轉過頭去，看見了年輕的斯坦福德，他是我在巴茨醫院†求學時的一個助手。能在倫敦這樣的汪洋大海當中看到一張友善的臉龐，對一個孤苦伶仃的人來說實在是一件值得高興的事情。照過去的情況來說，斯坦福德和我並沒有甚麼特別的交情，眼下呢，我卻興高采烈地跟他打起了招呼，而他也是一副很高興看到我的樣子。興奮之餘，我便邀請他跟我一起去霍爾伯恩飯店吃午飯。再下來，我們就坐上馬車出發了。

當時的 1 英鎊可以相當於現在的數十以至上千英鎊。以散見於本系列各處的物價作為參照，200 英鎊在當時可算是一份不錯的年收入。

* 斯特蘭街 (Strand) 是倫敦市中心一條歷史悠久的著名街道。與亞瑟·柯南·道爾淵源極深的《斯特蘭雜誌》(*The Strand Magazine*)便是得名於此。

† 巴茨醫院 (Barts) 即倫敦的聖巴塞洛繆醫院，該醫院的附屬醫學院成立於 1843 年，1995 年併入倫敦大學。

「華生，這陣子你都在幹甚麼呢？」馬車轔轔地碾過擁擠的倫敦街道，斯坦福德突然問我，絲毫不掩飾自己的詫異。「看你瘦得像把柴禾，臉也黃得跟蠟一樣。」

我大致說了說自己的經歷，還沒來得及說完，目的地已經到了。

「真夠倒霉的！」聽完了我的種種不幸遭遇，他滿懷同情地說道。「眼下你有甚麼打算呢？」

「我在找住處，」我回答道。「想看看這地方究竟有沒有條件舒適、價錢也合理的房子。」

「怪事，」我的同伴說道，「你這種說法，今天我已經是第二次聽到了。」

「第一次是聽誰說的呢？」我問道。

「一個在醫院實驗室工作的傢伙說的。今天早上他還在唉聲嘆氣，說他找到了一處相當不錯的房子，只可惜負擔不起房租，又找不到人來跟自己分攤。」

「我的天！」我叫道，「要是他真想找人合租房子的話，找我就再合適不過了。我喜歡有個伴兒，比一個人住強。」

斯坦福德端著酒杯，怪裏怪氣地看了看我。「你這麼說，是因為你還不了解歇洛克·福爾摩斯這個人，」他說道，「興許，你不會願意與他長期為伴。」

「為甚麼，他有甚麼毛病嗎？」

「呃，我並不是說他有毛病。他只是想法有點兒古怪，對某種科學特別熱衷。據我所知，他為人還是相當正派的。」

「他是個醫科學生，對吧？」我說道。

「不是——我不知道他到底想研究甚麼。按我看，他對解剖學很是在行，還是個第一流的藥劑師。不過，據我所知，他從來也沒有接受過系統的醫學訓練。他搞的都是些雜七雜八、古裏古怪的研究，但卻積累了一大堆非常冷門的知識，能把他的教授們嚇一大跳。」

「難道說你從來沒問過他到底在研究甚麼嗎？」我問道。

「沒問過。他這個人不會輕易吐露心事。話說回來，興致來了的時候，他也是滿健談的。」

「我想跟他見個面，」我說道。「如果要跟人合住的話，我倒希望對方是個勤勉好學、性格安靜的人。我這個人不夠強壯，承受不了太多噪音和刺激。那兩樣東西，我在阿富汗的時候就已經受夠了，這輩子也不想再受。我怎麼才能見到你這位朋友呢？」

「他這會兒肯定是在實驗室裏，」我的同伴回答道。「他要麼是連着幾個星期都不上那裏去，要麼就在那裏沒日沒夜地工作。你要願意的話，午飯之後我們可以一起去找他。」

「好啊，」我滿口應承。接下來，我們就聊起了別的一些事情。

從霍爾伯恩飯店去醫院的路上，斯坦福德又跟我談起了我打算引為室友的這位先生，對他的脾性作了幾點補充說明。

「要是跟他合不來，你可不能怪我，」他說道，「我只是偶爾會在實驗室裏碰到他，對他的了解就這麼多。你

「自己提議要跟他合住，到時可不能讓我來負這個責任。」

「合不來的話，分開也很容易，」我回答道。「照我看，斯坦福德，」我緊盯着我的同伴，補了一句，「你這麼急着撇清自己，一定是有甚麼緣由。是因為這傢伙的脾氣太火爆嗎，還是有甚麼別的問題呢？你就跟我直說了吧。」

「這事情本來就說不清，要說清當然不太容易，」他笑着答道。「按我的標準來看，福爾摩斯這個人有點兒太講科學，幾乎達到了冷血的地步。要我說，他完全可能拿一小撮最新提煉的植物鹼去給他的朋友嘗嘗，倒不是有甚麼惡意，你明白吧，純粹是出於一種探索精神，想要對它的效果有一個精確的認識。說句公道話，我覺得，讓他自己去嘗他也一樣心甘情願。看情形，他是對準確無誤的知識有一種熱情。」

「這也沒甚麼不對啊。」

「是沒甚麼不對，只是有可能發展到過火的程度。要是這種熱情表現為在解剖室裏用棍子擊打屍體的話，顯然會讓人覺得相當不可理喻。」

「擊打屍體！」

「沒錯，因為他想要知道，死後所受的瘀傷可以達到甚麼程度。我親眼見過他這麼幹。」

「你不是說他學的不是醫科嗎？」

「的確不是，鬼才知道他學的是甚麼東西。來都來了，你還是自己去了解他這個人吧。」說話間，我們轉進一條狹窄的巷子，又穿過一道小小的側門，門裏面就是那座大醫院的配樓。這地方我很熟悉，用不着他來指引，於

是我們攀上灰白的石頭台階，沿著長長的走廊往前走。走廊的牆壁刷得雪白，兩邊是一道道暗褐色的門。靠近走廊遠端的地方分出了一段低矮的拱形通道，通道的盡頭就是化學實驗室。

化學實驗室的天花板很高，房間裏有數不清的瓶子，有的排得整整齊齊，也有的扔得亂七八糟。地板上散放著幾張寬大的矮桌，桌上擺滿了曲頸甄和試管，還有幾盞藍焰熒熒的本生燈 *。實驗室裏只有一名學生，此時正站在遠處的一張桌子旁邊，弓著背專心致志地工作。聽到我們的腳步聲，他回過頭瞥了一眼，跟著就歡呼一聲，跳了起來。「我找到了！找到了，」他一邊衝我的同伴叫喊，一邊朝我們這邊跑了過來，手裏拿著一支試管。「我找到了一種試劑，只有血紅素能讓它沉澱，其它東西都不能。」即便是找到了一座金礦，他臉上的表情也不會比此刻更為欣喜。

「這位是華生醫生，這位是歇洛克 · 福爾摩斯先生，」斯坦福德給我倆作了個介紹。

「您好，」他誠懇地問候了一聲，緊緊地握住了我的手，力氣大得讓我不敢相信。「依我看，您應該在阿富汗待過。」

「這您是怎麼看出來的呢？」我驚訝萬分地問道。

「別管了，」他吃吃地笑了笑。「現在的話題是血紅素。我這個發現的重大意義，您想必已經看出來了吧？」

「從化學的角度來說，這當然很有趣，」我回答道，

---

* 本生燈 (Bunsen burner) 是一種煤氣燈，因德國化學家羅伯特 · 本生 (Robert Bunsen, 1811–1899) 而得名。

「從實用的角度來說呢——」

「嗨，伙計，這可是多年以來最有實用價值的一個法醫學發現啊。有了它，我們就能準確無誤地鑑定血漬，您不會看不出來吧。過來瞧瞧！」情急之下，他抓住我外套的袖子，把我拽到了他剛才工作的那張桌子旁邊。「咱們先弄點新鮮的血液，」他一面說，一面用一根長針扎破了自己的手指，再用一支化學吸管從手指上吸了滴血。「好了，現在我把這一點點血滴到一公升的水裏。您看，混合之後的液體跟純淨的水沒甚麼兩樣，血和水的比例應該不超過一比一百萬。不過，我敢肯定，咱們還是能夠製造出那種特殊的化學反應。」他一邊說，一邊往盛水的玻璃罐裏扔了幾粒白色的結晶，然後又加了幾滴透明的液體。轉眼之間，玻璃罐裏的液體變成了暗紅色，罐子的底部也出現了褐色的粉狀沉澱。

「哈！哈！」他一邊歡呼一邊拍手，高興得像個剛拿到新玩具的孩子。「您覺得怎麼樣？」

「這個實驗似乎挺精密的，」我如是評論。

「您得說是精妙！精妙！以前那種愈創木鑑定法 * 非常笨拙，鑑定的結果也不準確。用顯微鏡尋找血細胞的方法也好不到哪裏去。如果要檢驗幾個鐘頭之前留下的陳舊血漬，後一種方法就起不了任何作用。反過來，我這種方法似乎始終有效，血液新不新鮮都是一樣。世上有千百個

---

* 愈創木鑑定法 (guaiacum test) 據說由荷蘭人伊薩克・范・迪恩 (Izaak van Deen, 1805 ？ –1869) 於 1862 年首先提出，依據是愈創木樹脂與人血的顯色反應。愈創木是產於美洲亞熱帶及熱帶地區的幾種灌木或喬木的統稱。

逍遙法外的罪人，要是以前就有這種方法的話，那些人早就已經為他們的罪行付出代價了。」

「真是就好！」我咕噥了一句。

「一直以來，這都是處理刑事案件的一個關鍵。有些時候，警方可能會在罪案發生之後幾個月才找到一個嫌犯。他們檢查了此人的襯衫或者其他衣物，發現上面有褐色的污漬。這些污漬究竟是血漬、是泥斑、是銹跡、是果汁的痕跡，還是別的甚麼東西呢？這個問題讓許多專家束手無策，原因又在哪裏呢？原因就是沒有可靠的鑑定方法。如今我們有了歇洛克·福爾摩斯鑑定法，這個難題就不復存在了。」

他說話的時候兩眼放光，還把一隻手捂在心臟部位，身子微欠，似乎是在向想像之中的一些喝彩聽眾鞠躬致意。

「真是個值得慶賀的發現哩，」我說道。他這股興奮勁兒讓我驚詫不已。

「去年，法蘭克福出了個馮·比紹夫案件。倘若當時就有這種方法，他一定已經上了絞架。此外還有布拉德福德的梅森、臭名昭著的穆勒、蒙彼利埃的勒弗雷，以及新奧爾良的薩姆森 *。可以用這種方法來斷案的例子，我可以舉出整整二十個。」

「你簡直是本記錄罪案的活日曆，」斯坦福德笑着說。「我建議你用這些材料來辦張報紙，名字就叫『警界舊聞』好了。」

---

* 　布拉德福德 (Bradford)、蒙彼利埃 (Montpellier) 和新奧爾良 (New Orleans) 分別是英國、法國和美國城市。

「是啊，讀起來沒準兒還很有趣哩，」歇洛克・福爾摩斯一邊回應，一邊用一小塊橡皮膏貼住了手指上的針眼。「我必須多加小心，」他接着說道，轉頭衝我微微一笑，「因為我經常都要跟有毒的藥品打交道。」說這話的時候，他把手伸了出來。於是我發現，他那隻手不光貼滿了大小相同的橡皮膏，還被強酸腐蝕得變了顏色。

「我們來這裏是有事情的，」斯坦福德一邊說，一邊坐上了一張高高的三腳凳，還把另一張凳子朝我這邊踢了踢。「我這位朋友想找個住處，而你又抱怨自己找不到分攤房租的伙伴，所以呢，我就想把你們倆撮合到一起。」看樣子，歇洛克・福爾摩斯似乎很高興跟我合住。「我看中了貝克街*上的一套房子，」他說道，「咱倆住特別合適。要我說，您應該不介意濃烈的煙草味道吧？」

「我自己一直都抽『船牌』，」我回答道。

「很好。我身邊經常都有化學品，偶爾還會做做實驗。這您介意嗎？」

「一點兒也不。」

「讓我再想想，我還有些甚麼毛病。我時不時會有情緒低落的狀況，一連幾天都不開口說話。趕上那種時候，您可別覺得我是生您的氣。只管讓我自個兒待着，過不了多久我就會恢復正常。您有甚麼要說的嗎？兩個人要住到一起，最好能預先知道彼此最大的毛病。」

---

* 貝克街 (Baker Street) 是倫敦市區的一條街道。這條街如今蜚聲世界，正是因為它與福爾摩斯之間的聯繫。

面對這種形式的相互摸底，我不由得笑了起來。「我私藏了一把小手槍*，」我說道，「而且受不了吵鬧，因為我神經衰弱。還有，我起床的時間毫無規律，而且懶得要命。身體狀況好的時候，我還有別的一些毛病。要說眼下嘛，我最大的毛病也就是這些了。」

　　「您說的吵鬧，拉小提琴算嗎？」他不安地問了一句。

　　「那得看拉琴的是誰，」我回答道。「拉得好是上帝的恩賜——拉得不好嘛——」

　　「哦，那就沒問題了，」他高聲說道，開心地笑了起來。「依我看，咱們這就算是說定了——當然，前提是您喜歡那套房子。」

　　「我們甚麼時候去看房子呢？」

　　「明天中午，您到這裏來找我，我們可以一起去，把所有的事情安排好，」他回答道。

　　「好的。明天中午我準時到，」我一邊說，一邊跟他握了握手。

　　我和斯坦福德出了門，一起往我的公寓走去，留下他自個兒在他那些化學品當中忙活。

　　「對了，」我突然停住腳步，轉頭問斯坦福德，「他究竟是怎麼知道我去過阿富汗的呢？」

　　我的同伴神神秘秘地笑了笑。「這就是他愛玩的那種

---

*　小手槍原文為「bull pup」，「bull」應該是「bulldog」（牛頭犬）的省寫，後者是一種短管大口徑手槍，「pup」是「小崽子」的意思，「bull pup」可以理解為「小型手槍」。英國槍械製造商韋布利公司 (Philip Webley & Son) 於 1872 年推出的一款左輪手槍就叫「英國牛頭犬」(British Bull Dog)，可為佐證。

小把戲，」他說道。「好多人都想知道，這一類的事情他是怎麼看出來的。」

「噢！這可真是個謎，不是嗎？」我高聲叫道，興奮得搓起手來。「這事情有趣極了。你把我倆拉到一起，我真得好好地感謝你。你也知道，『要研究人類，最合適的對象就是具體的人』*。」

「這麼說，你真該研究研究他才對，」道別的時候，斯坦福德對我説。「不過，你肯定會發現他是個不好研究的人物。我敢打賭，他對你的了解將會超過你對他的了解。再見。」

「再見，」我應了一聲，繼續慢步走向我的公寓，心裏充滿了對這位新相識的好奇。

---

* 這句話引自英國詩人亞歷山大・蒲柏 (Alexander Pope, 1688–1744) 的詩歌《論人》(An Essay on Man)。

第二章
演繹法

第二天，我和福爾摩斯按原先的約定見了面，還把貝克街 221B* 的房子檢查了一遍。房子就是他上次說過的那一套，其中包括兩間舒適的臥室，外加一間通風良好的大客廳。客廳的裝潢色調明快，還有兩扇光線充足的大窗子。這套房子從各方面來看都是那麼地可心，兩人分攤之後的租金又顯得那麼地便宜，以致我們當場拍板，把房子租了下來。當天晚上，我就把自己的家當從公寓搬到了這裏，第二天早晨，歇洛克·福爾摩斯也帶着幾個盒子和旅行皮箱跟了過來。接下來的一兩天時間裏，我倆都忙着拆箱子，盡可能地把各種家當安排妥當。收拾好了之後，我倆就漸漸地安頓下來，開始適應眼前的新環境。

福爾摩斯絕不是甚麼難於相處的人。他為人沉靜，生活也很有規律，很少會在十點鐘之後就寢，晨間也總是會在我起床之前出門，出門之前還吃完了早飯。白天他有時是在化學實驗室裏度過，有時是在解剖室，偶爾也會進

---

* 貝克街真實存在，當時的貝克街卻沒有長到可以排到 221 號的程度，「221B」是一個虛構的門牌號碼。今天的貝克街上有歇洛克·福爾摩斯博物館，門口釘着「221B」的牌子，不過，這家博物館的實際位置是在 237 號和 241 號之間。自 2002 年起，收信地址為「貝克街 221B」的信件都會被送到這家博物館。

行長距離的散步，目的地則似乎是倫敦城裏的貧民窟。工作熱情高漲的時候，沒有哪樣事情能讓他覺得力有不逮；隔三岔五，他身上也會出現某種反應，致使他一連幾天躺倒在客廳裏的沙發上，幾乎是從早到晚一言不發、一動不動。趕上那樣的時候，我就會在他眼裏看到一種空洞茫然的表情。還好，他的生活一向嚴謹整飭，如其不然，我都要疑心他是個服用迷幻藥的癮君子了。

幾個星期過去了，我心裏的好奇與日俱增，摸不清他這個人，也摸不清他生活的目的。他的身材和相貌十分驚人，即便是最漠不關心的旁觀者也不能不予以注意。他的身高肯定超過了六英尺＊，再加上他十分瘦削，個子就顯得比實際還要高上許多。他目光銳利，前提是他沒有處在我前面說的那種蟄伏時期；細長的鷹鉤鼻則讓他的整個面容顯得又機警又果決。同樣，突出的方下巴也表明他是個意志堅定的人。他的雙手總是沾着墨水和化學品的印跡，手上的動作卻異常靈巧。之所以這麼說，是因為我經常都可以看到他擺弄他那些易於損壞的科學儀器。

這個人讓我無比好奇，我也三番五次地想要打破他那座矢口不談自己的沉默堡壘。看到我這麼說，讀者們也許會覺得我愛管閒事。不過，你們不要急着下結論，先想想我的生活是多麼地漫無目的，能吸引我注意力的事物又是多麼地稀少。因為身體欠佳，我只有在天氣特別溫和的時候才敢出門，同時我又沒甚麼朋友，因此就沒有人上門

＊　一英尺大約等於 0.3 米。

探訪、讓我千篇一律的日常生活有所改觀。這樣一來，我就對罩在我室友身上的這個小小謎團表示了迫不及待的歡迎，而且花了大量的時間去了解其中的奧秘。

他研究的不是醫學，因為他對某個問題的回答坐實了斯坦福德的這個判斷。除此之外，他似乎從來沒有攻讀過那些可以帶來科學學位的課程，也不曾通過大家所知的任何其他門徑往學術圈子裏鑽。儘管如此，他對某些方面的研究工作卻是驚人地熱情，又在一些稀奇古怪的領域擁有巨細靡遺的廣博知識，以致我常常為他的言論驚愕不已。毫無疑問，沒有哪個人會如此孜孜不倦地求取這一類的精確知識，除非這個人心裏懷着某種堅定不移的目的。東一榔頭西一棒子的讀書人很少會以學問嚴謹見稱，要是沒有甚麼不得不然的理由，誰也不會把那些瑣細的事情往自己的腦子裏裝。

跟他的學識一樣，他的無知也很驚人。看樣子，他對當代文學、哲學和政治的了解幾乎等於零。有一次我引用了托馬斯·卡萊爾*的話，他竟然帶着天真得無以復加的神情問我，這個人是誰，幹過些甚麼事情。不過，當我偶然發現他既不知道哥白尼的日心說、也不知道太陽系的構成的時候，心裏的驚異才算是達到了頂點。眼下已經是十九世紀，竟然還有某個文明人不知道地球是繞着太陽轉的，這樣的事情實在是太過匪夷所思，簡直讓我無法理解。

---

* 托馬斯·卡萊爾 (Thomas Carlyle, 1795–1881) 是蘇格蘭諷刺作家及歷史學家。

「你似乎吃驚不小啊，」看到我驚愕的表情，他笑着說道。「如今我已經知道了這個理論，接下來的事情就是盡量把它忘掉。」

「把它忘掉！」

「你得明白，」他解釋道，「在我看來，人的大腦最初就像一間空無一物的閣樓，裏面的擺設得靠你自個兒去選去放。傻瓜才會不加選擇，撿到甚麼就放甚麼。這樣一來，興許對他有用的那些知識就會被擠得沒有地方，往好裏說也只能跟一大堆雜物混在一起，讓他想用也用不上。反過來，在往大腦閣樓裏放東西的時候，技藝精湛的匠人就會格外小心。他只選那些能幫自己幹活的工具，別的甚麼也不要。與此同時，他擁有的工具多不勝數，全都擺放得整整齊齊。要是你以為那間小閣樓的牆壁是有彈性的，想撐多大都可以，那可就錯了。只管相信我好了，總有那麼一天，你每增加一點新的知識，就會把以前知道的某件事情忘掉。所以說，千萬不能讓那些沒用的知識擠掉有用的知識，這事情再要緊不過了。」

「可我說的是太陽系啊！」我抗議道。

「太陽系跟我又有甚麼干係呢？」他很不耐煩地打斷了我，「你剛才說我們繞着太陽轉，可是，就算我們繞着月亮轉，我和我的工作也不會受到絲毫的影響。」

我差點兒就問出了口，問他究竟在做甚麼工作，可他的神情卻告訴我，這是個不受歡迎的問題。不過，我還是把這次簡短的對話回味了一番，想要從裏面找出問題的答案。他剛才說過，他不會去了解跟自己的目標無關的知

識。由此可知，他擁有的所有知識都應該是對他有用的。我暗自把他在我面前展露過淵博知識的那些領域列了一遍，甚至還拿鉛筆把列舉的結果記了下來。看着自己列出的表格，我不由得笑了起來。清單的內容是這樣的：

歇洛克·福爾摩斯的知識領域

1. 文學知識——零

2. 哲學知識——零

3. 天文學知識——零

4. 政治學知識——貧乏

5. 植物學知識——參差不齊

   對於顛茄、罌粟以及其他有毒植物十分了解，同時又對實用園藝一無所知。

6. 地質學知識——足敷應用，但也算不上豐富

   能夠一眼看出不同土壤之間的區別。曾經在散步歸來之後向我展示褲腳上的泥點，並且講明了泥點來自倫敦城的哪個區域，依據是泥點的顏色和質地。

7. 化學知識——淵博

8. 解剖學知識——準確無誤，只是不成系統

9. 驚悚文學知識——極其淵博

   看樣子，他對本世紀發生的每一宗恐怖事件都是瞭如指掌。

10. 小提琴拉得不錯。

11. 精通單手棍術、拳擊和劍術。

12. 對英國的法律有充分而實用的了解。

列到這裏的時候，我絕望地把單子扔到了火裏。「要想

弄清楚這傢伙到底在幹甚麼，我就得把所有這些本事揉到一起，找出一個用得上所有這些本事的行當，」我暗自嘀咕，「真要是只有這一種辦法的話，我還不如立刻放棄呢。」

前面我已經提到過他的琴技，他的琴技着實不凡，同時也跟他其他的本事一樣古怪。他能夠演奏完整的作品，包括那些高難度的作品。這一點我非常清楚，因為他曾經應我的請求演奏過門德爾松的幾首《無言歌》*，還有其他一些我喜歡的作品。不過，獨自一人的時候，他的演奏當中就很少會有甚麼像樣的曲調，也很少會有我熟悉的旋律。傍晚時分，他會靠在自己的扶手椅上，閉上眼睛，隨手撥弄擱在膝蓋上的小提琴。有些時候，他的琴聲渾厚又憂傷。偶然的情形之下，琴聲也會顯得怪異而歡快。很顯然，琴聲反映着他腦子裏的種種思緒，讓我無從判斷的是，琴聲有沒有起到幫助他思考的作用，會不會只是他一時興致的自然流露。還好，完成那些惱人的獨奏之後，他通常會接二連三地拉幾支我喜歡的曲子，算是為我遭受的精神折磨作一點小小的補償，要不然，我就該表示抗議了。

搬家之後一個星期左右的時間裏，我倆都沒有任何訪客。於是我開始覺得，我這位室友跟我一樣，也是一個朋友都沒有。不過，沒過多久，我就發現他熟人很多，而且三教九流無所不有。其中之一是個黑眼睛的小個子，臉色蠟黃，面相陰險，據他介紹是名叫雷斯垂德，一個星

---

*　門德爾松 (Jacob Ludwig Mendelssohn, 1809–1847) 為德國指揮家、鋼琴家及作曲家，《無言歌》(Lieder) 是他創作的組曲。

期就會來上三四次。一天早上，來了一個打扮時髦的年輕姑娘，在我們這裏待了至少半個小時。同一天下午，又來了一個頭髮花白的襤褸訪客，樣子像個猶太小販，神情激動，身後還緊跟着一個邋邋遢遢的老婦人。有一次，一位白頭髮的紳士來找我的室友談話，還有一次的訪客則是個身穿棉絨制服的車站搬運工。這些莫名其妙的客人登門拜訪的時候，歇洛克‧福爾摩斯總是會向我申請客廳的專用權，而我也總是會躲進自己的臥室。因為給我造成了這樣的不便，他老是在我面前道歉。「我只能用這個房間來當辦公室，」他是這麼説的，「那些人都是我的主顧。」這麼着，我又一次得到了直接詢問他職業的機會，也又一次善解人意地放棄了這樣的機會，因為我不想強迫他人對我推心置腹。我當時的想法是，他既然不願意談論自己的職業，一定是有甚麼不得已的理由。不過，他很快就主動談起了這個話題，讓我打消了這種猜測。

那一天是三月四號，當天的日期對我來説很好記，因為我起得比平常早了一點兒，看見歇洛克‧福爾摩斯還在吃早餐。女房東已經熟悉了我晚起的習慣，因此就沒有在我的座位上擺餐具，也沒有給我準備咖啡。本着無理取鬧的凡人秉性，我拉響鈴鐺，簡單粗暴地告訴她，我已經起來了。接下來，我從桌上拿起一本雜誌，打算靠它來消磨等房東送飯的時間，我室友則悶聲不響地啃着他的麵包。雜誌裏有篇文章的標題上有一個鉛筆做的記號，自然而然地吸引了我的目光。

文章的標題多少有點兒托大，叫甚麼「生活指南」，

意圖則是告訴大家，通過對身邊事物進行準確而系統的觀察，一個眼光敏銳的人可以得到多麼巨大的收穫。按我的感覺，這篇文章集精明與荒謬於一體，也算是非同凡響。文章的邏輯絲絲入扣，結論卻顯得誇誕無稽。作者聲稱，只需要通過表情的一瞬變化、肌肉的一次牽動或是目光的一次轉移，你就可以看出一個人內心深處的想法。按他的說法，在一個訓練有素、擅長觀察與分析的人面前，欺騙根本是不可能的事情。這種人得出的結論就跟歐幾里得的諸多命題一樣不可動搖，在外行看來也着實匪夷所思。在了解這種人推出結論的方法之前，外行完全有可能把他們看作巫師一類的人物。

「僅僅依靠一滴水，」作者如是寫道，「推理專家就可以推斷出大西洋或者尼亞加拉瀑布的存在，不需要耳聞目睹。因此，萬事萬物組成了一根巨大的鏈條，只需要看到其中的一個環節，我們就可以了解整根鏈條的性質。跟其他科學一樣，演繹和分析的科學也只能通過持之以恆的長期求索來掌握。除此之外，因為生命太過短暫，任何凡人都無法將這門學問修煉到登峰造極的程度。道德水平和心理活動是最難演繹的東西，樂於求索的人不妨先從那些比較簡單的問題入手。遇到其他某個凡人的時候，你不妨嘗試一下，力求在一瞥之間看出對方的經歷和職業。這樣的練習看來幼稚，但卻可以鍛煉你的觀察本領，讓你知道眼睛該朝哪裏看，該留意的又是些甚麼東西。指甲、衣袖、靴子、褲子的膝蓋部位、食指和拇指上的老繭、表情、襯衫袖口，所有這些東西都可以清楚地揭示一個人的職業。

只要把所有這些東西聯繫到一起，一名合格的觀察者就必定會有所發現，全無發現的情形簡直沒法想像。」

「簡直是莫名其妙！」我大叫一聲，把雜誌甩到了桌子上，「我從來都沒看過這麼荒唐的文章。」

「甚麼文章？」歇洛克・福爾摩斯問道。

「哦，就是這篇，」我剛剛坐下準備吃早餐，於是一邊說，一邊用舀蛋的勺子指了指。「我想你肯定已經讀過了，因為你在上面做了記號。我承認文章寫得相當漂亮，可我還是被它給惹火了。很顯然，這是某個窩在扶手椅上的懶漢想出來的理論，這些似是而非的漂亮話都是他閉門造車的產物。這個理論根本不實用。我倒是想把他關進地鐵的三等車廂*，讓他講講周圍的乘客幹的都是甚麼行當。我可以跟他打個賭，一賠一千都行。」

「那你就輸定了，」歇洛克・福爾摩斯平靜地說道。「這篇文章是我寫的。」

「你寫的！」

「沒錯，我在觀察和推理這兩方面都有點兒天賦。我寫在文章裏的理論，也就是讓你覺得完全不着邊際的那個理論，實際上是非常有用的，有用到了我可以靠它來換麵包的地步。」

「怎麼換呢？」我脫口問了一句。

「呃，我幹的是一門獨特的行當。按我看，做這行的世上只有我一個。我是一名顧問偵探，你應該明白這個詞

---

* 倫敦地鐵是世界上歷史最悠久的地鐵，第一段於 1863 年開通。當時的地鐵和火車一樣，車廂分了等級。

指的是甚麼吧。倫敦城裏有許多政府探員，私家偵探也不少。遇到麻煩的時候，那些傢伙就會來找我，而我會設法為他們指點迷津。他們會把所有的證據擺到我面前，一般說來，我都可以領他們走上正軌，因為我對犯罪史非常了解。各種罪行都帶有很強的家族特徵，如果你對一千宗罪案瞭如指掌，第一千零一宗破不了才是怪事。雷斯垂德是一個著名的偵探。前些日子，他被一個偽造案搞得暈頭轉向，所以才會跑來找我。」

「其他那些人又是怎麼回事呢？」

「那些人多數都是被私家偵探社打發過來的。他們都遇上了某種麻煩，因此就需要一點點指引。我聽他們的故事，他們聽我的見解，聽完之後，我就可以把錢往衣兜裏揣了。」

「你難道是說，」我說道，「其他那些人已經看到了某個難題的所有細節，仍然感到無從下手，而你卻可以輕鬆解決，連門都不用出嗎？」

「差不多吧。我對那些事情有種直覺。不過，隔三岔五也會出一個稍微有點兒複雜的案子，這時我就不得不出去轉轉，親眼看看相關的事情。你也知道，我擁有不少特殊的知識，不光可以用來解決問題，而且還非常好用。你看不起的那篇文章裏提到的種種演繹方法，對我來說是實際工作當中的無價之寶。觀察是我的第二天性。咱倆第一次見面的時候，我說你去過阿富汗，你似乎覺得很吃驚哩。」

「肯定是有人跟你說的。」

「根本沒那回事。我就是**知道**你去過阿富汗。因為多

年養成的習慣，思維的列車飛快地駛過我的心間，快得我來不及意識到中間的步驟，結論就已經到了眼前。話又說回來，這當中的確是有步驟的。這趟演繹的列車是這麼走的，『我眼前這位紳士帶有醫生的氣質，同時又有點兒軍人的派頭。如此說來，他顯然是名軍醫。他面龐黝黑，手腕卻是白的，說明他並不是生來就黑，肯定是剛剛才從熱帶地方回來。他受過艱苦生活和疾病的折磨，這在他那張憔悴的臉上寫得明明白白。他的左胳膊受過傷，因為他那隻胳膊保持着一種很不自然的僵硬姿勢。熱帶範圍之內有哪個地方能讓一名英國軍醫苦頭吃盡、胳膊受傷呢？當然是阿富汗。』這趟思維列車的整個行程都不到一秒鐘。然後呢，我指出你去過阿富汗，而你的反應就是大吃一驚。」

「聽你這麼一解釋，這還真是挺簡單的，」我笑着說，「你讓我想起了埃德加・愛倫・坡筆下的杜平*。以前我可沒想到，現實生活裏也有這樣的人物。」

歇洛克・福爾摩斯站起身來，點燃了自己的煙斗。「你肯定是覺得，把我比作杜平是對我的一種恭維，」他說道。「不過，按我的看法，杜平是個非常蹩腳的傢伙。他先要沉默整整一刻鐘，然後才一語道破朋友的心事†，這樣的把戲實在是太誇張、太膚淺了。他的確有點兒分

---

* 埃德加・愛倫・坡 (Edgar Allan Poe, 1809–1849) 是美國小說家及詩人，以偵探小說和恐怖小說聞名。杜平 (Dupin) 是他筆下的神探。

† 這個情節來自愛倫・坡的的短篇小說《莫爾格街兇殺案》(*The Murders in the Rue Morgue*, 1841)，該小說歷來有「歷史上第一部推理小說」之稱。

析的天份，但卻絕對不是愛倫‧坡想要塑造的那種蓋世奇才。」

「那你讀過加博里歐的書嗎？」我問道。「勒科克*算不算你心目中的神探呢？」

歇洛克‧福爾摩斯對此嗤之以鼻。「勒科克是個專門添亂的倒霉蛋，」他怒衝衝地說道，「他只有一個優點，那就是精力旺盛。講他的那本書讓我惡心得不行。問題不過是如何弄清一個匿名囚犯的真實身份，我可以在二十四小時之內解決，勒科克卻用了半年左右†。這個案子簡直可以用來寫一本偵探教材，讓他們知道甚麼事情不能幹。」

眼見我心目中的兩位英雄遭人如此奚落，我覺得忿忿不平，於是便走到窗邊，站在那裏看外面那條繁忙的街道。「這傢伙是不是非常聰明還不好說，」我暗自想道，「非常自負卻是一定的。」

「這些日子以來，罪案和罪犯都不知道跑哪裏去了，」他開始發起了牢騷。「幹我們這個行當，要腦子來幹甚麼呢？我心裏很清楚，我擁有名揚四海的本事。古往今來的所有偵探當中，沒有誰搞過像我這麼多的研究，也沒有誰擁有像我這麼高的天賦。結果又怎麼樣呢？眼下根本就沒有可破的案子，有也不過是一些手法拙劣的小案，

---

* 加博里歐 (Emile Gaboriau, 1832–1873) 是法國偵探小說家，勒科克 (Lecoq) 是他筆下的神探。

† 這個情節來自加博里歐的《勒科克先生》(*Monsieur Lecoq*, 1868)。

犯罪動機一目瞭然，連蘇格蘭場*的警官都看得穿。」

　　我還在為他這種自賣自誇的說話方式生悶氣，因此就決定換個話題。

　　「你說說，那個傢伙在找甚麼？」我指着街對面的一個行人問道。那人身材魁梧，衣着樸素，一邊慢慢地往前走，一邊焦急不安地看着門牌。他手裏拿着一個藍色的大信封，顯然是在幫人送信。

　　「你是說那個海軍陸戰隊的退伍士官嗎？」歇洛克‧福爾摩斯說道。

　　「真敢吹！」我暗自想道。「不過是欺負我沒法檢驗他的猜測而已。」

　　我這個念頭還沒轉完，我倆正在觀察的那名男子就瞥見了我們這座房子的門牌，飛快地跑到了街道的這一側。我倆聽見一陣響亮的敲門聲，又聽見有人用低沉的嗓音說了句甚麼，接着就聽見了有人上樓來的沉重足音。

　　「歇洛克‧福爾摩斯先生的信，」來人一邊說，一邊走進房間，把信交給了我的室友。

　　教訓這個自大狂的機會到了。他剛才只顧着信口開河，可沒想到還有這一齣。「伙計，請問一下，」我用再平常不過的語氣問道，「你是做甚麼的呢？」

---

* 　蘇格蘭場 (Scotland Yard) 是倫敦警察廳的代稱。按照蘇格蘭場官網的說法，這是因為它原來的辦公地點有一道開在「大蘇格蘭場街」(Great Scotland Yard Street) 的後門。

「當雜役的＊，先生，」來人粗聲粗氣地說道。「制服送去補了，所以沒穿在身上。」

「以前呢？」我一邊問，一邊不無惡意地瞥了我室友一眼。

「以前是士官，先生，隸屬皇家海軍陸戰隊的輕步兵分隊，先生。沒有回信要送嗎？好的，先生。」

他併攏腳跟，舉起手敬了個禮，然後就離開了。

＊　這裏的「雜役」原文是「commissionaire」，可能是特指雜役隊 (Corps of Commissionaires) 的成員，雜役隊是英國的愛德華・沃爾特 (Edward Walter, 1823–1904) 於 1859 年創立的一個提供信使、門衛、安保等服務的機構，機構的名義首腦為英國君主，今日猶然，當時的員工都是退伍軍人，有專門的制服。

第三章
勞瑞斯頓花園街謎案

　　我必須承認，看到我室友理論的實用價值又一次得到了驗證，當時我真是吃驚不小。這樣一來，我對他分析能力的欽佩之情就有了大幅度的增長。儘管如此，我心裏還是潛藏着些許懷疑，懷疑這整件事情都出自他預先的安排，目的是向我炫耀他的本事。至於他為甚麼要引我入彀，我也就琢磨不透了。等我轉頭看他的時候，他已經讀完了那名雜役送來的便箋，茫然的雙眼暗淡無光，一副神不守舍的樣子。

　　「那件事情，你究竟是怎麼演繹出來的？」我問道。

　　「甚麼事情？」他惡聲惡氣地説道。

　　「哦，你剛才不是演繹出來，那名雜役是海軍陸戰隊的退伍士官嘛。」

　　「我沒時間扯這些雞毛蒜皮的事情，」他粗魯地回了一句，跟着又笑了起來，「請原諒我的無禮。你剛才打斷了我的思路，不過，興許也沒甚麼關係。照這麼説，你是真的看不出他以前是海軍陸戰隊的士官嘍？」

　　「看不出，真的。」

　　「看出來容易，看出來的原因倒不容易解釋清楚。要是有人讓你證明二加二等於四，你可能會覺得有點兒

困難，儘管如此，你還是會對這個事實深信不疑。當時雖然隔了一條街，我還是看到他的手背上刺着一柄藍色的大錨，那可是海洋的標記啊。另一方面，他身上有一種軍人風範，腮幫上的鬍鬚也中規中矩，這就說明他是個海軍陸戰隊隊員。這個人看起來有點兒自負，還帶着一點點發號施令的氣勢。他昂着腦袋揮手杖的那股子勁頭，想必你也注意到了吧。再看看他的臉，你還會發現他是一個踏實可靠、值得尊敬的中年人。把所有這些東西攏在一起，我就得出了他曾經是個士官的結論。」

「妙極了！」我脫口而出。

「平常而已，」福爾摩斯說道。不過，從他的表情上看，他應該是對我溢於言表的驚奇與欽佩頗感受用。「剛才我還說沒有罪犯，現在看來是說錯了。瞧瞧這個！」他一邊說，一邊把那名雜役送來的便箋遞給了我。

「甚麼，」我掃了一眼便箋，不由得叫了起來，「這可真是太可怕了！」

「的確是有點兒不同尋常，」他平靜地說道。「你能把它念給我聽聽嗎？」

以下就是我念給他聽的那封信：

親愛的歇洛克·福爾摩斯先生：

昨天晚上，布萊克斯頓路盡頭的勞瑞斯頓花園街3號發生了一起惡性案件。凌晨兩點左右，當班巡警看到房子裏有亮光。鑑於那座房子無人居住，巡警便懷疑事有差池。查探之下，他發現屋門大開，空空如也的前廳裏躺着一具男屍。死者衣着考究，口袋裏的名

片寫着「伊諾克‧J.德雷伯，美國俄亥俄州克利夫蘭市＊」。現場沒有搶劫跡象，也沒有足以説明死者死因的線索。房間裏有血跡，死者身上卻沒有傷痕。我們不知道死者緣何進入那座空屋，認真説的話，整件事情都是一個謎團。十二點鐘之前，你隨時都可以到現場去看看，我會在那裏等你。收到你的回覆之前，我會讓現場保持原狀。如果你來不了，我會給你一份更爲詳盡的案情介紹。如蒙賜教，不勝銘感。

你忠實的朋友

托比亞斯‧格雷森

「格雷森是蘇格蘭場最出色的偵探，」我朋友如是指出，「他和雷斯垂德算得上是矬子裏的將軍，兩個人都雷厲風行、精力充沛，只可惜有點兒保守——應該説是保守得要命。此外，他們還總是相互找茬，好比兩個爭風吃醋的交際花。要是他們兩個都參與查案的話，這件案子就有得瞧了。」

他這麼喋喋不休，語氣還這麼平靜，我不由得大感驚訝。「眼下顯然已經是刻不容緩，」我大聲説道，「我該去幫你叫輛馬車了吧？」

「我還沒想好去不去呢。我可是古往今來最無可救藥的懶漢哩——當然，這是説我懶病發作的時候。有些時候，我也是相當有活力的。」

＊　此情節出現的時候，俄亥俄已經成為美國的一個州。後面的一些地名雖與美國今日州名相同（比如猶他和內華達），但在故事情節發生之時並未建州，譯名中也就不帶「州」字。克利夫蘭 (Cleveland) 為俄亥俄州城市。

「甚麼，這可正是你一直盼着的機會啊。」

「親愛的伙計，這案子對我沒甚麼好處。你可以放一萬個心，如果我解決了這一整件事情，格雷森和雷斯垂德這幫子人就會把所有的功勞據為己有，因為我是個與官方無關的草民。」

「他這不是來求你幫助了嘛。」

「沒錯。他知道我比他厲害，在我面前也是這麼承認的。可是，他寧願把自個兒的舌頭剪了，也不會在別的任何人面前承認這一點。説歸説，我們還是去看看好了。我會單槍匹馬地辦完這件案子，就算沒有別的好處，至少可以取笑一下他們。走吧！」

他迅速穿上大衣，風風火火地行動起來。一看他那股勁頭，你立刻知道，他突然爆發的精力已經戰勝了冷淡怠惰的情緒。

「拿上你的帽子吧，」他説道。

「你要我跟你一起去嗎？」

「是啊，要是你沒有甚麼更好的消遣的話。」一分鐘之後，我倆就已經坐進馬車，向着布萊克斯頓路疾馳而去了。

這是個雲遮霧罩的早晨，各家房頂都懸着一層暗褐色的紗幕，彷彿是地面那些泥濘的街道映在了天上。我的同伴興致高漲，滔滔不絕地談論着克雷莫納小提琴、談論着斯特拉底瓦里小提琴和阿馬蒂小提琴*之間的區別。而我

---

* 克雷莫納 (Cremona) 為意大利城市，以出產小提琴聞名。斯特拉底瓦里小提琴 (Stradivarius) 和阿馬蒂小提琴 (Amati) 皆為因製琴家族而得名的世界名琴，兩個家族都與克雷莫納淵源甚深。

卻沒有心情說話，一方面是因為陰沉的天氣，一方面也因為擺在我們眼前的這件不幸事情。

「你好像沒怎麼去想手頭的這件案子啊，」我終於按捺不住，開口打斷了福爾摩斯關於音樂的長篇大論。

「現在還沒有材料啊，」他回答道。「不等材料齊全就預先提出假設是一種最要不得的做法，會讓你的判斷發生偏差。」

「材料馬上就來了，」我一邊說，一邊用手指指點點，「我們已經到了布萊克斯頓路，要是我沒搞錯的話，出事的房子應該就是那一座。」

「應該就是。停下，車夫，快停下！」這會兒我們離那座房子還有一百碼*左右，可他堅持要立刻下車。接下來，我們就步行到了房子跟前。

勞瑞斯頓花園街3號帶着一股不祥的兇險氣息。這裏有四座離街稍遠的房子，兩座有人居住，另外兩座空着，花園街3號就是其中之一。兩座空房子都有三排空洞淒涼的窗戶，沒有裝飾的窗子顯得十分單調，僅有的點綴不過是到處貼着的「出租」告示，看着就像是灰撲撲的玻璃長了白翳。兩座房子和街道之間各有一座小小的花園，花園裏亂七八糟地長着一些病怏怏的植物，彷彿是地裏出了疹子。縱貫花園的是一條淡黃色的小徑，顯然是用粘土和礫石鋪成的。昨天下了一夜的雨，到處都泥濘不堪。花園有一堵三英尺高的圍牆，圍牆頂上是一圈木頭柵欄，一名身

---

*　一碼大約等於 0.9 米。

材魁梧的警員靠在牆邊，身旁圍着一小群閒人。閒人們抻長脖子，把眼力用到了極限，徒勞無益地想要瞥見房子裏面的情形。

我本來以為歇洛克・福爾摩斯會火急火燎地衝進房子，一頭扎進這宗謎案，他的打算卻似乎跟我的想法完全不沾邊。帶着一種漫不經心的神情，他在人行道上踱來踱去，茫然地掃視着地面、天空和街對面的房子，還有圍牆頂上的柵欄。考慮到眼下的情形，我真覺得他這種架勢有點兒做作。勘查完了之後，他慢慢地沿着花園小徑往前走，準確說應該是沿着小徑邊上的草叢往前走，眼睛死死地盯着地面。中間他停了兩次，其中一次我還看見他笑了一笑，聽見他歡呼了一聲。潮濕的粘土地面的確留着很多腳印，可是，既然那些警察曾經在這裏來來往往，我實在想不出我同伴還能從地面找到些甚麼。話雖然這麼説，鑑於我對他敏鋭的觀察力有過異常深刻的體會，我還是確信，他能夠看到很多我看不到的東西。

走到房子門口的時候，一個臉色白淨、頭髮淡黃的高個子男人走過來招呼我們，手裏還拿着一個記事本。他急步上前，非常熱情地握住了我同伴的手。「你能來真是太好了，」他説道，「我讓所有東西都保持着原狀。」

「那可不是原狀！」我的朋友回答道，指了指花園裏的那條小徑。「就算有一群野牛從那上面踩過，情形也不會比現在更糟。當然嘍，格雷森，既然你允許他們這麼幹，肯定是已經有了你自己的結論吧。」

「屋子裏面的事情實在是忙不過來，」探員支支吾吾

地説道。「我同事也在這裏，就是雷斯垂德先生。外面的事情歸他管。」

福爾摩斯瞥了我一眼，譏諷地揚起了眉毛。「既然有你和雷斯垂德這樣的高手在場，別的人也不會有甚麼新發現了，」他説道。

格雷森自鳴得意地搓了搓手。「要我説，能做的我們都做了，」他回答道，「不過，這個案子確實有點兒古怪，而我也知道，古怪的事情最對你的胃口。」

「你來的時候沒坐馬車吧？」歇洛克·福爾摩斯問道。

「沒坐，先生。」

「雷斯垂德也沒坐嗎？」

「沒坐，先生。」

「那好，我們去屋裏看吧。」説完這些沒頭沒腦的話之後，他大步走進了房子。格雷森也跟了進去，臉上的詫異一覽無遺。

通往廚房和雜物間的是一段短短的過道，過道沒鋪地毯，木頭地板上滿是塵土。過道左右兩邊各有一道門，其中一道顯然是有好多個星期沒開過了，另一道則通往餐廳，也就是謎案發生的地點。福爾摩斯走進了餐廳，我也跟了進去，心裏充滿了死亡帶來的沉重感覺。

餐廳是一個方形的大房間，因為沒有傢具，看起來就格外寬敞。牆上貼着俗不可耐的花哨牆紙，有些地方已經生了霉，有些地方則大片大片地剝落下來，露出了後面的黃色灰泥。對着門的地方是一個式樣招搖的壁爐，爐膛上方的台子是仿漢白玉的，台子的一角還立着一支燒殘的紅

燭。僅有的一扇窗子髒得要命，房裏的光線便顯得昏暗游移，給所有的東西染上了一抹黯淡的灰色。房間裏蓋滿了厚厚的塵土，進一步加重了這種色調。

上面說的這些細節都是我後來才發現的。此時此刻，我的眼裏只有那個孤零零的可怕人形。那人一動不動地躺在地板上，已然不能視物的空洞眼睛直勾勾地盯着褪了色的天花板。那是個四十三、四歲的男人，中等身材，寬肩膀，一頭黑色的捲髮，蓄着短短的絡腮鬍子。他穿着一件厚呢禮服，裏面還穿了馬甲，褲子的顏色比禮服淺一些，襯衫的領子和袖口都是潔白無瑕，身邊的地板上還有一頂整潔的禮帽。他雙手握拳，雙臂大張，雙腿則交纏在一起，似乎是死得相當痛苦。他僵硬的臉上凝着一種恐怖的神情，在我看來還帶着一種刻骨的仇恨，那樣的仇恨我還從來沒在其他人的臉上看到過。有了這副猙獰可怖的扭曲面容，再加上低低的額頭、扁平的鼻子和突出的下巴，死者就顯得跟猿猴格外相似，而他掙扎翻騰的別扭姿勢也加重了我的這種印象。我這輩子見識過形形色色的死亡，最為可怕的死狀卻是在那個黑暗污穢的房間裏見到的。那個房間的外面，可就是倫敦郊區的一條幹道啊。

身材瘦削的雷斯垂德站在門口，偵探派頭一如往昔。看見我和我朋友之後，他趕緊打了個招呼。

「這件案子肯定會引起轟動，先生，」他如是指出。「我也算見過一點兒世面，可它比我以前見過的任何案子都要離奇。」

「有沒有甚麼線索？」格雷森說道。

「甚麼線索也沒有。」雷斯垂德接口説道。

歇洛克‧福爾摩斯走近屍體，跪到地上專心致志地檢查起來。「你們肯定屍體上沒有傷痕嗎？」他一邊問，一邊指了指周圍那些斑斑點點的血跡。

「錯不了！」兩位探員齊聲叫道。

「這麼説的話，血跡肯定是另外一個人留下的——那個人應該就是兇手，如果我們眼前真的有一椿兇案的話。現在的情形讓我想起了一八三四年發生在烏得勒支*的范‧簡森被害案。你記得那件案子嗎，格雷森？」

「不記得，先生。」

「去讀讀吧，會有好處的。陽光之下無新事，所有的事情都有先例。」

他嘴裏説着話，靈巧的手指則四處翻飛，這裏摸摸，那裏按按，還把死者的衣服解開來查看了一番，眼睛裏卻始終帶着我前面説過的那種空洞茫然的神色。他檢查的過程快得驚人，讓人根本料想不到，他實際上檢查得非常仔細。到最後，他嗅了嗅死者的嘴唇，跟着又瞥了一眼死者腳上那雙漆皮靴子的鞋底。

「你們一點兒也沒動過他嗎？」他問道。

「除了必要的檢查之外，我們沒動過。」

「你們可以送他去殮房了，」他説道。「屍體上沒甚麼可查的了。」

格雷森已經準備了一副擔架和四個工人，這會兒就把他們叫了進來，把這個陌生的死者抬了出去。工人抬起屍

---

* 烏得勒支 (Utrecht) 為荷蘭中部城市。

體的時候，一枚戒指從屍體上掉落下來，順着地板滾了過來。雷斯垂德一把抓起戒指，迷惑不解地盯着它看了一陣。

「這件案子還牽涉到一個女人，」他叫道。「這是一枚女人戴的結婚戒指。」

他一邊説，一邊把戒指放在手心伸了過來。我們都圍上去盯着戒指看。錯不了，眼前這枚素樸的金指環曾經是一位新娘的飾物。

「這就把問題搞複雜了，」格雷森説道。「天哪，本來就已經夠複雜了啊。」

「你肯定它不能簡化問題嗎？」福爾摩斯説道。「光這麼盯着它看是沒用的。你們在他口袋裏找到了些甚麼？」

「找到的東西都在那裏，」格雷森説道，指了指堆在樓梯底部台階上的一些東西。「一塊編號 97163 的金錶，是倫敦巴勞錶廠的產品。一條金質的阿爾伯特錶鏈*，相當沉重，成色十足。一枚金戒指，上面刻着共濟會†的徽章。一枚金領針，圖案是牛頭犬，狗的眼睛是紅寶石鑲的。一個俄國產的皮製名片夾，名片上的內容表明此人是克利夫蘭的伊諾克·J. 德雷伯，與襯衫上的 E.J.D. 縮寫相符‡。沒找到錢包，散放的錢鈔卻足足有七鎊零十三先令。

一本袖珍版的薄伽丘《十日談》*，扉頁上寫的名字是約瑟夫·斯坦傑森。此外還有兩封信，一封的收信人是伊諾克·德雷伯，另一封是約瑟夫·斯坦傑森。」

「收信人的地址呢？」

「斯特蘭街美國交易所，留交本人自取。兩封信都是貴戎汽船公司發出的，說的是該公司的輪船從利物浦啟航的船期。很顯然，這個倒霉的傢伙本來是打算不久就回紐約去的。」

「你們調查過這個名叫斯坦傑森的人嗎？」

「接案之後，我立刻展開了調查，先生，」格雷森說道。「我在所有的報紙上登了啟事，還派了個手下去美國交易所，只不過他現在還沒回來。」

「你跟克利夫蘭那邊聯繫過嗎？」

「今天早上給他們發了電報。」

「電報是怎麼措辭的呢？」

「我們只是說了說詳細的案情，請他們提供有助於破案的情報。」

「你沒有向他們打聽一些你覺得至關重要的特殊事情嗎？」

「我問到了斯坦傑森的事情。」

「別的就沒問嗎？整件案子裏就沒有一個讓你覺得最關鍵的地方嗎？你難道不打算再發一封電報嗎？」

「我要說的，上一封電報裏面已經說完了，」格雷森

---

* 薄伽丘 (Giovanni Boccaccio, 1313–1375) 為文藝復興時期意大利著名作家，《十日談》(Decameron) 為其代表作。

氣呼呼地説道。歇洛克·福爾摩斯吃吃地笑了一笑，正打算開口説話，剛才一直在餐廳裏的雷斯垂德又跑進了我們所在的門廳。他搓着自己的雙手，洋洋自得、趾高氣揚。

「格雷森先生，」他説道，「我剛剛有了一個至關緊要的發現。要不是我仔細地檢查了牆壁的話，咱們沒準兒就把它給漏掉了。」

説話的時候，這名小個子探員兩眼放光，顯然是在刻意壓制心裏的狂喜，狂喜則是因為他在同僚之間的競爭當中領先了一步。

「跟我來，」他一邊説，一邊疾步走回了餐廳。佔據餐廳的可怕屍體既已被人抬走，裏面的空氣也顯得明淨了一些。「好了，站那兒別動！」

他在靴子上劃燃火柴，把火柴舉到了牆邊。

「看看這個！」他得意洋洋地説道。

前面我説過，房裏的牆紙已經剝落得不成樣子。眼前這個角落也有一大片牆紙脱離牆面，露出了一方粗糙的黃色粉壁。光秃秃的牆壁上潦草地寫着幾個血紅色的字母，字母組成了一個單詞——

RACHE

「你們怎麼看？」發現字跡的這位探員高聲説道，活像一個正在耍把戲的藝人。「這東西之所以被人忽略，是因為它寫在房間裏最黑暗的角落，之前也沒人想到要往這裏看。寫字的兇手用的是他或她自己的血。看看這些血順着牆往下流的痕跡！不管怎麼説，自殺的可能性已經不存在了。兇手幹嗎要選這個角落寫字呢？讓我來告訴你們

好了。看見壁爐台上的蠟燭了吧，案發當時它肯定是燃着的，那樣的話，這個角落就不會是牆壁上最黑暗的部分，應該是最明亮的部分了。」

「你雖然找到了它，可你知道它是甚麼意思嗎？」格雷森不屑一顧地說道。

「意思？很簡單，意思就是寫字的人本打算寫一個女人的名字，『Rachel』，結果呢，他或者她還沒寫完就受到了驚擾。記着我的話吧，到了結案的時候，你們一定會發現其中牽連到一個名叫『Rachel』的女人。要笑你儘管笑，歇洛克·福爾摩斯先生。你興許聰明絕頂，可是說來說去，薑還是老的辣。」

「你一定得多多包涵！」我的同伴說道，原因是在此之前，他抑制不住地放聲大笑，惹起了小個子探員的怒火。「毫無疑問，我們當中是你最先取得了這個發現，還有啊，就像你說的那樣，它怎麼看都像是昨夜謎案的另一名當事人留下的。之前我還沒來得及檢查這個房間，你要沒意見的話，我打算現在來做這件工作。」

他一邊說，一邊飛快地從兜裏掏出了一個捲尺和一把碩大的圓形放大鏡。他拿着這兩樣工具，悄無聲息地在房間裏轉來轉去。其間他時不時地停住腳步，偶爾還屈膝跪地，有一次竟然整個人趴在了地面上。他對手頭的事情無比專注，看樣子是已經忘記了我們的存在，因為他一直在輕聲地跟自己念叨着甚麼，一會兒驚呼，一會兒哀嘆，一會兒吹口哨，一會兒又發出蘊含着鼓舞和希望的低聲叫喊。看着他，我不由得想起了那種血統純正、訓練有素的

獵狐犬，想起獵狐犬在樹林裏來往奔突，猖猖吠叫，不找出中斷的嗅跡絕不罷休的樣子。他一直檢查了二十多分鐘，一絲不苟地測量着一些我壓根兒就看不見的標誌物之間的距離，偶爾又把捲尺拉到牆上，做一些同樣叫人莫其妙的測量。他還在房裏的一個地方小心翼翼地取了一小撮地板上的灰色塵土，又把塵土裝進了一個信封。到最後，他用放大鏡檢查了一下牆上的字跡，仔仔細細地把那些字母挨個兒過了一遍。檢查完字跡之後，他似乎已經心滿意足，證據就是他把捲尺和放大鏡放回了口袋裏。

「人們説，天才的意思就是吃得了天大的苦，」他笑着説道，「這個定義雖然下得很糟糕，用在偵探行當裏卻很合適。」

格雷森和雷斯垂德一直在觀察這位業餘同行的舉動，一方面十分好奇，一方面又有點兒輕蔑的意思。他倆顯然是沒有認識到一個我已經有所認識的事實，那就是歇洛克·福爾摩斯的一舉一動都帶有明確的實際目的，即便是最微小的舉動也不例外。

「你有甚麼高見，先生？」他倆異口同聲地問道。

「要是我冒昧幫你們破這個案子的話，恐怕會有掠美之嫌，」我的朋友説道。「你們幹得這麼好，別人再伸手就有點兒多餘了。」他的話音裏蘊含着無盡的諷刺。「要是你們願意讓我知道案情進展的話，」他接着説道，「我倒是樂意提供力所能及的幫助。此外，我想跟發現屍體的那個警察談一談，你們能把他的名字和地址告訴我嗎？」

雷斯垂德看了看自己的記事本。「約翰·藍斯，」他

說道，「他現在已經下班了，你可以到肯寧頓公園大門路奧德利巷 46 號去找他。」

福爾摩斯把這個地址寫了下來。

「走吧，醫生，」他說道，「咱們這就去找他。」說到這裏，他轉頭對兩位探員說道，「我可以告訴你們一點事情，興許能幫助你們破案。這裏的確發生了兇案，兇手是個男的，身高超過六英尺，正值壯年。以他的身高而論，他的腳顯得小了一些。他穿的是一雙粗糙的方頭靴子，抽的是崔克諾帕里＊雪茄。他跟死者一起坐一輛四輪馬車到了這裏，拉車的馬有三個蹄子上的蹄鐵已經舊了，右前蹄的蹄鐵則是新的。兇手十之八九是個臉色紅潤的人，右手的指甲還特別長。這些線索雖然不算太多，沒準兒也能對你們有點兒幫助。」

雷斯垂德和格雷森對望了一眼，臉上露出了姑妄聽之的笑容。

「你說死者死於謀殺，兇手用的是甚麼方法呢？」雷斯垂德問道。

「毒藥，」歇洛克・福爾摩斯簡單明瞭地給出了答案，跟着就大步離去。「還有一點，雷斯垂德，」走到門口的時候，他轉頭補了一句，「『Rache』是德語，意思是『復仇』，所以呢，你就別浪費時間去找那位『Rachel』小姐啦。」

使出這記回馬槍之後，他徑直離開，身後留下了兩個連嘴巴都合不上的對手。

＊ 崔克諾帕里 (Trichinopoly) 為印度城市，當時是英屬印度的重要城市，以大量出產一種廉價的劣質雪茄而聞名。

第四章
約翰・藍斯的所見所聞

我們離開勞瑞斯頓花園街 3 號的時間是下午一點鐘，歇洛克・福爾摩斯帶着我去了最近的一家電報局，發了一封長長的電報。這之後，他截住一輛出租馬車，吩咐車夫送我們去雷斯垂德所説的那個地點。

「甚麼都不如第一手的材料管用，」他説道，「説實在話，我已經對案情有了完整的看法，可我們還是應該把能了解的情況都了解一下。」

「你可真讓我吃驚，福爾摩斯，」我説道。「要我説，對於你告訴他們的那些細節，你肯定不像你剛才裝出來的那麼有把握。」

「我説的那些絕對不會錯，」他回答道。「到現場的時候，我第一眼就發現，靠近街沿的地方有兩道馬車留下的轍印。好了，之前一個星期都沒下雨，下雨是昨天晚上的事情，所以呢，那麼深的轍印只能是晚上下雨之後留下的。此外，地上還有馬蹄的印跡，其中一個蹄印的輪廓遠比另外三個清晰，説明那個蹄鐵是新的。既然那輛馬車是下雨之後到那裏的，格雷森又説整個早上都沒看見它，那它到那裏的時間就只能是在夜裏，由此可知，就是它把那兩個人送到了那座房子跟前。」

「這一點聽起來還挺簡單的，」我說道，「另外那個人的身高又是怎麼回事呢？」

「哦，人的身高十之八九都可以通過人的步幅推算出來，計算的方法也相當簡單，只不過，我沒有必要拿那些數字公式來討你的嫌。屋外的粘土和屋裏的灰塵都為我提供了資料，讓我得到了那傢伙的步幅。除此之外，我還有一個檢驗計算結果的方法。往牆上寫東西的時候，人總會本能地把字寫在跟自己的眼睛差不多高的地方。既然牆上的字跡跟地面之間有六英尺多一點點的距離，就連小孩子都可以猜出那傢伙的高度。」

「他的年齡呢？」我問道。

「呃，要是一個人能夠輕而易舉地跨出四英尺半的大步，那他就不大可能老態龍鍾。花園小徑上的那個水窪就有這麼寬，而他顯然是跨過去的。穿漆皮靴子的人繞了道，穿方頭靴子的卻是一躍而過。這當中壓根兒就沒有甚麼神秘的東西，我只是搬出我在文章中倡導的觀察與演繹之法，用了一點在日常生活當中而已。你還有甚麼不明白的嗎？」

「還有指甲和崔克諾帕里雪茄的事情，」我給他提了個醒。

「牆上的字是有人用食指蘸着血寫的。靠着放大鏡的幫助，我發現那人寫字的時候在粉壁上留下了輕微的劃痕，如果他的指甲經過修剪，那樣的劃痕就不會出現。我還從地板上收集了一些散落的煙灰，只有崔克諾帕里雪茄才會留下那種片狀的深色煙灰。我專門研究過雪茄煙的煙

灰——說實在的，我還以此為題寫了篇論文呢。話說得大一點，只要是我知道的牌子，不管是雪茄還是煙絲，我都可以一眼認出它們的煙灰。高明的偵探之所以跟格雷森和雷斯垂德之流有所不同，區別正是在這樣的細節當中。」

「臉色紅潤又怎麼說呢？」我問道。

「哦，那是個比較大膽的猜測，不過我還是確信自己沒有猜錯。案子還沒辦完，這個問題你以後再問吧。」

我把手搭到了額頭上。「我的腦子裏亂成了一鍋粥，」我說道，「你越是去想這個案子，就越是覺得迷霧重重。那兩個男人——要是真的有兩個男人的話——幹嗎要走進一座空屋呢？送他們去的車夫又怎麼樣了呢？用甚麼手段才能強迫他人吃下毒藥？血又是從哪裏來的？既然沒有搶劫的跡象，兇手的目的又是甚麼呢？現場為甚麼會有女人戴的戒指？最要緊的是，逃走之前，第二個男人為甚麼要在牆上寫下德文的『復仇』呢？說老實話，我完全想不出辦法，沒法把所有這些事實聯繫到一起。」

我的同伴讚許地笑了笑。

「你等於是對這個案子的難點進行了一番總結，既簡潔又完整，」他說道。「不清楚的地方確實還有很多，可我已經對主要的情節有了相當的把握。可憐的雷斯垂德發現了牆上的字跡，可那只是兇手對警方施的障眼法，目的是引他們往社會主義和秘密社團那方面去想。那些字根本就不是德國人寫的。不知道你注意到沒有，字跡當中的那個"A"多少有點兒模仿德文字體，可是，真正的德國人只會使用規規矩矩的拉丁字體，因此我們可以十拿九穩地

說，寫字的並不是一個德國人，而是一個做得過了頭的拙劣模仿者。他這個花招，不過是想把查案的人引上歧路而已。這件案子的情況，我不打算再跟你深說了，醫生。要知道，魔術師要是把自己的戲法說個明明白白，大家也就不會叫好了。我的工作方法要是讓你知道得太多，你就會得出這樣一個結論：歸根結底，福爾摩斯也不過是個普普通通的凡人而已。」

「我絕對不會那麼想，」我回答道，「你已經把偵探工作推到了近於精密科學的高度，這世上再沒有人能讓它更進一步了。」

我同伴開心得臉都紅了，不光是因為我說的話，也因為我說話的口氣非常認真。之前我就已經發現，他很喜歡別人誇讚自己的偵探手法，就跟女孩子喜歡別人誇自己漂亮一樣。

「再跟你說件事情吧，」他說道。「漆皮靴子和方頭靴子坐同一輛馬車去了那裏，然後又一起走過那條小徑，要多友好就有多友好——很有可能是手挽着手。進屋之後，他倆開始在房間裏踱來踱去，準確點兒說的話，踱來踱去的是方頭靴子，漆皮靴子只是在旁邊站着。我可以從塵土當中看出所有這些事情，還可以看出方頭靴子越走越激動，因為他的步子越來越大。他一邊走一邊說，越說越來氣，最後呢，毫無疑問，怒氣就達到了無法克制的地步。再往後，悲劇就發生了。眼下我已經把我知道的事情全部倒給了你，其他的都只是猜想和推測了。話說回來，我們已經有了一個很好的基礎，可以着手查案了。我們得抓緊

時間，下午我還要去哈勒的音樂會聽諾曼－聶魯達拉小提琴哩*。」

我倆說話的時候，馬車一直在一長串昏暗街道和陰鬱小巷之中鑽來鑽去。到了最為昏暗陰鬱的那個街區，車夫突然停了下來。「那邊就是奧德利巷，」他指着黑壓壓磚牆之間的一條窄縫說道。「你們去吧，我在這裏等你們。」

奧德利巷並不是甚麼引人入勝的所在。走過一條狹窄的巷道，我們進入了一個方形的大院。院子的地面是石板鋪的，四邊都是污穢不堪的房屋。我們繞過一群群邋裏邋遢的小孩，穿過一排排洗得褪了色的襯衫，最後才找到了46號。46號的門上有一塊小小的黃銅牌子，上面刻着「藍斯」這個名字。我們問了問，發現這名警員正在睡覺。接下來，有人把我們領進了一個小小的前廳，讓我們在那裏等他出來。

沒過多久他就來了，看樣子是有點兒不大高興，因為我們攪了他的清夢。「我在局裏已經寫過報告了。」

福爾摩斯從兜裏掏出一枚半鎊的金幣，若有所思地把玩起來。「我們覺得，還是聽你親口說比較好，」他說道。

「我很樂意把我知道的事情全部告訴你們，」警員回答道，眼睛看着那枚小小的金幣。

「你就按你自己習慣的方式原原本本地說一遍吧。」

藍斯在馬毛沙發上坐了下來，緊緊地皺起眉頭，似乎是暗暗下定了決心，絕不能漏掉任何東西。

---

* 諾曼－聶魯達 (Wilma Norman Neruda, 1838–1911) 是摩拉維亞 (今屬捷克) 女小提琴家，哈勒 (Charles Halle, 1819–1895) 是德裔英國鋼琴家及指揮家，二人長期合作，後結為夫婦。

「我從頭開始說吧，」他說道。「我當班的時間是晚上十點到早晨六點。十一點鐘的時候，『白牡鹿』酒館有人打架。除此之外，我這個班當得也算太平無事。一點鐘的時候，天上下起了雨。這時我碰見了哈里·默切爾，他是負責巡邏荷蘭林路那一片的，於是我們就站在亨萊塔街的街角聊天。沒過多久，大概是兩點鐘，要麼就是兩點多一點點，我覺得應該去轉一轉，看看布萊克斯頓路有沒有甚麼情況。那條路髒得要命，也僻靜得要命，整條路上連個鬼影都沒有，只有一兩輛馬車從我身邊經過。我一邊慢慢蹓躂，一邊尋思，這會兒要能來上四便士熱騰騰的杜松子酒，不知道該有多美。突然之間，我看見出事那座房子的窗戶裏閃出了亮光。您瞧，我知道勞瑞斯頓花園街的那兩座房子是沒人的，這都得怪房子的主人，那兩座房子裏的最後一個租客是得傷寒死的，就這樣他都不肯請人把排水管道掏一掏。所以呢，看到窗子裏有亮光，我一下子嚇了一大跳，疑心房子裏出了甚麼亂子。等我走到屋門口的時候——」

「你停了下來，跟着就走回了花園的門口，」我的同伴接口說道。「你為甚麼要這麼幹呢？」

藍斯嚇得猛一哆嗦，緊緊地盯着歇洛克·福爾摩斯，臉上的表情驚愕得無以復加。

「天哪，您說得沒錯，先生，」他說道，「可您是怎麼知道的，那就只有老天爺知道了。是這樣，我走到屋門口的時候，覺得四周特別安靜、特別荒涼，於是我就想，叫個人跟我一起進去也沒甚麼不好。陽間的玩意兒我倒不

怕，怕就怕來的是那個傷寒死鬼，正在巡查要了他命的那些排水管道。這樣的念頭把我嚇得夠嗆，所以我才走回花園門口，想知道還能不能瞧見默切爾的提燈。可我沒看見他的影子，也沒看見別的人。」

「街上一個人都沒有嗎？」

「別說人了，先生，連條狗都沒有。這之後，我鼓起勇氣走了回去，把門給推開了。裏面甚麼聲音都沒有，於是我走進有燭光的那個房間，看見壁爐台上點着一根紅顏色的蠟燭，借着燭光，我看見——」

「行了，我知道你看見了些甚麼。你在房間裏轉了幾圈，還在屍體旁邊跪了下來，接着就走出去推了推廚房的門，然後又——」

藍斯跳了起來，臉上寫滿恐懼，眼睛裏都是懷疑。「當時你躲在哪裏，為甚麼甚麼都能看見？」他高聲叫道。「要我說，你知道的真有點兒太多了。」

福爾摩斯笑了笑，隔着桌子把自己的名片丟給了這名警員。「你可別把我當兇手給逮起來，」他說道。「我是獵犬，可不是惡狼，格雷森先生和雷斯垂德先生都可以替我作證。好啦，你還是接着講吧。再往後，你又幹了些甚麼呢？」

藍斯坐了回去，困惑的表情卻依然留在臉上。「我回到門口吹響了警笛，聽到警笛的聲音，默切爾和另外兩個警察也來到了現場。」

「那個時候，街上還是沒有人嗎？」

「呃，沒有人，有也不是甚麼正經人。」

「這話是甚麼意思？」

警員的面容漸漸舒展，咧開嘴笑了起來。「我這輩子見過不少醉鬼，」他説道，「醉成那傢伙那樣的還真沒見過。我出去的時候，他正好就在大門口，靠着欄杆，憋足了勁兒唱甚麼『科倫比訥的新式旗幡』*，要不就是跟這類似的甚麼東西。他連站都站不住，更別説給我幫甚麼忙了。」

「他是個甚麼樣子的人呢？」歇洛克・福爾摩斯問道。

福爾摩斯這麼一打岔，藍斯似乎有點兒不高興。「他就是個醉得不成樣子的醉鬼，」他説道。「當時我們正忙得不可開交，要不然啊，少不得要把他送到局子裏去。」

「他的長相啊，衣着啊，你有沒有留意呢？」福爾摩斯很不耐煩地插了一句。

「我看我沒法不留意，我還得把他架起來呢——我和默切爾兩個人。那傢伙個子挺高，紅臉膛，下巴上長着一圈兒——」

「這就行了，」福爾摩斯叫道，「他後來怎麼樣了呢？」

「我們哪有工夫管他，」警員説道，聲音聽着有點兒委屈，「我敢打包票，回家的路他還是認得的。」

「他穿的是甚麼衣服？」

---

* 「科倫比訥的新式旗幡」是「Columbine's New-fangled Banner」的直譯，其中「科倫比訥」是英國一種民間喜劇中的定型女角；「Columbine's New-fangled Banner」可能是對美國愛國歌曲《萬歲！哥倫比亞》(*Hail, Columbia*) 以及國歌《星條旗永不落》(*The Star-Spangled Banner*) 的訛聽，兩首歌當中分別有「Hail, Columbia」和「the star-spangled banner」的歌詞，發音與此相近。

「一件棕色的大衣。」

「他手裏是不是拿着一條馬鞭？」

「馬鞭嗎，沒有。」「那他一定是把馬鞭給扔了，」我的同伴咕噥了一句。「再往後，你有沒有看見或者聽見馬車駛過呢？」

「沒有。」

「這半鎊給你，」我的同伴一邊說，一邊站起身來，拿上了自己的帽子。「照我看，藍斯，你在警界不會有甚麼出頭之日了。你得好好用用你的腦袋，光拿它當擺設是不行的。昨天晚上，你本來是有機會撈個警長* 幹幹的。你們架的那個人身上背着這宗謎案的線索，也是我們正在追查的人。你用不着和我爭論，我已經說了，事情就是這樣。走吧，醫生。」

我倆一起走向馬車，身後那位提供情報的人士雖然還在疑信之間，沮喪的神色卻已經一覽無遺。

「好一個沒頭沒腦的蠢貨，」回我們住處的路上，福爾摩斯咬牙切齒地說道。「想想吧，眼前擺着這麼個千載難逢的機會，他竟然不知道利用。」

「我還是不太明白。的確，他對那個人的描述跟你對案子當中第二個人的推測對得上。可是，既然他已經離開了那座房子，幹嗎還要回去呢？這可不像是罪犯的慣常舉動啊。」

---

* 警長是僅高於普通警員的一種低級警衛。英國的警衛系統與香港大致相同，故書中警衛的譯名皆比照香港警衛，由低到高包括警員、警長、督察、警司等等級別。

「戒指，伙計，想想那枚戒指：那就是他回去的原因。就算用別的方法逮不住他，咱們也保準兒可以用戒指來引他上鉤。我會逮到他的，醫生——我可以跟你打個一賠二的賭，賭我能逮到他。這回的事情，我真得感謝你。要不是你，我可能還不會去呢。那樣的話，我就趕不上這個空前絕妙的研究機會了。咱們就叫它『暗紅習作』，怎麼樣？用那麼一點兒藝術詞藻，我看也無傷大雅。生活的亂麻蒼白平淡，兇案卻像一縷貫串其中的暗紅絲線，咱們的任務就是找到這縷絲線，將它孤立出來，讓它纖毫畢現地暴露人前。現在該吃午飯了，然後我就去聽諾曼－轟魯達，她的指法和弓法真是妙不可言。有一首肖邦的曲子，叫甚麼來着，她拉得真是動聽極了：噠 — 啦 — 啦 — 哩啦 — 哩啦 — 唻。」

這位業餘偵探靠在馬車裏，像雲雀一般囀了一路，而我禁不住暗自感嘆，人類的心靈啊，真可謂玲瓏八面。

第五章
啟事招來的訪客

　　上午的奔波令我孱弱的身體難以負擔，到了下午，我覺得精疲力竭。福爾摩斯去聽音樂會之後，我便躺倒在沙發上，打算睡兩個小時。可我根本就睡不着，因為我的腦子被之前的那些事情搞得太過興奮，裏面塞滿了各種無比怪異的想像和猜測。每次我閉上眼睛，就會看見死者那副猴子似的扭曲面容。那張臉實在讓我覺得邪惡至極，以致我很難對送它主人上西天的那個人產生感激之外的情感。如果說世上有哪個人的長相能反映最刻毒的邪惡，那個人就只能是克利夫蘭的伊諾克·德雷伯。儘管如此，我還是承認，正義必須得到伸張，法律並不會因死者的邪惡而寬恕兇手的罪行。

　　我室友認為死者是被毒死的，而我越是想，就越是覺得他這個假設值得注意。我還記得他嗅過死者的嘴唇，由此就可以斷定，他這麼想是因為嗅到了甚麼。再說了，死者身上既沒有傷口，也沒有勒死的痕跡，死因不是中毒又是甚麼呢？可是，換個角度來看，地板上那麼多的血又是誰的呢？現場沒有打鬥的跡象，死者身上也沒有足以重創他人的武器。按我的感覺，這些問題如果得不到解決，睡覺就不會是件容易的事情，對福爾摩斯和我來說都是如

此。因為他那種胸有成竹的架勢，我確信他已經有了一個足以解釋所有事實的假設，假設的內容呢，我一點兒也想不出來。

當天他回來得很晚，應該說是非常晚，足以讓我斷定他不僅僅是去聽了音樂會而已。他回來的時候，房東已經把晚餐擺在了桌子上。

「棒極了，」他一邊說，一邊坐到了自己的位子上。「你還記得達爾文是怎麼評論音樂的嗎？按他的說法，人類創造和欣賞音樂的能力由來已久，歷史比說話的能力還要長得多。音樂之所以能對我們施加如此微妙的影響，原因興許就在這裏。關於混沌初開、依稀彷彿的遠古時代，我們的靈魂深處至今都還保留着一些模模糊糊的記憶。」

「你這個想法有點兒不着邊際，」我如是評論。

「如果你想要破譯自然的奧秘，你的思想就必須跟自然一樣無邊無際，」他回答道。「你怎麼啦？樣子不太對勁啊。布萊克斯頓路的事情讓你難受了吧。」

「說老實話，確實有點兒難受，」我說道。「本來我不該這麼敏感的，畢竟我在阿富汗待過。在邁萬德戰役當中，我曾經眼睜睜地看着戰友們血肉橫飛，可也沒嚇得失魂落魄。」

「這我可以理解。眼前的案子迷霧重重，可以刺激人的想像；如果沒有想像的餘地，恐怖也就不復存在了。今天的晚報你看了嗎？」

「沒有。」

「報紙對案情的描述也算詳細，但卻漏掉了一個事

實，那就是工人抬屍體的時候，有一枚女用結婚戒指掉到了地板上。不過，漏掉了也好。」

「為甚麼？」

「看看這則啟事吧，」他回答道。「早上去過現場之後，我馬上給所有的報紙發了一份。」

他把晚報扔到我的面前，我便朝他指的那個地方看了一眼。那是失物招領欄裏面的第一則啟事，內容是這樣的：「今晨於布萊克斯頓路拾獲素色金婚戒一枚，具體地點為『白牡鹿』酒館及荷蘭林路之間。認領請洽貝克街 221B 華生醫生，接待時間為今晚八點至九點。」

「抱歉借用了你的名字，」他說道。「可我要是用了自己的名字，有些笨蛋就會認出來，跟着就會跑來攪局。」

「沒關係，」我回答道。「可是，要是有人來認領的話，我可拿不出戒指來啊。」

「拿得出，你拿得出，」他一邊說，一邊給了我一枚戒指。「這東西跟原來那個幾乎一模一樣，應該可以蒙混過關。」

「按你看，來認領戒指的會是誰呢？」

「還能是誰，當然是那個穿棕色大衣的人，也就是咱們那位穿方頭靴子的紅臉膛伙計。就算自己不來，他也會派個同伙來的。」

「難道他不會覺得這麼幹太危險嗎？」

「絕對不會。要是我對案情的推測沒錯的話，我就可以百分之百地相信，那個人寧願冒天大的風險，也不會願意失去那枚戒指。按我的估計，戒指應該是在他俯身察

看德雷伯屍體的時候掉出來的，而他沒有立時發現。離開那座房子之後，他發現戒指不見了，於是就急匆匆跑了回去，卻發現警察已經到了現場。這只能怪他自己犯傻，走的時候忘了滅掉蠟燭。這樣出現在門口會引起懷疑，所以他只好裝醉。接下來，我們不妨把自己擺在他的位置，看看他會怎麼想。他想來想去，沒準兒就會覺得，戒指是離開現場以後才丟的，掉在了路上的某個地方。想到這裏，他又會怎麼做呢？他會迫不及待地去看晚報，希望能在失物招領欄裏看到自己的東西。當然嘍，我這條啟事會讓他眼前一亮，大喜過望。他幹嗎要害怕這是個圈套呢？在他看來，有人找到戒指的事情跟兇案根本沒有任何關係。他肯定會來的。一個小時之內他就會來找你，沒問題吧？」

「然後呢？」我問道。

「哦，然後就由我來對付他。你有武器嗎？」

「我當兵時用的那把左輪手槍還在，還有幾發子彈。」

「你最好先把它清理一下，子彈也要裝好，來的可是個亡命之徒。我雖然可以出其不意地制住他，可我們還是得做好萬一的準備。」

我走回自己的臥室，照他的意見做好了準備。等我帶着手槍回到客廳裏的時候，餐桌已經收拾乾淨，福爾摩斯也已經開始撥弄小提琴，投入了他最喜愛的消遣之中。

「事情越來越嚴重了，」我走進客廳的時候，他說道，「我發到美國的電報剛剛有了回音。我的推測是正確的。」

「你的推測是——？」我趕忙問了一句。

「我的琴該換新弦了，」他說道，「把你的手槍裝到

兜裏去。那傢伙來的時候，你就按正常的方式跟他說話，別的事情都交給我。你可別直勾勾地盯着他看，免得打草驚蛇。」

「八點鐘已經到了，」我看了看錶，說了一句。

「沒錯。十有八九，他幾分鐘之內就會來。把門打開一點點吧。這樣就行。把鑰匙插在門裏面。謝謝！喏，這本稀奇古怪的拉丁文舊書——《國際法》——是我昨天在一個書攤上買到的，出版地點是低地城市列日，時間則是一六四二年。這本褐皮小冊子出版的時候，查理一世的腦袋還好端端地待在肩膀上哩 *。」

「出版商是誰呢？」

「名字叫做菲利普‧德‧克羅伊，不知道是個甚麼樣的人物。書的扉頁上有一行褪色褪得很厲害的墨水字跡，寫的是『威廉‧懷特藏書』。我倒想知道這個威廉‧懷特是誰，應該是十七世紀一個注重實際的律師吧，因為他的筆跡帶着點兒律師派頭。依我看，我們等的人已經來了。」

他話音剛落，我們就聽到了刺耳的門鈴聲。歇洛克‧福爾摩斯輕輕地站起身來，把自己的椅子往門那邊挪了挪。我們聽見女僕穿過樓下的廳堂，跟着就聽見她拔去門閂，發出了清脆的聲響。

---

* 《國際法》(*De Jure inter Gentes*) 是英格蘭法學家理查德‧佐契 (Richard Zouch, 1590–1661) 的著作；低地 (Lowlands) 特指歐洲大陸北部的濱海地區，主要包括今天的比利時、荷蘭和盧森堡，列日 (Liége) 是今屬比利時的一個城市；查理一世 (Charles I, 1600–1649) 為英格蘭國王，1649 年被議會審判並斬首。

「華生醫生是住這兒嗎？」問話的人聲音清晰，同時又相當刺耳。我們沒聽見女僕的回答，只聽見大門關了起來，有人開始往樓上走，腳步又細碎又顫悠。聽到這樣的腳步聲，我室友的臉上掠過了一抹驚訝的神情。腳步聲順着過道慢慢靠近，最後就換成了一記有氣無力的叩門聲。

「請進，」我高聲叫道。

出乎我們的意料，應聲而入的並不是甚麼暴烈的兇漢，而是一個老態龍鍾、皺紋滿面、步履蹣跚的婦人。看樣子，突如其來的強光讓她有點兒頭暈目眩。屈膝行禮之後，她仍然站在那裏，衝我倆眨巴着昏花的眼睛，顫巍巍的手在兜裏掏來掏去。我瞥了一眼我的室友，發現他的表情沮喪至極，沒辦法，我只好裝出一副泰然自若的樣子。

老太婆掏出一張晚報，指了指我們登的那則啟事。「我是為這件事情來的，好心的先生們，」她一邊說，一邊又行了個屈膝禮，「為的是你們在布萊克斯頓路拾到的金結婚戒指。那是我女兒莎莉的東西，她結婚剛剛一年，丈夫是聯合輪船公司的船員。她丈夫脾氣向來暴躁，喝了酒就更不得了。要是他回到家裏，發現戒指不見了，我真不知道他會說出些甚麼來。你們樂意聽的話，事情是這樣的，昨天晚上，她去看馬戲，一起去的還有——」

「您說的是這枚戒指嗎？」我問道。

「謝天謝地！」老太婆叫了起來，「今天晚上，莎莉可要高興死了。這正是她的戒指。」

「您住在哪裏呢？」我拿起一支鉛筆問道。

「洪茲迪奇路鄧肯街13號，從這裏走過去可夠累人的。」

「從洪茲迪奇路出發的話，去哪一家馬戲團都不會經過布萊克斯頓路，」歇洛克·福爾摩斯突然插了一句。

老太婆轉過臉，眼圈紅紅的小眼睛狠狠地瞪着福爾摩斯。「這位先生問的是**我的**住址，」她説道。「莎莉住在佩克姆街區梅菲爾德廣場3號的公寓裏。」

「貴姓是——？」

「我姓索伊爾，我女兒姓鄧尼斯。她丈夫名叫湯姆·鄧尼斯，在海上的時候倒是個精明強幹、清清白白的小伙子，公司裏的船員就數他最受重視。可是啊，一旦上了岸，見到了女人和酒館——」

「戒指給您，索伊爾女士，」遵照我室友的暗示，我打斷了她。「它顯然是您女兒的物品，而我很樂意讓它物歸原主。」

老太婆嘟嘟囔囔、千恩萬謝地把戒指收進了口袋，然後就曳着碎步下了樓。她剛剛消失，歇洛克·福爾摩斯立刻一躍而起，衝進自己的臥室，幾秒鐘之後便回返客廳，身上已經裹上了一件烏爾斯特大衣＊和一條領巾。「我要去跟蹤她，」他急匆匆地説道，「她一定是那個傢伙的同黨，跟着她就能找到那個傢伙。你先別睡，等我回來。」適才的訪客剛剛關上樓下的大門，福爾摩斯就已經下了樓。透過窗子，我看到老太婆顫顫巍巍地走在街對面，

＊　烏爾斯特大衣 (ulster) 是一種長而寬鬆、料子粗重的大衣，因愛爾蘭島北部的烏爾斯特地區而得名。

福爾摩斯則在她身後不遠處跟着。「除非他的推測全都錯了，」我暗自想道，「要不然，眼下那人領他去的地方應該就是這宗謎案的中心地帶。」其實他用不着叫我等他，因為我覺得，沒聽到他這次冒險的結果，睡覺壓根兒就是不可能的事情。

他是在快到九點的時候出的門，我不知道他要去多久，於是便茫然地坐在那裏，一邊抽煙斗，一邊瀏覽昂熱·默哲的《波希米亞風情》*。剛過十點，我聽見了上床就寢的女僕嗶里啪啦的腳步聲。十一點，女房東那種略見堂皇的腳步也從我的門前經過，目的地同樣是臥室。到了將近十二點的時候，我才聽見了福爾摩斯用鑰匙開門的清脆聲響。他剛一進屋，我就從他的臉色看出他沒有得手。他似乎又是覺得好笑，又是覺得懊惱，兩種情緒在他的臉上來回拉鋸。到最後，好笑的神情驟然大獲全勝，而他也就爽朗地大笑起來。

「無論如何也不能讓蘇格蘭場的人知道這件事情，」他重重地坐進椅子，高聲說道，「以前我老是笑話他們，他們一定會抓住這件事情笑個沒完。不過我也不怕他們笑，因為我知道，久而久之，我總是能找補回來的。」

「究竟是怎麼回事呢？」我問道。

「哦，事情雖然窩囊，我也不怕講給別人聽。當時，那傢伙沒走多遠就開始一瘸一拐，怎麼看都像是傷到了腳。沒過一會兒，她停下腳步，叫住了一輛過路的四輪馬

---

* 昂熱·默哲 (Henry Merger, 1822–1861) 為法國小說家及詩人，《波希米亞風情》(*Scènes de la Vie de Bohème*, 1851) 為其代表作。

車*。我設法湊了上去，想聽她跟車夫説的地址，結果發現我根本不需要這麼着急，因為她報地址的聲音大得連街對面的人都能聽見。『去洪兹迪奇路鄧肯街13號』，她這麼吼了一嗓子。那時我不由得想，她原先説的話沒準兒還是真的哩。看到她確實上了車，我也就爬到了馬車背面。爬馬車是所有偵探都應該精通的一門手藝。就這樣，我們一路前行，一直走到了她説的那條街，中間沒有任何停頓。快到屋門口的時候，我跳下馬車，遛遛達達地順着街道往前走。我看到馬車停了下來，車夫也跳下了車，還看到車夫打開車門，站在那裏等客人出來。可是，並沒有人從車裏出來。我走到車夫身旁的時候，他正在空空的車廂裏瘋狂翻找，嘴裏是一大堆我聞所未聞的污言穢語。客人已經無影無蹤，他這趟的車錢恐怕是不太好收了。我和車夫到13號去打聽了一下，發現房子的主人是一位體面的裱糊匠，名字叫做科兹克，他從來都沒聽説過，自己的房子裏有過姓索伊爾或者鄧尼斯的房客。」

「照你這麼説，」我驚訝得叫了起來，「那個搖搖晃晃、有氣無力的老太婆不但有本事跳下行進之中的馬車，還可以不讓你和車夫發現，是這樣嗎？」

「叫老太婆見鬼去吧！」歇洛克・福爾摩斯惡狠狠地説道。「被人家騙得這麼苦，我倆才是老太婆。那人一定是個小伙子，而且身手矯健。除此之外，他還是一個出

---

* 作者特意指明是四輪馬車 (four-wheeler)，是因為當時雙輪出租馬車的車夫座位設在馬車末尾，而且比乘客所在的車廂高，接下來敘述的事情不太可能發生在雙輪馬車上。

類拔萃的演員，喬裝改扮的本領無可比擬。毫無疑問，他知道我在跟蹤他，於是就用這種方法來把我甩掉。由此可見，咱們的追查對象不但不像我想的那樣獨來獨往，而且擁有一些願意為他冒險的朋友。好了，醫生，看來你已經累得不行了。聽我的話，去睡吧。」

我的確覺得十分疲憊，於是就聽從了他的吩咐，讓他自個兒坐在悶燒的壁爐跟前。深宵之中，我聽見他的小提琴發出了低沉哀婉的樂聲，由是知道，他還在為手頭的離奇案子傷神。

第六章
托比亞斯‧格雷森大顯身手

第二天的報紙版面充斥着關於所謂「布萊克斯頓謎案」的報道。各家報紙都有關於案情的長篇記述,有幾家還加上了社論。見諸報紙的事情,有一些我當時還不知道。直到今天,我的剪貼簿裏都還保存着許許多多與這個案子相關的剪報,以下就是其中一些剪報的概要:

《每日電訊報》指出,縱觀整個犯罪史,這宗慘案的離奇程度都堪稱絕無僅有。死者擁有一個典型的德國姓氏,警方又找不到政治之外的犯罪動機,再加上牆上那行邪惡的字跡,所有證據都表明這是政治難民和革命分子幹的好事。社會黨在美國有許多分支,毫無疑問,死者是觸犯了他們的某種不成文戒條,所以才被他們追蹤至此。蜻蜓點水式地說完神聖法庭同盟、托法那水、燒炭黨、布林維列侯爵夫人、達爾文主義、馬爾薩斯原理和拉特克里夫大道謀殺案之後 *,報道對政府提出了勸誠,並且

---

* 神聖法庭同盟 (Vehmgericht) 是活躍於中世紀晚期德國的一個審判組織,由所謂「自由法官」組成,以秘密手段執行判決;托法那水 (aqua tofana) 是一種強力毒藥,據說是曾經流行於意大利的那不勒斯和羅馬;燒炭黨 (Carbonari) 為十九世紀意大利的地下革命組織;布林維列侯爵夫人 (Marchioness de Brinvilliers, 1630–1676) 是法國的一個連環投毒女殺手,有可能使用過托法那水;馬爾薩斯 (Thomas Malthus, 1766–1834) 為英國政治經濟學學者,以主張控制

要求對僑居英國的外國人加強監管，就這麼收了尾。

《旗幟報》評論道，諸如此類無法無天的暴行通常都發生在自由黨執政的時期，原因則是民心搖動，一切權威隨之削弱。死者是位美國紳士，之前已經在我們的首都住了幾個星期，住的是夏彭蒂耶夫人的公寓，公寓在坎伯維爾街區的托魁街。他的秘書約瑟夫·斯坦傑森先生與他同行，兩人於本月四日星期二與女房東作別，接着就去了優頓車站，説是要搭快車去利物浦。此後還有人看見他們在車站月台一同出現，再後來就沒有了他們的下落。到最後，如本報所載，德雷伯先生的屍體在一座空屋之中被人發現，地點則是與優頓車站相距遙遠的布萊克斯頓路。他如何到達該處，又如何罹此厄運，迄今仍是未解之謎。斯坦傑森亦是蹤跡全無。欣悉蘇格蘭場的雷斯垂德先生及格雷森先生均已介入此案，相信兩位著名警官必能迅速解開此中謎團。

《每日新聞》認為，毫無疑問，此案因由關乎政治。歐洲大陸的各國政府專橫獨斷、憎恨自由，由此就把相當數量的人趕進了我們的國土。他們本來可以成為優秀公民，只可惜往日的遭際縈回不去，把他們弄得性情乖戾。這些人對尊嚴極為看重，任何冒犯都會招致死亡的懲罰。我們應該不遺餘力地找出身為死者秘書的斯坦傑森，借此了解死者生活習慣的一些細節。警方已經掌握了死者生前寄宿的公寓地址，案情由是取得重大進展。此一發現，全

人口聞名；拉特克里夫大道謀殺案是 1811 年發生在倫敦的兩起惡性案件，多人被害。

都歸功於蘇格蘭場格雷森先生的機敏與幹勁。

當天吃早飯的時候，歇洛克·福爾摩斯和我一起讀完了這些報道。看樣子，報道的內容把他逗得非常開心。

「我跟你說過吧，不管事情怎樣發展，雷斯垂德和格雷森都可以邀功領賞。」

「這得看案子結果如何吧。」

「噢，你倒好心，這跟結果一點兒關係都沒有。兇手要是被逮住了，那就是因為他們的努力；要是跑了呢，那就是他們**已經**盡了力。拿拋硬幣來打比方，這就叫正面我贏，反面你輸。不管他們幹了些甚麼，都會有人去捧他們的臭腳。『蠢人也有更蠢的人崇拜』＊。」

「這到底是怎麼回事？」我失聲叫道，因為就在此時此刻，我聽見了許多人穿過廳堂走上樓梯的腳步聲，外加女房東怨氣衝天的聲音。

「這是貝克街偵緝特遣隊，」我的室友一本正經地說道。就在他說話的時候，六個街頭流浪兒衝進了房間。我從來都沒見過身上這麼骯髒、衣衫這麼襤褸的孩子。

「立正！」福爾摩斯厲聲喝道，六個髒兮兮的小無賴立刻直挺挺地站成了一排，活像是六座破破爛爛的小雕像。「以後你們叫威金斯一個人來報告就行了，其他人可以在街上等着。你們找到了嗎，威金斯？」

「沒，先生，沒找到，」其中一個孩子說道。

「我就知道你們找不到。你們得繼續找，直到找到為

＊　這句話出自法國詩人及批評家鮑婁 (Nicolas Boileau–Despréaux, 1636–1711) 的《詩藝》(*L'Art Poetique*, 1674)。

止。喏，這是你們的薪水。」他給了他們一人一個先令。「好了，你們走吧，下次的報告最好能漂亮點兒。」

他揮了揮手，孩子們就像一窩老鼠似的躥下了樓。轉眼之間，街上就傳來了他們大呼小叫的聲音。

「這些小傢伙啊，一個人能辦的事兒比一打警察還要多，」福爾摩斯說道。「一看到面有官相的人物，大家就會閉緊自己的嘴巴。反過來，這些小傢伙哪裏都能去，甚麼都能打聽到。還有啊，他們都機靈得要命，像針尖一樣見縫就鑽。他們欠缺的不過是組織而已。」

「你僱他們是為了布萊克斯頓路這件案子嗎？」我問道。

「是的，因為我還有個推測需要確認。不過，這只是早晚的事情。嘿！咱們馬上就有驚天動地的消息可聽了。格雷森正在下面的街道上走，臉上堆滿了歡天喜地的表情。他是來找咱們的，我敢肯定。這不，他準備停下了。他來了！」

鈴聲大作。幾秒鐘之後，這位淡黃頭髮的探員就一步三個台階地蹦上了樓，衝進了我們的客廳。

「親愛的朋友，」他握住福爾摩斯那雙無動於衷的手，高聲說道，「恭喜我吧！我已經把整個兒的案情弄得像青天白日一樣清楚了。」

我依稀覺得，一抹緊張的暗影掠過了我室友那張富於表現力的臉龐。

「你是說你已經找到正確的方向了嗎？」他問道。

「豈止方向而已！聽着，先生，我們已經逮到了兇犯。」

「兇犯叫甚麼名字？」

「亞瑟·夏彭蒂耶，皇家海軍的一名中尉，」格雷森一邊神氣活現地搓着肉乎乎的雙手，一邊挺起胸脯大聲説道。

歇洛克·福爾摩斯如釋重負地吁了口氣，臉上綻出了笑容。

「請坐，嘗嘗這種雪茄，」他説道。「我倆都很想知道，這事兒你是怎麼辦到的。來點兒兑水的威士忌嗎？」

「來點兒也無妨，」探員回答道。「這兩天我拼死拼活地幹，可真是累壞了。倒不是身體上的勞碌，你也知道，主要是腦子用得太多。這一點你肯定明白，歇洛克·福爾摩斯先生，咱倆可都是靠腦子工作的啊。」

「你可真是太抬舉我了，」福爾摩斯一本正經地説道。「説説吧，這樣的可喜成就你是怎麼取得的。」

探員在扶手椅上坐了下來，洋洋得意地衝手裏的雪茄噴了一口煙。突然之間，他樂不可支地拍了一下自己的大腿。

「有意思的是，」他高聲説道，「雷斯垂德那個傻瓜老覺得自己了不起，這回卻完全搞錯了方向。他緊盯着那個名叫斯坦傑森的秘書，可是，在這件案子當中，那人就跟沒出世的胎兒一樣清白。要我説，他這會兒保準已經逮到他了吧。」

格雷森被自個兒的話逗得不行，於是放聲大笑，直笑得喘不過氣來。

「你的線索是怎麼來的呢？」

「哦，讓我從頭到尾告訴你們吧。當然嘍，華生醫

生，這些事情可絕對不能往外傳。當時，我們面臨的第一個難題就是如何查出那個美國人的來歷。有些人只會守株待兔，指望有人看了啟事來提供線報，或者是相關人士自己站出來報告情況。這可不是托比亞斯·格雷森的工作作風。你還記得死者身邊的那頂禮帽吧？」

「記得，」福爾摩斯說道，「那是約翰·昂德伍德父子帽店的產品，公司地址是坎伯維爾路 129 號。」

格雷森的神情活像是被人兜頭澆了一盆涼水。「真沒想到，你也注意到了這一點，」他說道。「你去過那家帽店嗎？」

「沒有。」

「哈！」格雷森如釋重負地叫道，「咱們可不能忽略任何機會，機會再小也得試試。」

「在偉大的人眼裏，世上沒有甚麼小事，」福爾摩斯一副道學家的口吻。

「是這樣，我去找了昂德伍德，問他有沒有賣出過一頂尺寸款式與此相符的帽子。他看了看自己的賬簿，立刻就找到了那條記錄。當時他派人把帽子送了出去，收貨人是一個名叫德雷伯的先生，住在托魁街的夏彭蒂耶公寓。這麼着，我就拿到了死者的住址。」

「聰明——真是聰明！」歇洛克·福爾摩斯咕噥了一句。

「接下來，我又去找夏彭蒂耶夫人，」探員繼續往下說。「發現她臉色蒼白、黯然神傷。她女兒當時也在房裏——嗯，她可真是個少見的可人兒。她眼圈兒紅紅的，

跟我說話的時候嘴唇還在打顫。這些都沒逃過我的眼睛。這麼着，我開始覺得事有蹊蹺。那種感覺你應該明白吧，歇洛克·福爾摩斯先生，就是摸到正確線索的感覺——那種全身一震的感覺。於是我就問，『你們以前的房客，也就是克利夫蘭的伊諾克·德雷伯先生，莫名其妙地死了，這事兒你們聽說了嗎？』

「做母親的點了點頭，看樣子是已經說不出話了，女兒則一下子哭了起來。於是我越發確信，眼前這兩個人對案情有所了解。

「『德雷伯先生從你們這裏去車站的時候是幾點鐘？』我問。

「『八點鐘，』她咽了幾口唾沫，想抑制住自己的激動情緒。『他的秘書斯坦傑森先生說，可以搭的有兩班火車，一班是九點一刻，另一班是十一點。他打算搭頭一班。』

「『後來你們就再也沒見過他嗎？』

「聽到我的問話，她的面容發生了可怕的變化，五官完全沒了血色。幾秒鐘之後，她才勉強擠出了一個『是』字，而且，她說這個字的音調又沙啞又不自然。

「沉默片刻之後，做女兒的平靜地開了口，聲音也很清晰。

「『媽媽，說假話不會有任何好處，』她說。『我們還是跟這位先生直說了吧。後來，我們**的確**見過德雷伯先生。』

「『願上帝饒恕你的罪過！』夏彭蒂耶夫人叫了起來，雙手往前一伸，癱在了自己的椅子上。『你這是在把你哥哥往死路上送啊。』

「『亞瑟也會希望我們實話實說的，』女兒的口氣很堅決。

「『你們最好把事情原原本本地告訴我，』我告訴她們。『話說半截還不如不說。此外，我們已經掌握了多少情況，你們還不知道吧。』

「『你要遭報應的，愛麗斯！』做母親的吼了一聲，跟着就轉向了我，『我會把一切都告訴您的，先生。您可不要以為，我為兒子的事情這麼着急，是因為他跟這件可怕的案子有甚麼牽連。他完全是清白的。我只是害怕，您或者別的人興許會覺得他脫不了干係。可是，那樣的事情壓根兒就不可能。他的人品、職業和履歷都可以作證，不可能會有那樣的事情。』

「『你最好的選擇就是把事實和盤托出，』我這麼回答。『如果事實證明你的兒子清白無辜，他自然會平安無事。』

「『愛麗斯，要不你先出去一下吧，』她這麼說了一句，做女兒的便依言走了出去。『好了，先生，』她接着說，『我本來不想把這些事情告訴您，可我那個遭殃的女兒已經說了，我也就沒了別的選擇。我既然選擇了說出來，那就不會再隱藏任何細節。』

「『這是你最明智的選擇，』我說道。

「『德雷伯先生在我們這裏住了將近三個星期。來這裏之前，他和他的秘書斯坦傑森先生一直都在歐洲大陸旅行。他們的上一站應該是哥本哈根，因為我看見他們所有的行李上都有那裏的標籤。斯坦傑森這個人沉默內斂，可

他的東家，恕我直言，就跟他很不一樣了。他的東家舉止粗野，形同野獸。剛到的那天晚上，他就喝了個酩酊大醉，說實在話，直到第二天中午十二點鐘以後，他都還是跟清醒兩個字沾不上邊。他對女僕們的態度放肆得讓人惡心。最讓人受不了的是，他很快就把同樣的態度用到了我女兒愛麗斯身上，三番五次在她面前大放厥詞，好在她天真無邪，不明白他那些話的意思。有一次，他居然把她拉到懷裏，緊緊地抱住了她——看到這樣的無恥行徑，連他自個兒的秘書都忍不住開了口，說他的所作所為實在丟人。』

「『可你幹嗎要忍他呢，』我問。『照我看，只要你願意，隨時都可以把房客掃地出門。』

「聽到我這個切中肯綮的問題，夏彭蒂耶夫人漲紅了臉。『老天在上，真希望我在他來的當天就拒絕了他，』她說。『可是，這當中有個難以抵擋的誘惑。他倆每天的租金是一人一鎊，一星期就是十四鎊，更何況眼下還是淡季。我是個寡婦，在海軍當差的兒子花費又很大，所以我捨不得放棄這筆收入，只能盡量維持。但是，前面那件事情實在讓人忍無可忍，我只好叫他搬出去。這就是他離開的原因。』

「『然後呢？』

「『看到他坐馬車走了，我暗自鬆了一口氣。我兒子正在休假，可我沒敢讓他知道這些事情，因為他脾氣暴躁，而且特別疼愛自己的妹妹。他倆走了之後，我關上房門，覺得心裏的一塊石頭落了地。沒承想，之後還不到一個小時，我就聽見門鈴響，發現德雷伯先生又回來了。

他表現得非常興奮，顯然是喝了不少。我和女兒在房裏坐着，他強行衝了進來，語無倫次地叨咕了幾句，説自己沒趕上火車。接下來，他轉臉對着愛麗斯，當着我的面叫愛麗斯跟他私奔。「你已經到了歲數，」他是這麼説的，「哪條法律也管不了你。我有的是錢，你不用管這個老婆子，只管跟我走好了。我可以讓你過上公主一樣的生活。」可憐的愛麗斯嚇得直往後躲，可他拽住了她的手腕，拼命把她往門口拖。就在我開始大聲尖叫的時候，我兒子亞瑟走進了房間。後面的事情我都沒敢看，只聽見叫罵聲和亂作一團的扭打聲。等我終於抬頭去看的時候，就看見亞瑟站在門口笑，手裏還拿着一根手杖。「要我看，那個好伙計應該不會再來煩我們了，」他説。「我這就去追他，看他打算搞些甚麼名堂。」説完之後，他拿起帽子，順着大街跑了下去。第二天早上，我們就聽到了德雷伯先生離奇死亡的消息。』

「夏彭蒂耶夫人這番話當中夾雜着許多喘息和停頓，有的時候還非常小聲，簡直讓我沒法聽清。不過，她的話我都做了速記，不可能會有甚麼錯誤。」

「聽起來相當讓人興奮，」歇洛克·福爾摩斯打着哈欠説道。「後來又怎麼樣了呢？」

「夏彭蒂耶夫人的講述告一段落之後，」探員繼續説道，「我看到了整個案子的關鍵所在。於是我就拿出一種對女人屢試不爽的眼神，緊緊地盯着她，問她的兒子是幾點鐘回的家。」

「『我不知道，』她這麼回答。

「『不知道？』

「『不知道。他有鑰匙，是自個兒開門進來的。』

「『在你睡覺之後嗎？』

「『是的。』

「『你是甚麼時間去睡的呢？』

「『十一點鐘左右。』

「『照這麼説，你兒子去了至少有兩個小時嘍？』

「『是的。』

「『四五個小時也有可能吧？』

「『有可能。』

「『那段時間裏他在幹甚麼呢？』

「『我不知道，』她這麼回答，連嘴唇都沒了血色。

「問話問到這裏，當然也就沒必要接着問了。於是我打聽好夏彭蒂耶中尉的下落，帶上兩名伙計去把他逮了起來。當時我拍了拍他的肩膀，叫他老老實實跟我們走，而他居然毫無顧忌地告訴我，『要我説，你們來抓我，肯定是以為我跟德雷伯那個混蛋的死有關係吧。』我們可沒跟他提過這事兒，所以呢，他這麼説實在是非常可疑。」

「十分可疑，」福爾摩斯説道。

「他媽媽説他追德雷伯的時候帶了根沉甸甸的手杖，我們抓到他的時候，手杖仍然在他的身上。那是根非常結實的橡木手杖。」

「那麼，你的推斷是甚麼呢？」

「呃，我的推斷是他去追德雷伯，一直追到了布萊克斯頓路。他倆在那裏展開了新一輪的口角，其間德雷伯吃

了他一記手杖，興許是正打在心窩子上，所以才死得沒有傷痕。當晚雨那麼大，周圍都沒有人，所以夏彭蒂耶就把受害人的屍體拖進了那座空房子。甚麼蠟燭啦、血跡啦、牆上的字跡啦、戒指啦，樁樁件件都不過是他給警方佈的疑陣而已。」

「幹得好！」福爾摩斯用充滿讚許的聲音說道。「真的，格雷森，你現在可真是上了道，前途不可限量啊。」

「不是誇口，我這件案子辦得真是挺利落的，」探員驕傲地回答道。「按那個小伙子自己的交代，當時他沒跟多久就被德雷伯發現了，後者便叫了輛馬車，把他給甩掉了。他在回家的路上遇見了一個船上的老同事，於是就跟那人一起散了很長時間的步。我們問他那個老同事住在哪裏，他卻拿不出一個像樣的答覆。照我看，整件案子的脈絡已經是捋得特別清楚了。可笑的是雷斯垂德，一開始就摸錯了門，到現在恐怕也沒甚麼進展。噢，天哪，一說他，他還就真的來了！」

來人正是雷斯垂德，我們說話的時候他已經上了樓，這會兒剛好走了進來。人雖然來了，平日裏衣着舉止之中的那種自信與自得的氣派卻沒有跟來。只見他神色驚惶，身上的衣服也凌亂狼藉。他此行的目的顯然是徵詢歇洛克·福爾摩斯的意見，因為他一看見自己的同僚就有點兒尷尬不安、進退維谷。他站在房間中央，神經兮兮地擺弄着手裏的帽子，不知道如何是好。「這案子真是太古怪了，」他終於開了口——「簡直叫人沒法理解。」

「甚麼，你的感覺是這樣啊，雷斯垂德先生！」格雷

森趾高氣揚地叫了起來。「我就知道你會得出這樣的一個結論。死者的那個秘書，約瑟夫·斯坦傑森先生，你找到了嗎？」

「今天早晨六點鐘左右，那個秘書，也就是約瑟夫·斯坦傑森先生，」雷斯垂德沉聲說道，「在赫利戴旅館被人謀殺了。」

第七章
暗夜曙光

　　雷斯垂德帶來的消息如此重大、如此震撼，我們三個都驚得目瞪口呆。格雷森從椅子上彈了起來，打翻了他那杯還沒喝完的兌水威士忌。我則一言不發地盯着歇洛克‧福爾摩斯，只見他緊抿着嘴唇，眉毛低低地壓到了眼睛上。

　　「斯坦傑森也死了！」他喃喃自語。「案情更加複雜了。」

　　「之前也簡單不到哪裏去，」雷斯垂德抱怨道，給自己找了把椅子。「看你們三個的架勢，我似乎是貿然闖入了某次軍事會議的現場。」

　　「你——你肯定這條消息準確嗎？」格雷森結結巴巴地問道。

　　「我剛從他的房間裏出來，」雷斯垂德說道。「第一個發現這件事情的就是我。」

　　「之前我們一直在傾聽格雷森對這件案子的高見，」福爾摩斯說道。「現在，你願意把你掌握的情況和你採取的行動告訴我們嗎？」

　　「沒甚麼不願意的，」雷斯垂德一邊回答，一邊坐了下來，「我一點兒也不否認，我本來以為斯坦傑森跟德雷伯的死脫不了干係。可是，眼下的新發現已經表明，我的

想法完全錯了。當時我認定了這種推斷，於是就全力打探那個秘書的行蹤。三號 * 晚上八點半左右，有人曾經在優頓車站看到過他倆。到了凌晨兩點鐘，巡警在布萊克斯頓路找到了德雷伯的屍體。我需要解決的問題是，從八點半開始，到罪案發生為止，斯坦傑森都幹了些甚麼，案發之後又去了哪裏。我給利物浦方面發了電報，講明了斯坦傑森的長相，還叫他們留意開往美國的船隻。接下來，我開始排查優頓車站附近所有的旅館和公寓。你們明白吧，我的想法是，如果德雷伯和他的同伴後來沒在一起，後者必然會在車站旁邊找個地方過夜，以便第二天早上再去車站搭車。」

「他倆多半會預先約定一個會面的地點，」福爾摩斯指出。

「事實也是如此。昨天我整晚都在找他，結果是沒有任何收穫。今天我起了個大早，八點鐘就趕到了小喬治街上的赫利戴旅館。我問他們，旅館的住客裏有沒有一位名叫斯坦傑森的先生，他們立刻給了我一個肯定的回答。

「『您一定就是他等的那位先生吧，』他們是這麼說的。『他一直在等一個人，已經等了兩天了。』

「『他現在在哪裏呢？』我問。

「『他就在樓上，還沒起床呢。他吩咐我們九點鐘去叫他。』

「『我現在就上去找他，』我說。

---

* 原文如此。前文所引《旗幟報》報道中說的是「本月四日」，二者牴牾，未明所以。

「我當時覺得，要是我突如其來地出現在他房裏，興許能嚇得他驚慌失措，不自覺地説出點兒甚麼來。旅館裏的擦鞋工自告奮勇帶我去了他的房間，房間在三樓，門口有一段狹窄的過道。擦鞋工把房間的門指給我看，跟着就轉身準備下樓，這時我看見了一樣東西。雖然我已經辦了整整二十年的案子，那東西還是叫我惡心。一條鮮血織成的紅帶子從門縫裏鑽出來，曲裏拐彎地延伸到過道對面的牆腳，形成了一攤小小的血泊。我不由得驚叫一聲，擦鞋工聞聲回頭，差點兒被地上的血跡嚇得暈了過去。房間的門反鎖着，我倆便用肩膀把門給撞開了。房間的窗子是開着的，窗邊躺着一個蜷成一團的男人，身上穿的是睡衣。那人顯然是死了，而且不是剛剛才死的，因為他的四肢都已經冰冷僵硬。我倆把屍體翻了過來，擦鞋工立刻認出他就是用約瑟夫·斯坦傑森這個名字入住的那位先生。那人身體左側有一個很深的刀口，想必是刺穿了心臟，而這也就是他的死因。再下來就是整件事情當中最離奇的一個地方。你們猜猜看，被害人的屍體上寫着甚麼？」

歇洛克·福爾摩斯還沒有開口作答，我就已經產生了一種恐怖的預感，全身一陣陣發麻。

「寫的是『RACHE』這個詞，用血寫的，」福爾摩斯回答道。

「正是，」雷斯垂德的聲音充滿了敬畏。一時之間，誰也沒有再説話。

躲在暗處的兇手行事如此有條不紊、如此莫測高深，他的罪行便顯得格外可怖。我的神經雖然經受住了

戰場的考驗，想到此事也不免心驚膽寒。

「有人看見過兇手，」雷斯垂德繼續講述，「一個送奶的男孩去牛奶店取奶，碰巧路過從旅館後面的馬車房延伸出來的那條小巷，發現有人把通常平放在那裏的一架梯子立了起來，搭到了三樓一扇大敞着的窗子上。走過之後，他又回過頭去看了看，正好看見一個男人順着梯子往下爬。那人顯得十分平靜、十分坦然，孩子以為他可能是替旅館幹活的木匠，所以就沒有太過留意，只覺得他這時候上工未免早了一點兒。按那孩子的印象，那人高個子，紅臉膛，穿着一件長長的棕色大衣。殺人之後，兇手一定是在房間裏停留了一小會兒，因為我們發現臉盆裏有血水，床單上有血跡，說明他洗過手，還不慌不忙地擦了擦刀子。」

聽到兇手的長相跟福爾摩斯的推測如此一致，我不由得朝他瞥了一眼。不過，他臉上完全不見喜色，也不見得意的神情。

「你們沒在房間裏找到甚麼追查兇手的線索嗎？」他問道。

「沒有。斯坦傑森兜裏裝着德雷伯的錢包，這事情也很正常，因為平常都是他負責結賬。錢包裏的八十多鎊鈔票都還在，說明這兩起離奇命案無論動機如何，肯定不是為了搶劫財物。死者的口袋裏沒有文件，也沒有記事本，只有一封大約一個月之前從克利夫蘭發來的電報，內容是『傑·霍現在歐洲』。電報沒有署名。」

「沒有其他東西了嗎？」福爾摩斯問道。

「沒有甚麼有價值的東西。死者睡前閱讀的小說擺在床頭，煙斗則在他身邊的一把椅子上。桌上有一杯水，窗台上放着一個小小的木頭藥盒，裏面裝着兩粒藥丸。」

伴隨着一聲歡呼，歇洛克·福爾摩斯一下子跳了起來。

「這就是最後的一環，」他興高采烈地叫道。「有了它，我的演繹鏈條就完整無缺了。」兩位探員直勾勾地看着他，一副莫名其妙的神情。

「這團亂麻的所有線頭，」我室友信心十足地說道，「如今都已落入我的掌握。細節當然還有待補充，可是，從德雷伯和斯坦傑森在車站分手的時候開始，到後者的屍體被人發現為止，其間所有的主要事實我都已經一清二楚、如同親見。我馬上就可以向你們證明這一點。你能讓我檢查一下那些藥丸嗎？」

「藥丸就在我身上，」雷斯垂德一邊說，一邊拿出了一個白色的小盒子，「我之所以隨身帶着現場發現的藥丸、錢包和電報，目的是把它們送到警局去妥善保管。我必須聲明一下，我並不覺得這些藥丸是甚麼重要東西，帶着它不過是湊巧而已。」

「把藥丸給我，」福爾摩斯說道。「好了，醫生，」他轉頭對着我，「這是普通的藥丸嗎？」

當然不是。這些小小的灰色藥丸帶着珍珠般的色澤，對着燈光看幾乎是透明的。「藥丸很輕，透明度也很好，由此看來，它們應該可以溶在水裏，」我說道。

「的確如此，」福爾摩斯說道。「好了，麻煩你到樓下去把那隻可憐的㹴犬帶上來。它已經病了好長時間，

就在昨天，房東太太不是還叫你把它弄死、免得它活受罪嗎？」

我走到樓下，把那隻狗抱了上來。它痛苦地喘息着，呆滯的眼睛表明它來日無多。事實上，一看它雪白的鼻頭，你就知道它已經超過了犬類的通常壽限。這會兒，我在地毯上擺了一隻墊子，把狗放了上去。

「現在，我要把其中一粒藥丸剖成兩半，」福爾摩斯說道，跟着就用自己的小刀切開了一粒藥丸。「一半放回盒子裏面，以備將來之用，另一半放進這隻酒杯，杯裏裝着一茶匙的水。你們瞧，咱們這位醫生朋友說得沒錯，它馬上就溶掉了。」

「你可能覺得這事情怪有趣的，」雷斯垂德的語氣有些不善，顯然是覺得自己正在被人捉弄，「可我鬧不明白，它跟約瑟夫·斯坦傑森先生的死有甚麼關係呢？」

「別着急，伙計，別着急！到時你就會發現，它跟這事情關係不小。現在我要用牛奶給溶液加點兒味道，然後再把它擺到狗兒面前，它一定會高高興興地把它舔光的。」

他一邊說，一邊把酒杯裏的東西倒到一個碟子裏，又把碟子擺到狗兒面前，狗兒很快就把碟子舔了個乾乾淨淨。鑑於歇洛克·福爾摩斯的樣子不像是在開玩笑，我們都安安靜靜地坐在那裏，專注地盯着狗兒，滿以為能看到甚麼驚人的結果。可是，眼前並沒有甚麼驚人的結果。狗兒繼續攤開四肢躺在墊子上，呼吸雖然困難，狀態卻顯然是跟剛才一樣，沒有受到藥丸的影響。

在此之前，福爾摩斯已經把自己的懷錶掏了出來。時間一分一分地過去，藥丸還是沒有產生任何效果。見此情景，他的臉上浮現出了極度懊惱、極度失望的表情。他咬着自己的嘴唇，手指敲打着桌面，整個人都顯得煩躁至極。看到他如此焦灼，我打心眼兒裏替他難過，兩位探員則露出了嘲諷的笑容。毫無疑問，福爾摩斯面臨的挫折並沒有讓他們感到絲毫不快。

「這不可能是一種巧合，」福爾摩斯終於從椅子上跳了起來，一邊瘋狂地來回踱步，一邊高聲叫喊，「巧合是不可能的事情。剛剛看到德雷伯的屍體，我就想到了這類藥丸，斯坦傑森死了之後，你們恰恰又找到了它。可它居然沒有效果，這是怎麼回事呢？毫無疑問，我整個兒的推理鏈條不可能會出錯。出錯是不可能的！可是，這隻遭瘟的狗竟然一點兒事兒都沒有。噢，我明白了！明白了！」他欣喜地尖叫一聲，衝到盒子旁邊，把另一粒藥丸切成兩半、溶到水裏、加上牛奶，然後就把它端給了那隻狽犬。不幸的狗兒舌頭都還沒有完全打濕，四肢就猛地一抽，直挺挺地死在了那裏，就跟被閃電擊中了一樣。

歇洛克·福爾摩斯長吁一口氣，抹去了額上的汗水。「我應該對自己的判斷更有信心才是，」他說道，「到了這個時候，我早就應該明白，要是有某個事實跟一長串演繹鏈條發生了表面上的抵觸，這個事實就必然蘊含着某種其他解釋。盒子裏的兩粒藥丸當中，有一粒是最為致命的毒藥，另一粒則完全無害。就算是沒有看到盒子，我也該想到這一點的。」

他最後這句話着實驚人，以致我很難相信他不是胡說八道。可是，擺在眼前的死狗已經證實了他的推斷。到這會兒，我覺得腦子裏的迷霧漸漸消散，對案情的真相也有了一點兒隱隱約約的認識。

「你們可能會覺得眼前的一切非常奇怪，」福爾摩斯接着說道，「原因嘛，早在剛剛開始查案的時候，你們就放過了面前唯一的一條真正的線索。我有幸抓住了它，後來的一切不光證實了我當初的推測，準確說還是我早已預見的必然之事。所以呢，那些令你們覺得困惑、令案情顯得更加迷離的事情，對我來說都是開啟思路、提供佐證的好材料。離奇和費解是兩碼事，絕不能混為一談。最普通的罪案往往最難破解，原因就是它沒有可資演繹的新奇特徵。拿這件案子來說吧，如果受害人的屍體就是簡簡單單地擺在路旁，旁邊沒有那些離奇恐怖的額外施設，破案的難度就會增加不知道多少倍。讓案子顯得非同一般的那些奇異細節根本沒有構成甚麼障礙，相反還降低了破案的難度。」

對於福爾摩斯的這通演說，格雷森先生早已聽得不勝其煩，這會兒便終於忍無可忍。「聽我說，歇洛克·福爾摩斯先生，」他說道，「我們都樂意承認，你是一個精明強幹的人，而且有你自己的一套工作方法。不過，眼下我們想要的可不光是理論和說教，抓兇手才是事情的關鍵。我已經把自己的想法和盤托出，現在看來，我似乎是搞錯了，因為夏彭蒂耶這個小伙子不可能跟第二宗謀殺有關。雷斯垂德一直在追查他那個斯坦傑森，似乎也不能算是找

對了門路。你剛才東拉西扯，旁敲側擊，一副比我倆知道得多的樣子。可是，現在我們倒要直截了當地問一問你，這件案子你究竟知道多少。你說得出兇手的名字嗎？」

「我覺得格雷森的話不無道理，先生，」雷斯垂德說道。「我倆都進行了嘗試，也都以失敗告終。自打我走進這間屋子，你已經說了不止一次，說你掌握了自己需要的所有證據。到了現在，你不應該再捂着不說了吧。」

「抓兇手的事情可不能耽誤，」我說道，「不能讓他有機會製造新的暴行。」

面對大家的催促，福爾摩斯顯得有些猶豫。他繼續在房間裏來回踱步，腦袋俯在胸口，眉毛也壓得很低。沉浸在思索當中的時候，他總是這麼一副模樣。

「不會再有兇案了，」到最後，他突然停住腳步，轉過臉對我們說道。「你們完全不用擔這份心。你們問我知不知道兇手的名字，答案是我知道。不過，知道他的名字只是小事一樁，重要的是實實在在地逮到他。按我看，這事情我很快就能辦到。我已經親自做好了安排，成功的希望也很大。不過，逮他的時候必須小心從事，因為我們面對的是一個非常老練的亡命之徒，而且，根據我的親身體會，他還有一個跟他一樣聰明的幫手。只要兇手覺得我們找不出任何線索，我們就有逮住他的機會；可是，一旦他覺得有一丁點兒不對勁，肯定就會改名換姓，立刻消失在這座大城的四百萬居民當中。我無意傷害你們兩位的感情，可我還是得說，照我看，這些人的本事絕不只是跟警方並駕齊驅而已。我沒有請求兩位的協助，原因就在這

裏。當然，要是我失了手，你們大可將全部責任推到我的頭上、怪罪我沒跟你們商量，而我也準備好了承受這樣的結果。現在我可以保證，只要告訴你們也無妨的那個時刻一到，我就會把我的籌劃告訴你們。」

格雷森和雷斯垂德顯得不太高興，不知道是不滿意他的保證，還是不滿意他對警方的微辭。格雷森的臉已經紅到了耳根，雷斯垂德的小眼睛裏則閃着又驚異又惱怒的光芒。兩個人都還沒來得及開口，門上就響起了敲門聲。來的不是別人，正是街頭流浪兒的代表，身份微不足道、形象不甚雅觀的小威金斯。

「請吧，先生，」他舉起手敬了個禮，說道，「馬車已經叫到樓下了。」

「好孩子，」福爾摩斯溫和地誇了一句。「你們蘇格蘭場幹嗎不選用這種款式呢？」他一邊說，一邊從抽屜裏拿出了一副鋼製手銬。「它的彈簧好用極了，一眨眼就能銬上。」

「現在的款式就夠用了，」雷斯垂德說道，「如果能找到使用對象的話。」

「可以，可以，」福爾摩斯笑着說。「咱們不妨讓車夫來幫着我搬箱子。叫他上來吧，威金斯。」

我室友說話的口氣就跟準備出去旅行一樣，真讓我吃了一驚，因為他壓根兒就沒跟我提過旅行的事情。房間裏有一個小小的旅行皮箱，這會兒就見他拖出箱子，開始捆扎起來。車夫走進房間的時候，他還在忙着收拾箱子。

「幫我扣一下這個帶扣，車夫，」他彎着膝蓋在那

裏忙活，説話的時候也沒有回頭。

　　車夫沉着臉，顯得很不情願，但卻還是走上前去，伸手準備幫忙。説時遲那時快，只聽得手銬發出一聲清脆的「咔嗒」，歇洛克・福爾摩斯突地跳起身來。

　　「先生們，」他兩眼放光地高聲説道，「容我向諸位介紹傑弗遜・霍普先生，他就是謀殺伊諾克・德雷伯和約瑟夫・斯坦傑森的兇手。」

　　整件事情發生在電光石火之間，快得讓我來不及思索。至今我都清晰地記得那一刻，記得福爾摩斯旗開得勝的表情，記得他洪亮的聲音，也記得車夫直勾勾地瞪着自己手腕上那副憑空出現的手銬，記得他那副又驚愕又兇蠻的面容。有那麼一兩秒鐘，所有的人都一動不動，彷彿是變成了雕像。緊接着，車夫發出一聲不知所云的憤怒咆哮，掙脱福爾摩斯的掌握，縱身躍向窗子，木框和玻璃紛紛崩裂。不過，他還沒來得及鑽出窗子，格雷森、雷斯垂德和福爾摩斯就像一群獵鹿犬一樣撲了上去。他們把車夫拽回房裏，跟着就是一陣激烈的打鬥。車夫十分強壯、十分狂暴，力道就像突然發作的癲癇病人一樣驚人，以一對四都一再佔到上風。他的臉和手都被窗子玻璃傷得很厲害，血不停地流，可這絲毫沒有削弱他抵抗的勁頭。到最後，雷斯垂德成功地把手伸進了他的領巾，卡住了他的脖子，弄得他差點兒窒息，這才讓他認識到，反抗已經無濟於事。即便到了那個時候，我們還是覺得不保險，於是就把他的手腳都給綁了起來。綁好之後，我們站起身來，一個個都是氣喘吁吁。

「他的馬車就在下面，」歇洛克·福爾摩斯說道。「正好可以送他去蘇格蘭場。還有，先生們，」他繼續說道，臉上綻出一個愉快的笑容，「咱們這宗小小的謎案已經到了尾聲。各位要是想問甚麼問題，在下無任歡迎，絕不會推三阻四。」

第二部

聖徒之域

第一章
鹽鹼之原

北美大陸的中部橫亙着一片枯瘠迫人的荒漠，許多年來一直是阻遏文明進軍的障礙。這片區域西起內華達山脈，東到內布拉斯加，北抵黃石河，南接科羅拉多*，完全是一派荒蕪闃寂的景象。在這個嚴酷的地方，大自然的心緒也是變化無常。這裏有白雪皚皚的高山，有幽暗陰鬱的谷地，有湍急的河流在犬牙交錯的峽谷之中奔湧，也有冬日裏銀裝素裹、夏天則蓋滿灰色鹽鹼的廣袤平原。地貌雖然各有不同，共同的特徵卻都是荒涼慘淡、不宜人居。

這是一片沒有人煙的絕望土地，雖然偶爾會有一小群尋找獵場的波尼人或者黑腳人†穿越此地，可是，即便是那些最為勇敢堅強的人也巴不得早點把這些駭人心目的平原拋在身後、重新投入大草原的懷抱。山狗在灌木叢中躲躲藏藏，天上的兀鷹拍打着沉重的翅膀，笨拙的灰熊則在陰暗的山溝裏遊遊盪盪，竭力尋找賴以為生的食糧。除了它們之外，這片荒原裏再也沒有別的居民。

站在布蘭科山的北坡眺望，世上再沒有比眼前更加單

---

* 文中描述的這片區域大致是今天美國的內華達州和猶他州，也包括懷俄明州和科羅拉多州的一部分。

† 波尼人 (Pawnee) 和黑腳人 (Blackfoot) 都是北美印第安土著部落的名稱。

調的景象。目力所及之處只有一片無邊無際的平地，地上都是塵土，還結着東一塊西一塊的鹽鹼，其間散佈着一叢叢低矮的耐旱灌木。地平線的盡頭是一列長長的山峰，參差錯落的峰頂上掛着點點白雪。這片遼闊的土地上沒有任何生命的跡象，也看不到任何與生命相關的事物。鋼藍色的天空裏沒有飛鳥，灰撲撲的土地上沒有動靜，更叫人受不了的則是那種死一般的靜寂。不論你怎樣側耳聆聽，無垠的荒野中還是沒有任何聲音。沒有聲音，只有寂靜——徹徹底底、摧人肝膽的寂靜。

要說這片廣闊的平原上完全沒有與生命相關的事物，那倒也並不盡然。從布蘭科山上往下看，你會發現荒漠中有一條蜿蜒的小道，一直延伸到了視線的盡頭。小道印着坑坑窪窪的轍跡，也見證過許多冒險家的旅程。道邊東一個西一個地散佈着一些白森森的物件，在陽光之下熠熠生輝，跟單調乏味的鹽鹼地形成了鮮明的對比。到近處去好好看看吧！那都是動物的骨頭，有一些又大又粗糙，另一些則又小又精緻。大的是牛骨頭，小的則屬於人類。這條可怕的篷車小道長達一千五百英里 *，你可以靠着前人留在路旁的累累白骨把它識別出來。

一八四七年五月四日，一個孤獨的旅人站在山上，俯瞰着上面所說的這番景象。從他的外表上看，你簡直會覺得他就是棲居此地的精靈或者惡魔。看到他你也很難判斷，他究竟是四十來歲還是六十來歲。他臉龐瘦削憔悴，羊皮紙一般的棕色皮膚緊緊地包着嶙峋的骨骼，棕色的

---

* 一英里大約等於 1.6 公里。

鬚髮都已斑白，深陷的眼睛裏閃着出奇銳利的精光，握着來復槍的手則是形同枯骨。他站在那裏，靠手裏的武器支撐着自己，儘管如此，頎長的身形和龐大的骨架還是表明他曾經擁有強壯有力的體格。不過，看看他皮包骨頭的面容，再看看在他枯乾四肢上晃盪的襤褸衣衫，你就會明白他為何會呈現出這麼一副年邁衰朽的模樣：這個人就要死了——死因則是飢餓和乾渴。

之前他一直在山溝裏艱難跋涉，後來就爬上了這座小小的山峰，指望着看到有水的跡象，只可惜徒勞無功。眼前有的只是一大片鹽鹼平原和遠處的一列荒山，哪裏都沒有樹木或者其他植物的影子，因此也就沒有水氣存在的徵兆。周遭的大地廣袤無垠，其間卻看不到一絲希望的閃光。他狂亂的雙眼向北、東、西三個方向張望了一番，跟着就認識到，浪遊生涯已經到了盡頭，自己很快就會死在這座寸草不生的山崖上。「死在這裏，或者是二十年後死在羽絨床墊上，其實也差不多，」他一邊喃喃自語，一邊在一塊巨石下面坐了下來。

坐下之前，他將那支派不上用場的來復槍放到了地上，還把那個碩大的灰布包袱從自己的右肩上卸了下來。看樣子，那個包袱他已經有點兒拿不動了，因為他沒能穩穩當當地往下放，包袱重重地落到了地上。灰色的包袱裏立刻傳出一聲輕輕的呻吟，一張驚恐的小臉和一雙小小的拳頭從裏面探了出來。小臉上長着一雙十分明亮的褐色眼睛，小拳頭肉乎乎地帶着淺渦，上面還有一些雀斑。

「你弄疼我了！」一個稚嫩的聲音埋怨道。

「真的啊，」男人歉疚地回答道，「我不是故意的。」說着他便解開那個灰布包袱，把那個漂亮的小女孩抱了出來。女孩大約五歲年紀，穿着一雙講究的鞋子、一件好看的粉色裙子和一條亞麻質地的圍嘴，全身打扮都體現着一位母親的關愛。她雖然臉色蒼白，胳膊和腿卻很結實，說明她遭的罪沒有同伴那麼多。

「現在好點兒了嗎？」男人焦急地問道，因為她還在揉自己金髮蓬亂的後腦勺。

「親一下這裏就好了，」她把受傷的地方伸到他面前，鄭重其事地說道。「媽媽平常就是這麼做的。媽媽在哪兒呢？」

「媽媽走了。我想啊，你過不了多久就能看見她了。」

「走了，哼！」小女孩說道。「奇怪，她怎麼沒跟我說再見呢。哪怕只是到姑媽家去喝茶，她都會跟我說再見的。可是，這次她都走了三天了。喂，這裏可真夠乾的，對不對？這裏有沒有水喝，有沒有東西吃呢？」

「沒有，甚麼也沒有，小寶貝兒。你稍微再忍一會兒，到時候就好了。把腦袋靠到我身上來，這樣會舒服一點兒。我嘴巴乾得跟牛皮一樣，說話比較費勁，可我想了想，還是讓你知道眼下的情況比較好。你手裏拿的是甚麼東西？」

「漂亮東西！好東西！」小女孩興高采烈地叫了起來，把兩塊閃閃發光的雲母石舉得高高的。「回家以後，我就把它們送給鮑勃弟弟。」

「要不了多久，你就會看到比這還要漂亮的東西，」男人把握十足地說道。「稍微等等就行。剛才我正準備

告訴你——你還記得咱們離開那條河的時候嗎？」

「嗯，記得。」

「好，當時啊，咱們以為很快就能碰上另一條河，你明白吧。可是，不知道是羅盤、地圖還是別的東西，總之是有甚麼地方出了毛病，另一條河始終沒有出現。水就這麼用完了，只剩了幾滴給你這樣的孩子用，然後——然後——」

「然後你就連臉都洗不了了，」他的同伴直愣愣地盯着他骯髒的臉龐，一本正經地插了一句。

「臉洗不了，喝的也沒有了。然後就是本德爾先生，他是第一個走的，接下來是皮蒂，那個印第安人，再往後是麥格雷戈太太，再往後是約翰尼‧霍恩斯，再往後，小寶貝兒，就是你媽媽了。」

「這麼說，媽媽也死了，」小女孩叫道，把臉埋到圍嘴裏，傷心地抽泣起來。

「是啊，他們都走了，就剩下咱們倆了。然後呢，我覺得這個方向可能會有水，所以就扛着你來了這裏。眼下看來，咱們的情況並沒有甚麼好轉。現在，咱們的機會已經小得不能再小啦！」

「你是說咱倆也要死了嗎？」女孩止住抽泣，抬起淚跡斑斑的小臉問道。

「我看是差不多了。」

「你怎麼不早說呢？」女孩開心地笑了起來。「害得我白緊張了半天。嗯，不是嗎，只要咱倆死了，就又可以跟媽媽一起了啊。」

「沒錯，你一定可以的，小寶貝兒。」

「你也可以。我會跟媽媽說，說你對我多麼多麼好。我敢打賭，她一定會到天堂門口來接咱倆的，帶着一大罐水，還有一大堆蕎麥餅子。餅子熱騰騰的，兩面都烤得焦黃，我和鮑勃最喜歡那種餅子了。可是，咱倆還要多久才死呢？」

「我不知道——應該要不了多久吧。」男人的雙眼死死地盯着北方的地平線。蒼穹之下出現了三個小小的黑點，這會兒正在飛速靠近，每分每秒都在變大。黑點很快就現出了真實的形貌，原來是三隻褐色的大鳥。它們在兩個旅人頭上的天空裏盤旋了一陣，跟着就停在了可以俯瞰他倆的一塊岩石上。這些鳥都是兀鷹，也就是生活在美國西部的一種禿鷲。它們來了，預示着死亡已經迫在眉睫。

「公雞和母雞，」小女孩指着那幾隻不祥的鳥兒，歡天喜地地叫了一聲，然後就開始拍手，想讓它們飛起來。「噯，這個地方也是上帝造的嗎？」

「當然是嘍，」聽到她這個突如其來的問題，她的同伴着實吃了一驚。

「伊利諾伊州是他造的，密蘇里州也是他造的，」小女孩接着說道。「我猜啊，這個地方肯定是別的甚麼人造的，造得一點兒都不好，連樹木和水都給忘了。」

「你覺得做祈禱能管用嗎？」男人的問題問得沒有底氣。

「還沒到晚上呢，」女孩回答道。

「沒關係的。這時候做祈禱的確不太符合規矩，可他

老人家也不會介意的，真的。咱們在大平原*上的時候，你不是每天晚上都在篷車裏祈禱嗎，就把那些禱文念一念好了。」

「你自己幹嗎不念呢？」女孩問道，眼神顯得有點兒詫異。

「我記不得了，」男人回答道。「從我只有那支槍一半高的時候開始，我就不念禱文了。要我說，現在念也還來得及。這樣吧，你大聲地念出來，我在旁邊聽着，到齊誦的部分†就跟你一起念。」

「這樣的話，你就得跪在地上，我也一樣，」女孩一邊說，一邊把包袱皮兒鋪在了地上。「你得把手抬起來，像這麼放着。這樣會覺得心裏舒服一點兒。」

他倆祈禱的情景真是怪異，好在他倆的周圍只有兀鷹，並沒有別的甚麼觀眾。兩個旅人肩並肩地跪在狹窄的包袱皮兒上，一個是嘴裏念念有詞的小不點兒，一個是鐵石心腸的冒險者。她那張胖乎乎的小臉和他那張棱角分明的憔悴臉龐都朝着萬里無雲的天空，面對面地向那位威嚴的神靈發出了虔誠的哀懇，而他倆的聲音——一個纖細清晰，另一個深沉粗礪——也交織在一起，乞求着上天的憐憫與寬恕。祈禱結束之後，他倆又坐回了巨石下面的陰影裏，直到孩子在保護人寬闊的胸膛上酣然睡去。看到她睡着了，他守望了一會兒，終究還是拗不過自然的力量，

---

* 這裏的大平原 (the Plains) 英文是大寫，應該是特指北美大平原 (Great Plains)。北美大平原是北美洲中部一片廣袤的草原，大部分位於美國境內。

† 所謂齊誦部分，大致就是「阿門」一類的東西。

因為在此之前，他已經三天三夜不眠不休。於是，他的眼皮慢慢蓋住了疲倦的雙眼，腦袋也越來越貼近胸口。到最後，男人的斑白鬍鬚終於跟女孩的金色髮綹混合一處，兩個人都進入了深沉無夢的睡鄉。

要是再晚睡半個小時的話，這位旅人就會看到一番奇異的景象。這片鹽鹼平原的遠端騰起了一縷小小的煙塵，一開始非常細微，很難跟遠處的迷霧區別開來。不過，它漸漸地越來越高、越來越寬，到後來就變成了一團實實在在、輪廓清晰的塵雲。塵雲繼續變大，最終就讓人一望而知，它只可能是一大群生物行進之中的傑作。眼前的景象如果出現在某個較為肥沃的所在，觀者就會據此斷定，一大群食草為生的美洲野牛正在朝自己靠近。這當然是不可能的事情，因為我們所說的這個地方完全是不毛之地。打著旋兒的塵雲離兩個落難旅人棲身的孤崖越來越近，雲團中就顯現出了一輛輛篷車的帆布頂蓋和一個個手持武器的騎手。來的原來是一支浩浩盪盪的篷車隊伍，正在向大西部行進。這是支怎樣的隊伍啊！隊伍的頭已經伸到了山腳，尾巴卻還在地平線之外。雜亂無章的隊列貫穿了整個廣袤的平原，大車小車，騎馬的男人和徒步的男人，此外還有無數身負重擔跟蹌前行的婦女。孩子們有的在車輛旁邊蹣跚趕路，也有的坐在車裏，透過白色的篷子往外張望。這顯然不是甚麼普通的移民隊伍，更像是一個為環境所迫的遊牧民族，正在舉族遷徙，為的是尋覓一個新的家園。澄淨的空氣中傳來了龐大人群紛紜莫辨的嘈雜聲，再加上車輪的吱呀和馬兒的嘶鳴。不過，即

便是這樣的喧囂，也沒能驚醒山上這兩個疲憊的旅人。

隊伍的最前頭是二十多個神情堅毅的騎手，全都穿着深色的手織外套，身上還背着來復槍。騎到山腳的時候，他們停了下來，簡短地商量了一陣。

「那些泉水是在右邊，弟兄們，」其中一個説道。説話的人頭髮花白，嘴唇緊繃，鬍子剃得乾乾淨淨。

「應該往布蘭科山的右邊走——那樣就可以走到格蘭德河 *。」另一個説道。

「用不着擔心水的問題，」第三個人叫道。「能夠從岩石中引出水流的上帝是不會拋棄他選中的子民的 †。」

「阿門！阿門！」整群人齊聲應和。

一行人正準備繼續趕路，他們中年紀最輕、目光也最鋭利的那個人忽然驚呼一聲，手指着上方那座嶙峋的山崖。一縷纖薄的粉色正在崖頂上迎風飄擺，又被灰色的岩石襯托得格外鮮明。見此情景，山腳的騎手紛紛勒馬端槍，還有一些騎手從後面縱馬趕來，預備為先頭部隊提供增援。所有人的嘴裏都蹦出了「紅皮」‡ 這個字眼。

「這裏不可能會有印第安人，」花白頭髮的長者似乎是這幫人當中領頭的人物，這時便開口説道。「我們已經走出了波尼人的地方，翻過大山之前是不會碰上其他部落的。」

---

*　格蘭德河 (Rio Grande) 是從美國科羅拉多州西南部流入墨西哥灣的一條大河。

†　《聖經 · 舊約》的《出埃及記》和《民數記》當中都有耶和華吩咐摩西從岩石中引出水流的記述。

‡　「紅皮」(redskin) 是白人對北美印第安人的蔑稱。

「讓我上去看看吧，斯坦傑森弟兄，」有個人主動請纓。

「還有我」，「還有我」，十幾個聲音爭先恐後地響了起來。

「把你們的馬匹留在山下，我們就在這裏等你們，」長者答道。小伙子們立刻滾鞍下馬，拴好馬匹，然後就沿着陡峭的山壁往上爬，目標是那個引起他們懷疑的物件。他們爬得很快，而且沒有發出任何聲響，一看就是身手敏捷、經驗豐富的斥候。守在山下的人們看到他們的身影掠過一塊又一塊岩石，最後就出現了山頂。衝在最前面的是那個率先報告警訊的小伙子。突然之間，跟在他後面的人看到他雙手一舉，似乎是驚愕得不能自制。後面這些人趕到山頂之後，同樣也被眼前的景象驚得目瞪口呆。

這座荒山的頂上是一塊小小的平地，平地上矗立着孤零零的一塊巨石，巨石上斜倚着一個高個子男人，長鬚飄拂，相貌冷峻，同時又瘦得皮包骨頭。他面容平靜，呼吸均匀，顯然是睡得很沉。他穿着一件棉絨外套，身邊躺着一個小女孩，雪白滾圓的胳膊環着他筋節畢露的棕色脖子，披着金髮的腦袋靠在他的胸口。女孩粉色的小嘴微微張開，露出兩排潔白整齊的牙齒，稚氣的臉上還漾着一個淘氣的笑容。她白白胖胖的腿上穿着一雙白色的襪子，乾乾淨淨的鞋子裝有閃閃發光的扣袢，跟旅伴那瘦長枯槁的四肢形成了鮮明的對比。三隻兀鷹虎視眈眈地站在這對怪人頭頂的石梁上，看到新來的人便發出幾聲悻悻的哀鳴，垂頭喪氣地飛了開去。

惡鳥的哀號驚醒了沉睡的旅人，兩個人開始迷惑不解地四下張望。大人跟跟蹌蹌地站了起來，看了看山下的平原，平原在他入睡的時候還是滿眼荒蕪，如今卻聚集了這麼多的人和牲畜。看着看着，他臉上浮現出一種如在夢中的表情，不由得用瘦骨嶙峋的手捂住了自己的眼睛。「依我看，這就是人們說的神經錯亂了吧，」他喃喃說道。女孩站在他的身邊，抓着他外套的下擺，一句話也不說，只是用孩子特有的好奇目光打量着周遭的一切。

　　前來救援的人們很快就說服了這兩個落難的人，讓他們相信眼前的眾人並不是幻覺的產物。其中一個救援者抱起小女孩，把她放到了自己的肩上，另外兩個則攙起她羸弱的旅伴，扶着他走向山下的車隊。

　　「我名叫約翰·菲瑞爾，」流浪客說起了自己的經歷，「我們本來有二十一個人，現在只剩下我和這個小傢伙了。其他的人都因為飢渴死在了南邊。」

　　「她是你的孩子嗎？」有人問了一句。

　　「現在算是了吧，」流浪客驕傲地高聲宣佈，「我救了她，所以她就是我的，誰也別想把她從我這裏奪走。從今天開始，她就叫露茜·菲瑞爾。對了，你們是幹嗎的呢？」他好奇地瞥了一眼周圍這些魁梧黝黑的救命恩人，補了一句，「你們的人好像很多啊。」

　　「差不多有一萬，」一個小伙子說道，「我們是受人迫害的上帝之子，天使莫羅尼的選民。」

　　「我從沒聽說過這位天使的事跡，」流浪客說道。「看樣子，他選中的人還真不少嘛。」

「你可別拿神聖的事物開玩笑，」小伙子嚴厲地說道。「我們信奉那些埃及文寫就的神聖經典，它們都刻在黃金打製的書版上，是神聖的約瑟夫‧史密斯在帕爾邁拉領受的。我們來自伊利諾伊州的瑙沃，那裏有我們建造的神殿。這裏雖然是荒漠深處，可我們還是來了，只要能躲過那個暴徒和那些不信神的人就好。」

聽到瑙沃這個名字，約翰‧菲瑞爾顯然是想起了甚麼事情。「我知道了，」他說道，「你們是摩門教徒＊。」

「我們都是摩門教徒，」小伙子的同伴們齊聲應道。

「你們要去哪兒呢？」

「不知道。上帝之手通過我們的先知指引着我們。你一定得去拜見他，由他來決定怎麼安置你。」

＊　摩門教 (Mormonism) 是約瑟夫‧史密斯二世 (Joseph Smith, Jr., 1805–1844) 於十九世紀二十年代在美國紐約創立的一個基督教原教旨主義教派，教義當中包括一夫多妻制，後逐步放棄這種制度。該教派自 1830 年開始多次遭受迫害，教眾由此屢屢遷徙。1839 年，史密斯二世率領教眾遷入伊利諾伊州小鎮康默斯 (Commerce)，將該鎮改名瑙沃 (Nauvoo)，並掌握了該地的軍政大權。1844 年，他因實行多妻制而遭到非議，後在騷亂之中被人殺死。在他死後，摩門教發生教主之爭，最終一分為三，大部分教眾奉布里根‧揚 (Brigham Young, 1801–1877) 為首，於 1847 年開始遷往今日的猶他州，不過，跟揚一起遷徙的第一批教眾只有一百四十多人，與文中的「一萬」不符。文中的「那個暴徒」不詳何所指，可能是曾與揚爭奪教主位置的一名教中首腦。前文中提及的天使莫羅尼 (Angel Moroni) 是摩門教教義當中的一個重要角色。據史密斯二世自稱，這位天使曾經多次拜訪他，還引領他找到了寫在「金版」(golden plates) 上的摩門教聖典《摩門之書》(*Book of Mormon*)。另據史密斯二世自稱，獲得聖典的時間是 1827 年，地點則是他自家寓所附近的一座小山，聖典原文為埃及文，是他在神的指引之下把它譯成了英文。獲得聖典之時，他住在紐約州小鎮帕爾邁拉 (Palmyra) 附近。柯南‧道爾筆下的摩門教雖有歷史依據，但並不完全客觀。

這時他們已經走到了山腳，周圍擠滿了大群大群的遷徙信徒——面色蒼白、神情溫順的婦女，笑逐顏開的健壯兒童，以及焦灼不安、目光懇切的男人。看到這兩個陌生人一個年紀幼小，另一個又羸弱不堪，許多人都發出了震驚與同情的叫喊。不過，護送他倆的隊伍並沒有停下腳步，而是在一大群摩門教徒的簇擁之下繼續前行，一直走到了一輛四輪馬車跟前。這輛馬車特別顯眼，一方面是因為體量龐大，另一方面則是因為外觀華美。其他馬車都只用了兩匹馬，最多也不過四匹，這輛馬車的車轅上卻套着六匹馬。車夫的旁邊坐着一個男人，年齡至多只有三十歲 *，但卻擁有一顆碩大的腦袋和一副果決的神情，首領的威儀由此而生。他正在讀一本褐色封面的書，看到人群靠近便放下書本，專注地聽完了事情的經過。這之後，他轉向了兩個落難的旅人。

「要讓我們收留你們，」他的話如經文一般鄭重其事，「你們就必須信奉我們的教義。我們的羊欄裏容不下惡狼。即便是任由這片荒原之中的日頭把你們的骸骨曬成白色，也遠遠強過任由你們充當果子上的那個小小霉斑，因為它最終會讓果子整個兒爛掉。條件就是這樣，你還願意跟我們走嗎？」

「按我看，只要能跟你們走，甚麼條件我都可以接受，」菲瑞爾的語氣斬釘截鐵。聽到他這麼說話，連那些神色凝重的長老也不由得微笑起來，只有首領依然保

---

* 下文指明這個首領就是布里根·揚，自上文注釋可知，布里根·揚此時是 46 歲。

持着那副引人注目的嚴厲表情。

「帶上他，斯坦傑森弟兄，」他説道，「給他吃的和喝的，也要給這個孩子。我還要賦予你一項任務，那就是向他們兩個傳授我們的神聖教義。我們已經耽擱得太久了。前進！繼續前行，直抵郇山＊！」

「繼續前行，直抵郇山！」摩門教徒齊聲吶喊。首領的指示口口相傳，像水波一樣漫過長長的遷徙隊伍，聲音次第減弱，最終變成了遙遠地方的一陣喃喃細語。馬鞭聲起，車輪吱呀，一輛輛龐大的四輪馬車動了起來。沒過多久，整個遷徙隊伍又一次開始蜿蜒前行。適才接到照管任務的那名長老把兩個落難的旅人領進了自己的馬車，馬車裏已經備好了餐食。

「你們就在這兒待着，」長老説道。「幾天之後，你們疲憊的身體就該復原了。與此同時，你們一定得記住，從現在開始，你們永遠都是我們這個教派的信徒。布里根·揚已經這麼説了，他的話等於約瑟夫·史密斯的話，也就等於上帝的旨意。」

＊　郇山 (Zion) 通常是指基督教聖地耶路撒冷附近的一座小山，也可以指代耶路撒冷，還可以引申為烏托邦和樂土。首領用的是這個詞的引申義。

第二章
猶他之花

　　到達最後定居的樂土之前，遷徙的摩門教徒經歷了許多磨難。不過，本書並不打算充當一份紀念這些磨難的檔案。總而言之，他們從密西西比河濱遷徙到落基山脈西麓，一路掙扎前行，百折不撓的勁頭堪稱史所罕見。野人野獸、飢餓乾渴、疲勞疾疫，大自然使出了渾身解數來阻擋他們，但卻還是被他們那種盎格魯－撒克遜人特有的堅韌精神所征服。然而，旅程漫長無盡，恐怖的經歷層出不窮，即便是他們當中最堅強的人也不免心驚膽寒。因此，旅程終了之時，看到陽光普照、幅員廣闊的猶他谷地就在他們下方，聽到首領說這就是上帝許下的樂土、這些未曾開墾的土地將永遠屬於他們，所有人莫不應聲拜倒、誠心頌讚。

　　事實很快證明，揚不光是一位果決的首領，還是一名擅長管理的能吏。在他的領導之下，地圖一幅一幅地描了出來，表格一張一張地畫了出來，未來城市的藍圖就此制定。所有的人都按地位高低分到了田地，商人開張營業，工匠各司其職。鎮子裏的街道和廣場像變魔術一般冒了出來，田野裏的人則忙着挖水溝、樹籬笆、種莊稼、清土地，來年夏天，整個鄉野就騰起了金色的麥浪。這片奇異

的殖民地百業俱興，最重要的是，建在城鎮中心的那座宏偉神殿也是越來越高、越來越大。那是移民們為上帝建造的聖殿，因為祂引領眾人安然穿越了重重險阻。在建造神殿的工地上，從曙光初現到暮色降臨，錘鋸之聲始終不絕於耳。

兩個落難的旅人，也就是約翰·菲瑞爾和那個曾與他同處患難、後來又被他收養的小女孩，跟着摩門教徒到達了這次長征的終點。一路之上，幼小的露茜·菲瑞爾一直待在斯坦傑森長老的馬車裏，與長老的三名妻子和他那個倔犟任性的十二歲男孩同行同止，相處也算愉快。小孩子沒甚麼記性，她很快就從失去母親的打擊當中恢復過來，得到了那些女人的寵愛，並且適應了行進篷車之中的嶄新生活。與此同時，約翰·菲瑞爾也養好了羸弱的身體，顯出他高明嚮導和堅韌獵手的本來面目，迅速地贏得了新伙伴的尊敬。這樣一來，到達旅途終點的時候，大家一致同意分給他一塊最大最肥沃的土地，僅次於揚本人和教中的四大長老，也就是斯坦傑森、肯博、約翰斯頓和德雷伯。

分到田地之後，約翰·菲瑞爾為自己建造了一座龐大的木屋，又在接下來的幾年當中不斷擴建，最終把它變成了一幢寬敞的別墅。他是個腳踏實地的人，算度精明，手藝高超，鋼鐵一般的身板又讓他可以從早到晚地耕耘自己的土地。這樣一來，他名下的農莊和其他所有東西都興旺得異乎尋常。他三年就把所有的鄰居拋在了身後，六年小康，九年致富，十二年之後，放眼整個鹽湖城 *，能和他

---

* 鹽湖城 (Salt Lake City) 是摩門教徒於 1847 年始建的城市，因鄰近

相挌的人也不到六個了。從這片巨大的內陸汪洋，一直到遙遠的瓦薩奇山脈＊，誰的名頭也沒有約翰‧菲瑞爾響亮。

就有那麼一件事情，他傷害了教友們敏感的心。無論別人如何勸說，他始終不肯仿照教友們的方式娶妻成家。他從來不為這種固執的拒絕解釋因由，只是毅然決然、毫不妥協地堅守着自己的決定。有些人指責他對自己皈依的宗教缺乏熱情，也有人斷定他只是貪婪守財、吝於花費，還有人猜測他是因為以往的某次戀愛經歷，並且說起了大西洋岸某個為他傷心至死的金髮女子。不論原因如何，菲瑞爾總歸是保持着嚴格的獨身生活。除了這一點之外，他完全符合這個新興城鎮的教規，而且贏得了正直守義的聲名。

露茜‧菲瑞爾在木屋之中漸漸長大，還幫着自己的養父操持所有的事情。山區的清新空氣和松樹的芬芳氣息滋養着這個小姑娘，替代了保姆和母親的地位。年復一年，她越長越高，越長越壯，臉色益發嬌豔，腳步也益發輕盈。走在菲瑞爾莊園旁邊的大路上，看到這位少女在麥田裏穿行的翩躚身影，又或是碰見她駕輕就熟地騎着父親的馬兒、展露着道地西部兒女的優雅騎姿，許多過客都油然生出了一些久已遺忘的情懷。就這樣，花蕾漸漸綻成了花朵，到了她父親成為農夫首富的那一年，她也變成了整個太平洋坡地†之內美國少女的一個絕美樣版。

美國的大鹽湖（Great Salt Lake）而得名，今為猶他州首府。

＊　「內陸汪洋」即指大鹽湖，瓦薩奇山脈（Wasatch Mountains）為落基山脈的一個分支，在大鹽湖東面，鹽湖城在二者之間。

†　太平洋坡地（Pacific slope）是指南北美洲從大陸分水嶺到太平洋岸

不過，首先注意到她已經從女孩變成女人的並不是她的父親。當然，做父親的很少能首先發覺這類事情。這個神秘的變化過程太過微妙，次第也太不明顯，無法按照時日來進行測算。對此最為無知無覺的則莫過於少女本人，一直要到某個語調、某隻手的觸碰令她心如鹿撞，她才會半是驕傲半是驚懼地意識到，某種更為博大的陌生天性已經在自己內心深處甦醒。她們中很少有人會忘記那個特別的日子，也很少有人會忘記那個預告人生新頁的小小事件。就露茜·菲瑞爾的情形而言，那個事件本身就相當嚴重，且不說，它還影響到了她本人以及其他許多人未來的命運。

那是六月裏一個溫暖的早晨，後期聖徒 * 們正像蜜蜂一樣忙個不停——他們也正是以蜂巢作為自己的徽記。田野裏，街巷中，到處都充斥着人類勞作的嗡嗡營營。塵土飛揚的各條大路上行進着一列列貨載沉重的長長騾隊，腦袋全都衝着西方，因為加利福尼亞已經爆發了淘金熱、去那裏的陸路交通線剛好要從這座上帝選民的城市穿過。路上還有一群群從邊遠牧區趕來的牛羊，以及一隊隊神色疲憊的外來移民，人和馬都已經被無休無止的旅程搞得厭倦不堪。這個五花八門的大雜燴當中突然閃出了露茜·菲瑞爾的身影，她憑着高明的騎術在人畜的縫隙之中疾馳，美麗的臉龐因趕路而泛出了紅暈，長長的栗色頭髮飄在身

之間的區域，用於美國則是指從落基山脈到太平洋岸之間的區域。
*　後期聖徒 (Latter Day Saints) 是摩門教徒的別稱，因為摩門教會曾先後用過「後期聖徒教會」及「耶穌基督後期聖徒教會」兩個名稱。本篇第二部名為「聖徒之域」，原因即在此。

後。父親吩咐她進城辦事，於是她就像往常一樣，借着年輕人那種無所畏懼的勁頭，快馬加鞭地往城裏趕，一心只想着完成任務。路上那些滿面風塵的淘金客驚奇萬分地目送着她的背影，到城裏去賣毛皮的那些印第安人從不輕易流露自己的感情，此時也不由得放下素日裏的淡漠，為這個白人少女的美麗驚嘆不已。

趕到城邊的時候，她發現路被一大群牛給封死了，趕牛的是六個相貌粗野的平原牧人。情急之下，她策馬衝進牛群裏一個看似有空隙的地方，打算闖過這道障礙。沒想到，她剛一衝進牛群，牛群就在她身後合了起來。這樣一來，她立刻陷入了一片萬頭攢動的汪洋，周圍都是眼神兇猛的長角公牛。她平常也沒少跟牛打交道，因此就不以為意，只管抓住一切機會催馬前行，指望着從牛群裏鑽過去。不巧的是，不知是有意還是無意，有一頭牛的角狠狠地頂到了馬兒的肚子。吃痛的馬兒狂性大發，立刻憤怒地噴了個響鼻，人立起來，亂蹬亂跳。換作一個馬術稍欠火候的騎手，此刻早已滾下馬來。這時的情況萬分危急，因為驚跳的馬兒每次往下落的時候都會被牛角扎到，每次都會益發地暴跳如雷。姑娘一籌莫展，只能盡量把自己穩在馬鞍上，稍有閃失就會慘死在這些失控牲口的亂蹄之下。突發的緊急情況她見得不多，此時只覺得天旋地轉，抓着韁繩的手也開始漸漸鬆開。飛揚的塵土和狂暴牲畜身上的熱氣嗆得她喘不過氣來，她差點兒就在絕望之中放棄了努力。還好，她身邊響起了一個友善的聲音，讓她知道救星已經來臨。與此同時，一隻有力的棕色手掌抓住了驚馬

的口銜，在牛群中撥開一條通道，片刻之間就把她帶離了險境。

「您沒受傷吧，小姐，」她的救星彬彬有禮地説道。

她仰頭看着他寫滿焦灼的黝黑臉龐，俏皮地笑了起來。「真把我給嚇壞了，」她天真爛漫地説道，「我的馬兒『邦卓』居然會被一群牛嚇成這個樣子，誰會想得到呢？」

「謝天謝地，您沒從馬上掉下來，」救星懇切地説道。這是個身材高大、面容粗獷的小伙子，騎着一匹健碩的花馬，穿着質地粗糙的獵手衣服，肩上斜挎着一支長長的來復槍。「據我看，您一定是約翰·菲瑞爾的女兒，」他接着説道，「我剛才看見您從他家那邊騎馬過來。見到他的時候，麻煩您問問他還記不記得聖路易斯*的傑弗遜·霍普一家。我父親以前有個好朋友叫菲瑞爾，不知道是不是他。」

「您自己去我家裏問他不是更好嗎？」她換上了嚴肅的口吻。

聽到她的提議，小伙子似乎很是高興，黑色的眼睛裏閃出了喜悦的光芒。「我以後會去的，」他説道，「我們已經在山裏轉了兩個月，現在的樣子可不適合上門作客。看見我們的樣子，他一定會把我們抓起來的。」

「他感謝您還來不及呢，我也是，」她回答道，「他可疼我了。要是我讓那些牛給踩了的話，他會難過一輩子的。」

---

* 聖路易斯 (St. Louis) 為美國密蘇里州城市。

「我也會，」小伙子說道。

「您也會！呃，我可想不出您有甚麼好難過的，怎麼想也想不出。您又不是我們家的朋友。」

聽了這句話，年輕獵手的黝黑臉龐一下子變得十分陰鬱。看到他的神情，露茜不由得大聲地笑了起來。

「好啦，我不是那個意思，」她說道，「當然嘍，現在您已經是朋友了。您一定得來看我們啊。好了，我得趕路了，要不我爸爸就不會再讓我替他辦事了。再見！」

「再見，」小伙子應了一聲，摘下頭上那頂碩大的寬邊帽，躬身吻了吻她的小手。接下來，她掉轉馬頭，猛抽一鞭，順着寬闊的大路衝向遠方，捲起了一路塵煙。

年輕的傑弗遜‧霍普繼續和同伴們一起策馬前行，悶悶不樂、沉默寡言。之前他一直跟同伴一起在內華達山區找銀礦，這次回鹽湖城的目的則是籌集資金，以便開發他們在山裏找到的礦脈。他本來跟同伴們一樣，心裏裝滿了生意的事情，剛才的突發事件卻把他的心思拽到了另外一個地方。一看到那個像山風一樣清新爽快的美麗姑娘，他那顆火山一樣野性難馴的心就從最深的深處躁動起來。她的背影消失之後，他意識到自己的人生面臨着一次轉折，銀礦生意也好，別的甚麼事情也罷，都不可能與這個佔據他所有心思的新問題相提並論。湧入他胸中的這份愛意絕不是小男孩那種轉瞬即逝的突發奇想，而是意志堅定、性情高傲的男人那種瘋狂熾烈的深摯情感。他已經習慣了馬到功成，此時便暗自許下誓言，這一次的事情也絕對不能失敗，除非它超出了人類的努力和堅韌所能企及的範圍。

當天晚上他就去拜訪了約翰·菲瑞爾，後來又去了許多次，就這樣變成了菲瑞爾莊園的一個熟客。過去的十二年當中，約翰幽居山谷、埋頭苦幹，因此就沒有甚麼機會聽到外界的消息。這些東西傑弗遜·霍普都可以講給他聽，用的還是一種父女倆都感興趣的方式。霍普一早就去加利福尼亞淘過金，因此會講許多匪夷所思的故事，講那段瘋狂的繁榮歲月，講人們如何一夜暴富，又如何一夜傾家。除此之外，他還幹過探子、獵手、銀礦尋寶客、牧場工人等一系列行當。總而言之，每當有甚麼地方興起了激動人心的冒險事業，都被傑弗遜·霍普趕了個正着。這麼着，他很快就贏得了老農夫的歡心，後者講起他來總是讚不絕口。趕上這樣的時候，露茜總是一言不發，可她緋紅的臉頰和飽含喜悅的明亮眼睛卻清清楚楚地表明，她那顆年輕的心已經不再屬於她自己。這樣的徵兆興許瞞過了她那個老實巴交的父親，但卻絕對沒有瞞過擄獲她芳心的那個人。

　　夏日裏的一天傍晚，他順着大路策馬奔來，停在了她家的大門口。她正好在門廊裏，於是就走下台階去迎接他。他把韁繩扔到籬笆上，沿着庭院裏的小徑大踏步走上前來。

　　「我要走了，露茜，」他握着她的雙手，低下頭來，溫柔地注視着她的臉，「我不要求你現在就跟我走，不過，等我回來的時候，你能下決心跟我走嗎？」

　　「可是，你甚麼時候回來呢？」她問道，紅紅的臉上帶着笑容。

「最多也不過兩個月。到時候我就要來領你走啦，親愛的。誰也不能把咱倆分開。」

「我爸爸怎麼説呢？」她問道。

「他已經同意了，只要我們把銀礦順順利利地開起來就行。那件事情我一點兒都不擔心。」

「哦，這樣啊，當然嘍，既然你和爸爸把一切都安排好了，那還有甚麼好説的呢，」她把臉頰貼到他寬闊的胸膛上，輕聲説道。

「感謝上帝！」他激動得聲音嘶啞，低下頭親了她一下。「那麼，這事情就算是定了。我要是再待下去，那就更走不了啦。他們還在峽谷那邊等我呢。再見，我親愛的——再見。只要兩個月，你就能看到我啦。」

他一邊説，一邊掙脱她的懷抱，跟着就飛身上馬，狂奔而去。他一次也沒有回頭，似乎是害怕自己一旦回頭，身後的倩影就會讓所有的決心瞬間崩潰。而她佇立門前，目送着他的背影，直到他消失在視線之外才轉身回房。這時的她，是整個猶他最幸福的姑娘。

第三章
先知駕到

從傑弗遜·霍普和伙伴們離開鹽湖城的時候算起，時間已經過了三個星期。一想到小伙子的歸來就意味着養女的離去，約翰·菲瑞爾不由得心酸不已。但是，她神采煥發的喜悅臉龐比任何説辭都更加有力，讓他相信這是一種妥當的安排。他那顆堅定執拗的心裏早已經有了主意，無論如何也不能讓女兒嫁給摩門教徒。在他看來，那樣的婚姻壓根兒就不能算是婚姻，只能説是羞恥和侮辱 *。不管他對摩門教義有着怎樣的看法，這一點他始終不能苟同。不過，對於這個問題他必須三緘其口，因為在那些年月裏，在後期聖徒的土地上，發表異端言論是件非常危險的事情。

千真萬確，這事情危險之極，以至於那些聖徒之中的聖徒也只敢斂息低聲地發表自己的宗教觀點，怕的是自己的言辭遭到別人誤解，由此招來立竿見影的懲罰。到如今，曾經受人迫害的教會自己也變成了迫害者，而且是最為可怕的一種類型。他們的執法組織給整個猶他籠上了一層陰雲。不管是西班牙塞維利亞的宗教裁判所、德國的神

---

* 摩門教會正式宣佈放棄多妻制是 1890 年的事情，實踐中的放棄則還要晚。

聖法庭同盟，還是意大利的地下幫派，都不曾擁有如此可怕的一部懲罰機器。

這個無形的組織神秘莫測，由此就顯得加倍可怕。它似乎無所不知、無所不能，與此同時，它的所作所為從來不曾有人耳聞目睹。反對教會的人往往會突然消失，沒有人知道他們的下落，也沒有人知道他們的遭遇。妻小在家裏等待他們，做父親的卻永遠不會回來，不會有機會告訴家人，那些秘密的法官用了甚麼樣的方法來對待自己。一句草率的言辭和一個冒失的舉動就足以造成人間蒸發，但卻沒有人知道，壓在自己頭上的這股恐怖力量究竟是甚麼性質。可想而知，人們走到哪裏都是戰戰兢兢，即便是到了荒山野嶺，也還是不敢悄聲吐露鬱積胸中的疑義。

剛開始的時候，這股看不見的恐怖力量只會把叛教者作為目標，只會對付那些打算改宗或者棄教的摩門教徒。可是，沒多久它就擴大了打擊的範圍，因為成年女性的供應開始短缺，如果沒有可資利用的女性人口，多妻制的教條就只能是一紙空文。這樣一來，詭異的流言開始到處流傳，說的是有些地方出現了被人殺害的外來移民，出現了遭人洗劫的營地，而那些地方又從來都不是印第安人出沒的處所。新鮮的女人出現在了長老們的後房，那些女人形容憔悴、哭哭啼啼，臉上還依稀帶着一種無法抹去的恐懼。夜晚在山裏流浪的人講起了一伙一伙的武裝男人，那些人總是蒙着臉，鬼鬼祟祟、無聲無息地在黑暗之中一掠而過。流言與傳說漸漸地變得有鼻子有眼，又經過人們的一再確證，最終就指向了一個確切的組織。直到今天，在

美國西部那些荒僻的牧場裏，「但奈特幫」或者「復仇天使」＊依然是一個讓人談虎色變的名字。

對這個製造如許恐怖的組織了解更多之後，人們心中的恐懼有增無減。誰都不知道這個心狠手辣的組織裏有些甚麼人，那些人打着宗教的旗號幹下了種種血腥暴力的事情，教會把他們的名字捂得嚴嚴實實。白天你在某個朋友面前說起了自己對先知及其使命的疑懼，到了晚上，這個朋友就可能會跟其他人一起，攜着火與劍來對你實施恐怖的懲罰。這樣一來，所有人都害怕自己的鄰居，誰也不敢把內心深處的真實想法說出來。

一個天氣晴好的早晨，約翰·菲瑞爾正準備到麥田裏去看看，忽然聽見大門的門閂響了一下。他往窗外看了看，只見一個身材敦實、頭髮淡黃的中年男人正沿着他家庭院裏的小徑走過來。他的心一下子提到了嗓子眼兒，因為來的不是別人，正是了不起的布里根·揚。菲瑞爾知道，這位摩門首領來這裏不會有甚麼好事，趕緊滿心恐懼地跑到門口去迎接他。後者卻對他的招呼不理不睬，只是臉色鐵青地跟着他走進了客廳。

「菲瑞爾弟兄，」揚一邊說，一邊坐了下來，淡色睫毛下面的雙眼狠狠地瞪着這位農夫，「各位純正信徒一直都把你當好朋友看。你在荒漠裏忍飢挨餓的時候，我們收留了你，與你分享食物，領着你安全來到這個上帝選定的

＊　但奈特幫 (Danite Band) 是約瑟夫·史密斯二世創立的摩門教武裝，
　　布里根·揚稱之為「復仇天使」或者「毀滅天使」。不過，該組
　　織在 1847 年之後是否依然存在，至今仍有爭論。

山谷，分給你一塊上等的田地，還讓你在我們的保護之下慢慢致富。這些事情我沒說錯吧？」

「沒說錯，」約翰・菲瑞爾答道。

「作為對所有這些事情的回報，我們只提了一個條件，只要求你皈依我們純正的信仰、嚴格地遵守我們的規矩。當時你答應了這個條件，現在呢，如果大家的報告符合事實的話，你已經把它拋到腦後了。」

「我哪裏把它拋到腦後了呢？」菲瑞爾伸出雙手表示抗議。「我沒有繳納公共基金嗎？沒有去神殿禮拜嗎？沒有——？」

「你的妻子們都在哪兒呢？」揚一邊說，一邊四處張望。「叫她們出來吧，我要跟她們打個招呼。」

「我沒有結婚，這的確是事實，」菲瑞爾答道。「可是，女人本來就不多，而且還有許多人比我更有資格得到她們。我並不孤單，我女兒可以照顧我。」

「我要跟你說的就是你的女兒，」摩門首領說道。「她已經出落成了全猶他最美麗的花朵，而且得到了本地許多高貴人士的垂青。」

約翰・菲瑞爾暗自叫起苦來。

「外面有一些我不願相信的傳言，說她已經跟某個不信正教的人訂立了誓約。這一定是那些喜歡說是道非的人造的謠吧。在聖徒約瑟夫・史密斯訂下的教規裏，第十三條是怎麼說的呢？『信仰純正之女子必得嫁與選民，嫁與外人便是大罪。』規矩既是如此，你又已經正式入教，想必是絕對不會縱容你女兒破壞規矩的。」

約翰·菲瑞爾沒有回答，只是緊張地擺弄着手裏的馬鞭。

「就在這一件事情上，我們要檢驗你整個的信仰——神聖四人委員會就是這麼決定的。你女兒還年輕，我們不會讓她嫁給頭髮花白的老頭，也不會完全剝奪她選擇的機會。我們這些做長老的擁有不少小母牛*，可我們的孩子也不能缺了這樣東西。斯坦傑森有個兒子，德雷伯也有一個，兩個孩子都非常樂意把你的女兒娶進家門。就讓她二選其一好了。他倆都是年少多金，信仰也非常純正。你意下如何？」

菲瑞爾默不作聲，眉頭緊鎖。

「您得給我們一點兒時間，」過了一小會兒，他終於開了口。「我女兒年紀還小，現在結婚未免有點兒太早了吧。」

「她有一個月的時間來做決定，」揚一邊說，一邊站了起來。「一個月之後，她就得給我們一個答覆。」

他剛要出門，但卻突然回過身來，臉漲得通紅，目露兇光。「你要是膽敢拿你虛弱的意志去挑戰四人委員會的命令，約翰·菲瑞爾，」他大聲咆哮，「倒不如當初就和你的女兒一起變成布蘭科山上的兩堆白骨，那樣對你會更好！」

他做了個威脅的手勢，跟着就出了門，雙腳重重地碾

---

* 作者自注：某次講道的時候，赫伯·肯博 (Herber C. Kemball) 曾用這個親暱的稱謂來指涉他的一百個妻子。譯者注：這個肯博上文亦有提及，應該是指布里根·揚的副手金博 (Herber C. Kimball, 1801–1868)，此人有四十三個妻子。據布里根·揚曾經的妻子之一、後來的反多妻制鬥士安·揚 (Ann Eliza Young, 1844–1925) 所說，金博曾經在一次講道當中說：「我覺得多娶個妻子跟多買頭母牛沒甚麼區別。」

過庭院裏的石子小徑，聲音傳進了菲瑞爾的耳朵。

　　菲瑞爾把雙肘支在膝頭上，坐在那裏苦思冥想，不知道該怎麼跟女兒說這件事情。就在這時，一隻柔軟的手搭在了他的手上。他抬起頭，發現女兒已經站在了自己身邊。看到她那張蒼白驚恐的臉，他立刻明白，女兒已經聽見了剛才的事情。

　　「我想不聽也不行啊，」看到他臉上的表情，她說道，「他說話的聲音整座房子都聽得見。噢，爸爸，爸爸，咱們該怎麼辦呢？」

　　「別這麼自己嚇自己，」父親一邊回答，一邊把女兒拉向自己，開始用粗糙的大手撫摸她栗色的頭髮。「咱們總能想出解決的辦法的。你對這個小伙子的感情是不會淡下來的，對吧？」

　　女兒沒有說話，只是抽泣一聲，用力捏了捏父親的手。

　　「不會，當然不會。你要說會，我也不樂意聽。他是個很不錯的小伙子，而且還是個基督徒，就憑這一點，他就比這兒的那些傢伙強，隨便他們怎麼念經禱告都是一樣*。有一幫人明天要去內華達，我會想辦法叫人給他捎個信兒，讓他知道咱們的處境。要是我沒看錯這個小伙子的話，他一定會馬上趕回來，比電報還跑得快。」

　　聽了父親的這句形容，露茜不禁破涕為笑。

　　「他回來之後，肯定能拿出一個最好的辦法。可我真正擔心的還是你，親愛的爸爸。你也聽過——你也聽過那

---

*　摩門教自認是基督教的一個分支，當時的人則往往視之為邪教，
　其他基督徒也不把摩門教徒引為同道。

些可怕的故事，説的是那些跟先知作對的人：他們的結局都很可怕。」

「可我們還沒開始跟他作對呢，」父親回答道。「等我們真這麼幹了以後，那就得多留點兒神了。咱們有整整一個月的時間。要我説，等這個期限到了的時候，咱們最好是已經遠遠地離開了猶他。」

「離開猶他！」

「只能是這樣了。」

「莊園怎麼辦呢？」

「咱們只能盡量多弄點兒現錢，其他的就顧不上了。跟你説實話吧，露茜，這樣的念頭我也不是今天才有的。我可不願意向任何人點頭哈腰，不願意學那些傢伙的樣，他們就是這麼奉承他們那個該死的先知的。我是個生來自由的美國人，沒見過這種事情。要我説，我年紀也大了點兒，想學也學不會了。他要是再敢到這個莊園來耀武揚威，沒準兒就會發現，迎接他的是一粒大號的槍子兒。」

「可他們不會讓咱們離開的，」女兒提出了疑問。

「等傑弗遜回來以後，咱們很快就能逃出去。在這之前，你可別自己折磨自己，寶貝兒，別把眼睛給哭腫了，要不然，他看到你的時候就該找我算賬了。沒甚麼好怕的，甚麼危險都沒有。」

説這些寬心話語的時候，約翰·菲瑞爾的語調無比自信，可露茜還是禁不住留意到，當天晚上，他閂門的時候特別小心，還把他臥室牆上那支鏽跡斑斑的老獵槍取了下來，仔仔細細地清理了一遍，再下來，他給槍裝上了子彈。

第四章
星夜逃亡

　　跟摩門先知談話之後的第二天早晨，約翰·菲瑞爾進了鹽湖城。他找到了那個要去內華達山區的熟人，並且託那人把寫給傑弗遜·霍普的信帶過去。他在信裏講了自己和女兒大禍臨頭的處境，還叫小伙子趕快回來。辦完這件事之後，他覺得心裏踏實了一些，回家時的心情也比原來輕鬆了。

　　快到自家莊園的時候，他突然驚訝地發現，莊園大門的兩根柱子上各拴着一匹馬。更叫他驚訝的是，正要進屋的時候，他發現自家的客廳已經變成了兩個小伙子的地盤。其中一個長着一張蒼白的長臉，窩在他家的搖椅裏，雙腳蹺到了爐子上面；另一個脖子粗得跟牛似的，腫泡泡的五官顯得十分粗鄙，這會兒正雙手插兜站在窗邊，嘴裏吹着一首流行的聖歌。菲瑞爾進屋之後，兩個小伙子都衝他點了點頭，首先開口的則是搖椅上的那一個。

　　「興許你還不認識我們，」他說道。「這位是德雷伯長老的兒子，而我是約瑟夫·斯坦傑森。上帝伸手將你領進真正的家園之後，我曾經和你一起在荒漠之中跋涉。」

　　「按祂自己選擇的時機，祂終歸會將所有的民族領進真正的家園，」另一個小伙子甕聲甕氣地說道，「祂

的碾子雖然轉得慢，但卻碾得特別細*。」

菲瑞爾已經猜出了這兩位客人的身份，此時便冷冷地鞠了一躬。「按照父親的指示，」斯坦傑森接着說道，「我倆特來向你的女兒求婚，看看你和她覺得我倆之中哪一個更合適。要我說，還是我的要求更合理一些，因為我只有四個老婆，德雷伯弟兄卻有七個。」

「不，不是這樣，斯坦傑森弟兄，」另一個叫了起來，「問題不在於我們有多少個，而在於我們養得起多少個。我父親已經把他的幾座磨坊給了我，我的錢可比你多。」

「可我的前景比你好，」斯坦傑森氣沖沖地說。「等上帝請走我父親之後，我就能得到他的鞣革場和皮具廠了。除此之外，我年齡比你大，教階也比你高。」

「還是讓姑娘自己選擇吧，」年輕的德雷伯答道，衝着窗玻璃上自己的影子傻笑起來。「一切都交給她來決定。」

兩個小伙子對話的時候，約翰·菲瑞爾一直火冒三丈地站在門邊，好不容易才控制住了自己，沒有拿手裏的馬鞭往客人背上招呼。

「聽着，」他終於開了口，大步走到他倆跟前，「等我女兒叫你們來的時候，你們才可以來。在那之前，你們兩個就不要再在我面前出現了。」

兩個年輕的摩門教徒驚愕地瞪着菲瑞爾。按他倆的看法，他們兩個願意為了這個姑娘你爭我奪，對姑娘本

---

*　原文是一句源自古希臘、有多種版本的英文諺語，大致是「不是不報，時候未到」的意思。

人和姑娘的父親來說都是一種莫大的光榮。

「出去的路有兩條，」菲瑞爾吼道，「要麼你們自己從門口走出去，要麼我把你們從窗子扔出去，你們打算選哪一條？」

他棕色的臉膛兒相畢露、枯瘦的雙手躍躍欲試，嚇得兩位客人一下子彈了起來，急匆匆地開始撤離。老農夫追着他們到了門口。

「你們倆商量好了哪一個更合適的話，跟我說一聲，」他挖苦了一句。

「你會為這件事情付出代價的！」斯坦傑森叫道，氣得面無人色。「你竟敢違抗先知和四人委員會的命令。我們會叫你後悔一輩子。」

「上帝之手會重重地落到你身上，」年輕的德雷伯叫道，「祂會從天而降，把你打成碎片！」

「那就讓我先把你打成碎片好了！」菲瑞爾怒不可遏地喝道，跟着就準備衝到樓上去拿槍，但卻被露茜拽住了胳膊，一時間行動不得。他還沒來得及掙脫露茜的手，就聽見外面馬蹄聲起，再追也來不及了。

「這兩個假惺惺的小流氓！」他一邊大罵，一邊擦去額上的汗水，「女兒啊，你與其嫁給他倆當中的任何一個，還不如死在我面前好了。」

「我也寧願去死，爸爸，」她激動地回答道，「還好，傑弗遜就快回來了。」

「沒錯，要不了多久他就回來了。他回來得越早越好，誰知道他們接下來還會搞甚麼名堂呢。」

的確，眼下已經到了生死攸關的時刻，倔強的老農夫和他的養女非常需要一個拿得出辦法的好幫手。在這片殖民地的全部歷史當中，從來沒有人像他倆這樣全然無視長老們的威權。微不足道的過失都會遭受嚴厲的懲罰，如此大逆不道的罪人真不知道會面臨怎樣的命運。菲瑞爾知道，自己的財富和地位不會對眼前的局面有任何幫助。別的一些人跟他一樣出名、一樣富有，結果還不是被人偷偷幹掉，財產也歸了教會。儘管他並不怯懦，懸在頭頂的這層若隱若現的恐怖陰影還是讓他不寒而慄。擺在明處的危險他都可以泰然面對，這種懸而未決的狀態卻讓他驚悸不安。雖然如此，他還是在女兒面前藏起了內心的恐懼，竭力裝出一副滿不在乎的樣子。可是，女兒那雙關切的眼睛無比銳利，早已經把他的焦慮看得明明白白。

　　他知道，揚肯定會為這件事情發來某種訊息或者警告。事實也的確如此，只不過具體的方式超出了他的預料。第二天早上起床的時候，他愕然發現，被單上釘着一張小小的方紙片，就釘在與他胸口對應的位置，紙片上寫着一行歪歪扭扭的粗體字：

　　　限你二十九天之內改邪歸正，否則——

　　末尾的這個破折號比任何具體的威脅都要可怕。紙片來到自己房裏的事情令約翰·菲瑞爾百思不得其解，因為傭人們都睡在莊園中另外一座房子裏，而他自己這座房子的門窗都關得嚴嚴實實。他把紙片一揉了之，沒有跟女兒講起這件事情。可是，這次意外卻像一股寒氣鑽進了他的心裏。顯然，「二十九」是揚給的一個月限期裏剩下的天

數。敵人的力量如此神秘莫測，要有怎樣的意志和勇氣才能與之抗衡呢？釘紙片的那隻手完全可以直刺他的心窩，而他永遠也不會知道，自己是死在了誰的手裏。

第三天早上的事情更讓他膽戰心驚。父女倆剛剛坐下準備吃早餐，露茜卻突然指着上方驚叫了一聲。天花板的中央潦草地寫着一個「28」，顯然是用燒焦的木棒寫的。女兒不明白其中究竟，他也沒有向她解釋。當天晚上，他端着槍坐在房裏，就這樣守望了一整夜，結果是一無所見、一無所聞。可是，到了早上，他家的門上還是出現了一個大大的「27」。

日子就這樣一天天過去。他發現，就像黎明天天都會到來一樣，他的敵人也一天不落地數着日子，一天不落地把一個月寬限的剩餘天數標在某個顯眼的地方。這些要命的數字有時出現在牆上，有時出現在地板上，偶爾也會以小告示的形式貼在欄杆上或者花園的門上。約翰·菲瑞爾拿出了十二萬分的警惕，但卻還是沒能發現，這些天天都有的警告究竟是怎麼來的。到後來，一看到這些東西，他就會產生一種近於迷信的恐懼。他變得形容枯槁、寢食難安，眼神也像遭人追獵的動物一般驚駭倉皇。如今他生命裏只剩了一個指望，指望那個年輕的獵手能夠從內華達趕來。

二十天減到了十五天，十五天又減到十天，該來的那個人卻沒有半點音訊。要命的數字一天比一天小，他的身影依然沒有出現。每當聽到路上傳來得得的馬蹄聲，或是聽到趕車的人吆喝牲口的聲音，老農夫都會迫不及待地跑

到大門口，滿以為那個幫手最後還是趕了回來。到最後，五天變成了四天，四天又變成三天，他終於灰心喪氣，徹底放棄了逃脫的希望。他心裏清楚，自己一個人單槍匹馬，又不熟悉那些環抱殖民地的大山，根本就沒有逃脫的本事。另一方面，經常有人走的大路都是戒備森嚴，沒有四人委員會的放行命令，誰也別想過得去。左想右想，他始終想不出一個安然脫禍的辦法。儘管如此，有一個決心始終沒有動搖，那就是他寧可不要性命，也不能答應那件他明知道會讓女兒蒙受恥辱的事情。

一天晚上，他獨自坐在那裏，一邊翻來覆去地掂量眼前的麻煩，一邊徒勞無功地尋找解決麻煩的方法。這一天的早上，他家的牆上已經出現了「2」這個數字，也就是說，下一天就是最後的限期了。那時候會怎麼樣呢？他腦子裏湧出了各式各樣含混模糊的可怕想像。還有他的女兒——沒有了父親，她又會遭遇怎樣的命運呢？他倆真的無法逃出這張無形的天羅地網嗎？想到自己如此無用，他不由得伏在桌上抽泣起來。

甚麼聲音？寂靜之中傳來了一陣輕輕的刮擦聲——聲音雖然小，靜夜之中卻顯得格外清晰。聲音是從屋子的門上來的，於是菲瑞爾躡手躡腳地走進大廳，專注地聽了起來。那種令人毛骨悚然的細小聲音停了片刻，跟着就再一次響了起來。顯然，有人正在敲擊屋門上的一塊板子，只不過動作非常地輕。難道是有甚麼午夜刺客來執行那個秘密法庭的殺人命令嗎？還是某個奴才正在往門上打限期最後一天已經到來的記號呢？約翰·菲瑞爾覺得，即便是當

場死去，也好過忍受這種讓人心驚肉跳的折磨。於是他撲到門邊，拉開門閂，猛一下打開了門。

屋外的光景安詳靜謐。這是個晴朗的夜晚，天上的星星閃着明亮的光芒，老農夫可以看見圍在籬牆和大門裏面的前門小花園。不過，花園裏和大路上都是一個人也沒有。菲瑞爾鬆了口氣，向左右兩邊望了望，最後才不經意地瞥了一眼自己腳下的地方。這一瞥讓他大吃一驚，因為他看到一個男人四肢攤開，直挺挺地趴在地上。

他着實嚇得不輕，不由得靠到牆上，用手扼住自己的喉嚨，免得自己叫出聲來。一開始他以為趴在地上的是一個受了傷的人，沒準兒還已經奄奄一息，接下來卻發現那人匍匐着爬進了大廳，動作像蛇一樣敏捷無聲。進屋之後，那人立刻跳起身來，關上屋門，把一張粗獷的臉和一副果決的神情展現在了目瞪口呆的老農夫面前。來人正是傑弗遜‧霍普。

「天哪！」約翰‧菲瑞爾氣喘吁吁地說。「你可真把我嚇了個半死！究竟為了甚麼，你非得這樣子進來？」

「給我點兒吃的，」霍普說道，聲音非常嘶啞。「我沒時間吃，也沒時間喝，已經整整四十八個小時了。」主人的晚餐這會兒都還擺在桌子上，於是他縱身撲到那些冷肉和麵包跟前，狼吞虎咽地吃了起來。「露茜還好嗎？」吃飽之後，他張口就問。

「好。她並不知道眼前的危險，」做父親的答道。

「那就好。這座房子每一面都有人監視，所以我只好這麼爬過來。那些傢伙興許精明得要命，可還沒精明

到能逮到一名瓦肖*獵手的地步。」

忠實的盟友已經趕到，約翰·菲瑞爾覺得自己好像換了個人。他懇切地抓起小伙子強健的手，緊緊地握住不放。「我真是為你自豪，」他說道。「眼下這個時候，願意來幫我們分擔麻煩和危險的人可不多啊。」

「你說到點子上了，老伙計，」年輕的獵手答道。「我尊敬你的為人，可要是這事情只牽涉到你一個人的話，要讓我把腦袋往這個馬蜂窩裏伸，我還是得多想想的。是因為露茜我才來的，誰要想傷害她，恐怕得先讓猶他地方霍普家的人少掉一個才行。」

「咱們該怎麼辦呢？」

「明天是你們的最後期限，今晚不行動就來不及了。我在老鷹谷那邊備了一匹騾子和兩匹馬。你有多少錢？」

「兩千元金幣，外加五千元紙鈔。」

「這就夠了。我的錢也有這麼多，可以湊在一起。咱們必須翻過山趕到卡森城†去。你最好去把露茜叫起來。傭人們沒睡在這座房子裏，倒還挺方便的。」

菲瑞爾去叫女兒收拾行裝的時候，傑弗遜·霍普把屋裏所有能吃的東西都打成了一個小小的包裹，又給一個陶罐子灌滿了水，因為他憑經驗知道山裏的泉眼不多，而且相隔遙遠。他剛剛收拾好，老農夫就帶着女兒回到了大廳裏，兩個人都已經穿戴整齊、做好了出發的準備。兩個戀

---

* 瓦肖 (Washoe) 是內華達的舊稱，因為當地生活着同名的印第安部族。

† 卡森城 (Carson City) 在內華達，今為內華達州首府。

人親親熱熱地相互問候，但是也沒說幾句，因為眼下的每一分鐘都非常寶貴，要做的事情又很多。

「咱們必須立刻啟程，」傑弗遜·霍普說道，聲音低沉，同時又十分堅決，正是一副明知山有虎、偏向虎山行的口吻。「前門和後門都有人監視，不過，咱們可以從側面的窗子爬出去，然後再從田地裏往外面走，小心一點兒就可以了。上了大路之後，咱們走兩英里路就可以到老鷹谷，馬匹就在那裏。天亮之前，咱們就已經到了深山老林裏啦。」

「要是有人阻攔呢？」菲瑞爾問道。

霍普用力拍了拍支棱在前襟外面的左輪手槍槍把。「就算寡不敵眾，咱們也要帶那麼兩三個一起上路，」他壞笑着說。

滅掉屋裏所有的燈之後，菲瑞爾從黑暗的窗戶裏望了望那片曾經屬於自己、如今卻不得不永遠捨棄的田地。不過，這樣的犧牲他已經早有準備，再想到女兒的尊嚴和幸福，傾家盪產的遺憾就更加不值一提。眼前是沙沙作響的樹木和寬廣寂靜的田野，一切都顯得那樣地安寧溫馨，讓人很難想像，其間竟然瀰漫着隱隱的殺機。可是，年輕獵手的蒼白臉龐和凝重神情卻清清楚楚地表明，在摸進這座房子的過程當中，他看見的東西已經給了他太多往那方面想的理由。

菲瑞爾帶上了裝金幣和鈔票的口袋，傑弗遜·霍普拿上了少得可憐的口糧和飲水，露茜拿的則是一個小小的包裹，裏面裝的是她最為看重的幾樣東西。他們小心翼翼地

慢慢打開窗子，等到一片烏雲讓夜色暗下來的時候才一個接一個地爬進了小花園。接下來，他們屏住呼吸，佝僂着身子，跟跟蹌蹌地穿過花園，由此得到了籬牆的掩護。再下來，他們貼着籬牆走到了通往玉米田的那個缺口。就在這時，小伙子猛然抓住兩個同伴，把他們拽進了陰影裏。這之後，他們三個人悄無聲息地趴在地上，全身都在顫抖。

以往的草原生涯給了傑弗遜·霍普兩隻靈敏如同山貓的耳朵，這時候便顯出了用場。他們三個剛剛伏到地上，幾碼之內的某個地方就響起了一聲山梟的哀號，緊接着，不遠的地方響起了一聲應和的哀號。與此同時，一個模糊的人影出現在了他們剛才打算穿過的那個缺口，又一次發出了那種用作信號的哀鳴。這一聲響過之後，另一個人立刻從暗處鑽了出來。

「明天半夜，」第一個人說道。這個人似乎是個領頭的人物。「聽到夜鷹*叫三聲就動手。」

「好的，」另一個人答道。「要通知德雷伯弟兄嗎？」

「通知他，還要讓他通知其他的人。九到七！」

「七到五！」另一個人應了一聲，兩人便朝着不同的方向飛速離去，他倆之間的最後兩句對話顯然是一種問答式的口令。這兩個人的腳步聲剛剛消失在遠處，傑弗遜·霍普便跳起身來，幫着兩個同伴穿過缺口，然後便帶頭以最快的速度穿過田野。每當發現露茜力有不逮，他就會半

---

* 　夜鷹 (Whip-poor-Will) 也稱三聲夜鷹，是分佈在北美洲和中美洲的一種鳥，英文名字是對它鳴叫聲的直接模仿。這裏的夜鷹叫應該也是信號。

攙半挾地幫她加快速度。

「快！快！」他雖然上氣不接下氣，但卻還是時不時地出聲催促。「咱們已經闖過了他們的警戒線。後面的一切都得看咱們的速度了。快！」

大路之上的那段行程十分順利，其間他們只碰上過一次路上有人的情況，當時還成功地躲進了一片莊稼地，由此逃過了被人認出來的危險。快到城邊的時候，獵手折進了一條通往山區的崎嶇小道。夜色之中，他們的眼前浮現出了兩座嶙峋山峰的黢黑剪影，兩山之間的溝壑正是馬匹所在的老鷹谷。憑着絕無差失的本能，傑弗遜·霍普沿着一條乾涸無水的溪澗在巨石之間擇路前行，最終到達了那個亂石叢中的隱秘角落，幾匹忠實的牲口便是拴在那裏。姑娘分到了那匹騾子，老菲瑞爾也帶着錢袋騎上了一匹馬，傑弗遜·霍普則騎上另一匹馬，沿着這條陡峻險惡的小道繼續前進。

如果你未曾對大自然狂性大發時的模樣見慣不驚，他們選擇的這條路線就一定會讓你魂飛魄散。山道的一側聳立着一堵上千英尺的巨型峭壁，它黢黑陰沉，來勢洶洶，嶙峋的表面排列着一根根長長的玄武岩石柱，活像是某種石化怪獸的肋條。另一側則是七零八落的巨岩碎石，扼殺了所有前進的可能。小道在峭壁與亂石堆之間曲折蜿蜒，有時候窄得只容縱列，有時候又高下崎嶇，只有經驗老到的騎手才能穿越。不過，眼前縱是千難萬險，逃亡者們的心依然輕鬆暢快，因為每前行一步，他們就與迫使自己逃亡的那個恐怖暴政多了一分距離。

可是，沒多久他們就看到了一樣證據，由此知道自己還沒有逃脫摩門教徒的控制範圍。他們剛剛行進到小道上最為荒僻的那個地段，姑娘就指着上方驚叫了一聲。只見上方有一塊俯瞰小道的岩石，黑黢黢的輪廓被夜空映襯得格外分明，岩石上還站着一個形單影隻的哨兵。他們發現哨兵的時候，哨兵也看見了他們，寂靜的深谷中隨即響起一聲軍營風格的喝問，「何人過路？」

「去內華達的趕路人，」傑弗遜·霍普答道，一隻手夠到了掛在馬鞍旁邊的來復槍。

他們看到，獨自一人的哨兵手指扣着扳機，正在仔細地打量他們，似乎是對他們的回答不太滿意。

「誰給的許可？」他問道。

「神聖四人委員會，」菲瑞爾答道。根據他對摩門教的了解，這個委員會是他可以用言辭指涉的最高權威。

「七到九，」哨兵喝道。

「五到七，」傑弗遜·霍普想起了之前在花園裏聽見的口令，即刻回了一句。

「走吧，上帝與你同行，」上方的人說道。過了這個崗哨之後，道路變得寬闊了一些，馬兒也可以小跑起來了。回頭看的時候，他們發現那個孤獨的哨兵已經把槍拄在了地上。他們由此知道，自己成功地闖過了上帝選民佈下的這道邊境崗哨，自由就在前方。

第五章
復仇天使

　　整個晚上，他們都在迷宮一般的溝壑和亂石縱橫的曲折小道之中穿行。他們不止一次地迷失了方向，好在霍普對這些大山十分熟悉，每次都能領他們走回正路。破曉時分，一道荒蠻卻瑰奇的美麗風景展現在了他們面前。積雪蓋頂的雄偉山峰從四面八方把他們團團圍住，它們你挨我擠，都想從同伴的肩頭望向遠方的地平線。兩邊的山崖都是陡峻無比，近旁的兩株松樹彷彿是懸在他們的頭頂，似乎風一吹就會颼颼地砸到他們身上。這樣的恐懼並不完全是一種幻覺，因為這個荒涼的山谷裏到處都是被風吹落的樹木和巨石。他們剛剛走過，身後就有一塊碩大的岩石呼嘯着滾了下來，轟隆隆的巨響在寂靜的山谷中久久回盪，疲憊的馬兒嚇得狂奔起來。

　　東邊地平線上的太陽漸漸升高，座座大山的峰頂便如節日彩燈一般次第亮起，直至峰頭盡赤、熠熠生輝。壯美的景象讓三個逃亡的人精神抖擻，腳下也添了勁頭。他們在山谷中湧出的一道湍急水流旁邊停了下來，一邊飲馬，一邊匆匆地吃了頓早飯。父女倆想要多歇一會兒，傑弗遜·霍普卻不講絲毫情面。「這時候，他們應該已經追過來了，」他說道。「一切都取決於咱們的速度。等安全到

達卡森城之後，咱們想歇一輩子都行。」

　　接下來的一整個白天，他們一直在奮力穿越一道又一道的山溝。傍晚時分，他們估算了一下行程，認為自己已經把敵人甩下了至少三十英里。入夜之後，他們在一塊突出山崖的底部安頓下來，借那裏的亂石遮擋寒風，然後便擠在一起相互取暖，就這麼睡了幾個小時。不過，天還沒亮他們就起了身，又一次走在了路上。之前他們一直都沒看見有人追蹤的跡象，傑弗遜·霍普便開始覺得，他們雖然惹惱了那個可怕的組織，眼下卻已經遠遠地逃出了它的魔掌。可他根本不知道，那隻魔掌伸展的範圍會有多麼地廣遠，也不知道，它趕上來把他們搗成齏粉的速度又會有多麼地迅疾。

　　出逃之後的第二天，大約在中午時分，他們那少得可憐的口糧儲備開始見了底。這倒沒讓獵手擔甚麼心，因為山裏面有的是獵物，而他以前也經常都得靠自己的來復槍過日子。於是他先是找了個隱蔽的角落，碼上幾根乾樹枝，生起一堆熊熊的火來讓父女倆取暖，因為眼下他們是在海拔接近五千英尺的高處，空氣寒冷刺骨。這之後，他拴好馬匹，跟露茜道了個別，跟着就把來復槍甩到肩膀上，出發去尋找獵物，有甚麼就打甚麼。他回頭望了一望，看到老人和姑娘縮在火堆旁邊，三匹牲口則一動不動地站在父女倆後面。再下來，交錯的山岩就擋住了父女倆的身影。

　　他穿過一個又一個山谷，接連走了兩英里，但卻一無所獲。不過，根據樹皮上的疤痕以及其他一些跡象，他斷

定附近應該有無數的熊。兩三個小時的徒然搜索之後，他終於灰了心，打算轉身回去。就在這時，他瞥見高處有甚麼東西，一下子覺得心花怒放。他上面三四百英尺的地方有一座突出的懸崖，懸崖邊緣站着一頭野獸，看起來有點兒像綿羊，只不過多了一對碩大的犄角。看情形，這頭大角羊——它的確就叫這個名字——是在替一個獵手視線之外的羊群放哨，還好它腦袋衝着相反的方向，沒有發現獵手的存在。於是他伏到地面，把來復槍架在一塊岩石上，穩穩地瞄了半天才扣動扳機。大角羊身子一騰，跟跟蹌蹌地在懸崖邊緣走了幾步，跟着就重重地跌進了下方的山谷。

這頭野獸十分沉重，一個人根本搬不動。獵手只好割下一條後腿，又從肚子上割了塊肉，就這麼算了數。眼看天色黃昏，他扛起這些戰利品，急匆匆地準備原路返回。可是，他剛剛舉步，就意識到自己面臨着一個很大的困難。原來，剛才他急於尋找獵物，不知不覺就遠離了自己熟悉的那些山谷，因此，要想重新找到來時的路並不是一件容易的事情。他此刻所在的這個山谷岔上加岔地分出了許多道溝，哪一道看起來都差不多，根本無從辨別。他順着一道溝走了至少一英里，最後卻碰上了一條他斷定自己不曾見過的山間急流。確信這道溝不對之後，他又試了試另外一道，得到的是同樣的結果。夜晚迅速來臨，等他終於找到一道熟悉溝壑的時候，天差不多已經黑透了。路雖然找到了，保持正確的方向也不是輕而易舉的事情，因為月亮還沒有升起來、路兩邊的高崖又讓周遭的黑暗更加

濃重。獵物壓得他直不起腰，長途跋涉又讓他疲憊不堪，可他還是強打精神蹣跚前行，心裏想的是每一步都讓他離露茜近了一步，而且他帶回了足夠多的食物，足以維持到這次行程的終點。

他和父女倆分別的地方是在一道山溝裏，這會兒他已經走到了那道山溝的口子上。天雖然已經黑了，他還是可以通過兩邊山崖的輪廓把它認出來。他已經離開了將近五個小時，估計父女倆一定是等急了，於是就借着心裏的高興勁兒，把雙手舉到嘴邊，發出了一聲餘響滿谷的「嘿」，想讓父女倆知道他已經回來了。接下來，他停住腳步仔細聆聽，想聽到父女倆的回應。可是，他沒有聽到任何回應，只有他自己的喊聲在萬籟俱寂的溝谷中反復回盪，無數次地衝擊着他的耳膜。他又喊了一嗓子，聲音比上一次還要響亮，然而，那麼短的時間之前都還跟他在一起的兩位親人依然沒有任何聲息。一種模模糊糊的莫名恐懼襲上了他的心頭，於是他瘋了似的跑向前方，情急之下，連那些寶貴的食物都掉在了地上。

轉過山崖之後，剛才生火的那個地方完全進入了他的視野範圍。那裏仍然有一堆發着紅光的木柴餘燼，然而，非常明顯的是，他走了之後，火堆就再也不曾有人照管。到了現在，四周仍然是一片死寂。眼看着心裏的擔憂全都變成了毋庸置疑的事實，他繼續疾步向前。火堆餘燼的周圍沒有任何活物：牲口、老漢、姑娘，通通都不見了。事情再清楚不過，他不在的這段時間裏，突然發生了某種可

怕的災難，那種災難不光將他們通通吞噬，而且沒有留下任何痕跡。

突然的打擊讓傑弗遜·霍普目瞪口呆，一時間只覺得天旋地轉，靠了來復槍的支撐才沒有栽倒在地。不過，他骨子裏終歸是個實幹家，因此便迅速地擺脫了暫時的萎靡狀態。他從悶燒的火堆裏抄起一根燒剩一半的木柴，把木柴的火吹大，然後就用它照明，把他們小小的營地檢查了一遍。地上到處都是馬蹄印，說明襲擊父女倆的是一大幫騎馬的人。從蹄印的方向來看，那幫人得手之後就掉頭回鹽湖城去了。不過，他們是不是把父女兩個都帶走了呢？傑弗遜·霍普想來想去，剛要斷定他們只可能這麼做，突然卻瞥見了一件令他如遭雷殛的東西。營地一側不遠處有一個低矮的紅色土堆，毫無疑問是他離開之後才有的。那樣的土堆不會是甚麼別的東西，只可能是一座新墳。走到近處，他發現墳上戳着一根木棍，木棍上有一條刀劈的裂縫，裂縫裏還夾着一張紙片。紙片上的文字簡短之極，同時又明白切題：

約翰·菲瑞爾

生前係鹽湖城居民

歿於一八六零年八月四日

他只離開了短短的一小會兒，這位剛強的老人就去了，這麼張破紙片，就算是他的墓志銘。傑弗遜·霍普瘋狂地四處張望，想知道還有沒有第二座墳，但卻沒有任何發現。露茜已經被可怕的追蹤者帶了回去，等在那裏的是

她一早注定的命運，也就是充實長老之子的後房。想到她的命運已經無法挽回，又想到自己的無能為力，小伙子恨不得自己也跟這位老農夫一樣，長眠在了最後的安息之地。

不過，他的實幹天性又一次戰勝了絕望帶來的消沉情緒。就算他已經一無所有，至少還可以把全部的生命投入到復仇的行動當中。除了百折不回的耐性和韌勁之外，傑弗遜·霍普還有一種不達目的決不罷休的報復心理，他曾經在印第安部落當中待過，這一點可能是從印第安人身上學來的。站在淒涼的火堆旁邊，他感到世上只有一件事情能減輕自己的痛苦，那就是親手對仇人實施完完全全、徹徹底底的報復。他下定決心，要把自己的堅強意志和不竭精力全部奉獻給這個目的。想到這裏，他板着一張慘白猙獰的臉，一步步走回了食物掉落的地點，跟着就把行將熄滅的火堆重新撥旺，烤好了夠吃幾天的肉食。把烤好的肉打成一個包裹之後，雖然說已經萬分疲倦，他還是沿着復仇天使們留下的馬蹄印，踏上了翻山越嶺的歸程。

在他曾經騎馬走過的那些山溝裏，他徒步跋涉了整整五天，一身疲憊，雙足酸軟。夜裏他撲倒在亂石叢中，胡亂睡那麼幾個小時；等到天亮的時候，他早已經走出了老遠的距離。第六天，他走到了老鷹谷，走到了這趟不幸旅程的起點。站在這裏，他可以俯瞰摩門教徒們的家園。此時他已經筋疲力盡，只能倚着自己的來復槍，用枯瘦的手衝着下方那座寬廣寂靜的城市瘋狂比劃。看着看着，他發現一些主要的街道上飄着旗幟，還發現了其他一些節慶

活動的跡象。他正在琢磨這些東西的含義，忽然間聽到了得得的馬蹄聲，看到了一個策馬奔來的人。等那人到了近處，霍普便把他認了出來。來人名叫考珀，是一個摩門教徒，霍普曾經幫過他幾次忙。因此，看到他朝自己這邊過來，霍普就開口跟他搭話，希望能從他嘴裏知道露茜·菲瑞爾的遭遇。

「我是傑弗遜·霍普，」他説道。「你應該記得吧。」

摩門教徒直勾勾地瞧着他，臉上的驚奇一覽無遺。的確，眼前這個流浪漢衣衫襤褸、頭髮蓬亂、面色慘白、眼神狂野，很難讓人聯想到先前那個瀟灑利落的年輕獵手。不過，他最終還是認出了霍普，驚奇的表情馬上換成了驚恐。

「你瘋了嗎，還敢到這裏來，」他叫道。「要是有人看到我跟你搭腔的話，我這條命也保不住了。你幫着菲瑞爾一家逃跑，神聖四人委員會已經下令通緝你了。」

「我可不怕他們，也不怕甚麼通緝令，」霍普斬釘截鐵地説道，「眼下的事情你肯定有所了解吧，考珀。現在我懇求你，無論如何要回答我幾個問題。咱倆的交情一直都挺不錯的。看在上帝份上，你可別拒絕回答。」

「甚麼問題？」摩門教徒緊張地問道。「要問就快點問。這裏的石頭和樹木都長着耳朵和眼睛哩。」

「露茜·菲瑞爾怎麼樣了？」

「她昨天跟小德雷伯結了婚。挺住，伙計，挺住，你怎麼跟丟了魂兒一樣啊。」

「我沒事，」霍普有氣無力地説道。他的臉一直白

到了嘴唇，身子則頹然坐倒在他剛才靠着的那塊岩石上。

「結婚了，是麼？」

「昨天結的——『賜福之屋*』上面掛了旗子，為的就是這個。為了爭奪她，小德雷伯和小斯坦傑森還吵了起來。他倆都參加了追捕他們的行動，斯坦傑森還開槍打死了姑娘的父親，他似乎因此覺得，自己最應該得到她。不過，等到兩邊的人在委員會裏爭論這個問題的時候，還是德雷伯那一邊佔了上風，所以呢，先知就把姑娘交給了他。可是，誰得到她都長久不了，因為我昨天看到了她，她的臉上全是死亡的氣息。她哪裏還像個女人，活脫脫已經是個鬼了。怎麼，你要走了嗎？」

「是啊，我要走了，」傑弗遜·霍普已經站了起來，這會兒便隨口應了一句。他的表情如此冷酷、如此僵硬，簡直讓人疑心他的臉是一件大理石的雕刻品。與此同時，他的眼裏卻閃着刻毒的兇光。

「你要去哪裏呢？」

「你別管了，」他答道，跟着就把來復槍甩到肩上，大踏步走進了山溝。他一直走進了大山的心臟，走進了野獸出沒的地方。山裏的野獸雖多，哪一種卻都不像他自己這麼兇猛、這麼危險。

那個摩門教徒的預言再靈驗不過了。或者是因為父親的慘死，又或是因為被迫承受了這樁可恨的婚事，可憐的

---

* 「賜福之屋」(Endowment House) 位於鹽湖城的神殿廣場，是摩門教徒建造的宗教建築，用於舉行各種典禮，後在美國政府的反多妻制運動中被徹底摧毀。

露茜從此便再也不曾揚起頭來，只是一天天消瘦憔悴，不到一個月就死了。她那個酒鬼丈夫娶她主要是為了約翰·菲瑞爾的財產，並沒有為她的死流露出多了不得的悲傷，倒是他其他的那些妻子惋惜她的死亡，還按照摩門教的習俗，在葬禮之前的那天夜裏為她守靈。凌晨時分，正當她們圍坐在棺材四周的時候，靈堂裏卻發生了一件叫她們驚恐莫名的事情。只見房門突然洞開，一個長相兇蠻、滿臉風霜、衣衫襤褸的男人大踏步走了進來。他沒有看那些驚惶瑟縮的女人，也沒有跟她們說一句話，徑直走向了那具無聲無息的潔白軀體，軀體之中曾經包藏着露茜·菲瑞爾潔白無瑕的靈魂。他俯下身去，虔敬地吻了吻她冰冷的額頭，跟着就抓起她的手，把手指上的結婚戒指取了下來。「她不能戴着這東西下葬，」他狠狠地咆哮了一句。她們還沒來得及叫人，他已經飛快地跑下樓梯，就這麼消失了。事情的經過實在是太過詭異、太過短暫，要不是標誌她妻子身份的那枚金指環的的確確不見了的話，守靈的那些女人自己都不敢相信事情曾經發生，更不用說讓別人相信了。

傑弗遜·霍普在山裏流浪了幾個月的時間，過着一種怪異的野人生活，心裏那團熾烈的復仇火焰日益增長。城裏面有了各式各樣的傳說，說甚麼有人看見一個怪人在城郊遊蕩，還有人看見怪人在荒涼的山溝裏出沒。有一次，一顆子彈呼嘯着鑽進斯坦傑森家的窗子，打在了離他不到一英尺遠的牆上。還有一次，德雷伯正從一道懸崖下面走過，一塊巨大的石頭突然從上方砸向他的頭頂，他趕緊縱

身撲到地面，這才逃過了慘死的劫數。沒過多久，兩個年輕的摩門教徒就弄清了是誰想要自己的性命，於是就一次又一次地帶着人進山搜查，希望能把敵人抓住或者殺死，但卻始終沒有成功。接下來，他們採取了一些預防措施，再也不單獨出門，夜裏也總是待在家裏，還給自家的房子配備了警衛。一段時間之後，他們放鬆了這些戒備，原因是再也沒有人聽說或者看見他們的對頭，而他們又覺得，時間可以淡化對頭的復仇心理。

可是，要說時間對他的復仇心理產生了甚麼影響的話，那就是加深，絕不是淡化。這位獵手本來就擁有一顆強硬執拗、無法動搖的心，這顆心又被報仇雪恨的念頭塞得滿滿當當，根本容納不了其他的任何感情。話雖這麼說，他首要的特質終歸還是腳踏實地。他很快就認識到，自己雖然擁有鋼鐵一般的體格，這麼沒完沒了地折磨自己也還是吃不消。風吹日曬的野外生活和粗劣的食物正在一天天拖垮他的身體。要是他像條野狗一樣死在了山裏，大仇還怎麼報呢？與此同時，如果他繼續這樣耗下去的話，那樣的死法就是遲早的事情。他覺得這麼耗下去等於是正中仇人的下懷，於是就心不甘情不願地回到了內華達的礦山裏，打算在那裏養好身體，同時為報仇雪恨攢下充足的經費。

他本來的打算是至多離開一年，種種意外情況卻迫使他留在了礦山裏，一待就是將近五年。不過，即便到了那個時候，他心裏的冤苦之情和復仇渴望還是一如既往，跟他站在約翰‧菲瑞爾墳前的那個沒齒難忘的晚上沒甚麼兩

樣。於是他喬裝改扮、更名換姓地回到了鹽湖城，一心只想着伸張自己心目當中的正義，完全不在乎自己會有甚麼樣的結局。到了他才發現，等在那裏的不是甚麼好消息。幾個月之前，上帝選民起了內訌，教會裏的一些年輕成員起來反抗長老們的權威，隨之而來的結果是一些不滿分子離開猶他，變成了教外人士。德雷伯和斯坦傑森也在那些人的行列當中，誰也不知道他倆的去向。傳言說德雷伯把大部分家產變成了現錢，離開時是個腰纏萬貫的富人，而他的伙伴斯坦傑森則走得比較潦倒。可是，說到他們的下落，那就一點兒線索也沒有了。

不管懷着多麼強烈的報復心理，許多人也會在這樣的困難面前望而卻步，徹底打消報仇的念頭。可是，傑弗遜·霍普不曾有過哪怕一瞬間的動搖。靠着自己有限的積蓄，再加上打零工的貼補，他一個鎮子一個鎮子地走遍了美國，到處尋找仇人的蹤跡。年復一年，黑髮漸漸掛上了霜花，可他依然在繼續流浪，活像一頭人形的獵犬，全副心思都撲在他為之獻出整個生命的那個目標上。到最後，他的執着終於換來了回報。回報不過是偶然瞥見了一扇窗子裏的一張面孔，不過，這一瞥已經足夠讓他知道，自己的仇人就在他當時所在的城市，俄亥俄州的克利夫蘭。接下來，他趕緊回到自己簡陋的住處，制訂好了整個的復仇計劃。可是，他瞥見德雷伯的時候，對方碰巧也在看窗外，不光認出了街道上的這個流浪漢，還看到了他眼睛裏的謀殺意圖。德雷伯趕緊找來已經變成他秘書的斯坦傑森，兩

個人一起跑到一名地方法官*面前，說有個老情敵為了嫉妒和怨恨找上門來，自己的生命受到了威脅。傑弗遜·霍普當晚就遭到警方拘禁，跟着又因為找不到保人而坐了幾個星期的牢。到他終於獲得釋放的時候，卻發現德雷伯的房子空空如也，主人已經和秘書一起去了歐洲。

復仇者又一次遭遇了挫折，凝結在心的仇恨也又一次驅使他繼續追蹤自己的仇人。可是他沒有那麼多錢，因此就只好回原來的地方工作了一段時間，為即將展開的旅程省下每一分錢。到最後，他攢下了一筆勉強可以餬口的錢財，於是就趕往歐洲，一個城市一個城市地尋找仇人的蹤跡，一路靠各式各樣的卑賤營生籌集費用，但卻始終趕不上仇人的腳步。他趕到聖彼得堡的時候，仇人已經去了巴黎；他急忙跟了過去，卻發現仇人剛剛啟程去了哥本哈根。到了丹麥的國都，他發現自己又遲了幾天，因為仇人已經去了倫敦。就是在倫敦，他終於成功地追到了仇人。想知道這位老獵手到了倫敦之後的情況，我們最好還是去聽聽他自己的陳述。關於他的陳述有一份忠實的記載，那便是華生醫生那本業已令我們受益無窮的回憶錄。

---

* 　地方法官 (justice of the peace) 是英美法系國家設置的一種主要負責審理小案的法官，具體職責因地而異。有些地方已經廢止這種設置。

第六章
華生回憶錄續錄

　　我們抓到的犯人雖然進行了瘋狂的抵抗，但這並不表明他本來就對我們懷有甚麼惡意，因為他剛剛意識到自己已經無法逃脫，馬上就友好地笑了起來，還說他衷心希望，剛才打鬥的時候沒有傷到我們當中的任何一個。「照我猜，你這就要送我去警察局了吧，」他衝歇洛克‧福爾摩斯說道。「我的馬車就在門口。要是你們願意把我的腳鬆開的話，我可以自己走到馬車上去。我可不像以前那麼輕了，抬的話還挺費勁的。」

　　格雷森和雷斯垂德交換了一個眼色，似乎是認為這個提議相當地不近人情。可是，福爾摩斯立刻接受了犯人的請求，把我們剛才綁在他腳踝上的毛巾解了下來。他站起身來伸了伸腿，就跟想確認它們真的已經重獲自由似的。我到現在都還記得，當時我一邊看他，一邊在心裏想，比他更強壯的人我還真是見得不多。我還記得，他那張曬得黝黑的臉龐清楚地表明，他的意志和精力也跟他的體力一樣讓人畏懼。

　　「按我看，如果警察局裏面缺了個當頭的，你就是最合適的人選，」他盯着我的室友，絲毫不掩飾自己的欽佩之情。「你追查我的手段可真夠絕的。」

「你倆最好跟我一起去吧，」福爾摩斯對兩位探員說道。

「我可以幫你們趕車，」雷斯垂德說道。

「好極了！格雷森可以跟我一起坐裏面，還有你，醫生。既然你對這個案子產生了興趣，乾脆就一直跟到底好了。」

我欣然接受了他的提議，房間裏所有的人就一起下了樓。我們的犯人完全沒有逃跑的意思，相反還平靜地走進了原本屬於他的那輛馬車。我們也跟了進去，雷斯垂德爬到車夫的座位上，揚鞭打馬，很快就把我們送到了目的地。接下來，有人把我們領進一個小小的房間，房間裏的一名督察記下了犯人的姓名，以及他被控謀殺的兩名受害者的姓名。這名警官臉色蒼白，神情漠然，以一種單調機械的方式完成了自己的職責。「本週之內，我們就會把人犯送上地方法庭，」他說道，「此外，傑弗遜·霍普先生，你還有甚麼要說的嗎？我必須警告你，你所說的話都會被記錄在案，還可能會被用於對你的指控。*」

「我要說的話多極了，」犯人慢吞吞地說道。「各位先生，我願意把整件事情的所有經過都說給你們聽。」

「留到審判的時候再說不是更好嗎？」督察問道。

「你們興許審判不了我，」他回答道。「你用不着顯得那麼驚慌，我可沒想過要自殺。你是個醫生，對

---

* 這名督察是在向霍普通知「沉默權」(right to silence)，即被告有權拒絕自證其罪，因此可以不回答任何問題。英國是沉默權的發祥地，相關制度及實踐據云確立於十七世紀晚期。

嗎？」問這個問題的時候，他那雙狂野的黑眼睛轉到了我的身上。

「是的，我是醫生，」我答道。

「那你把手放這兒試試，」他笑着說道，還用綁在一起的雙手指了指自己的胸腔。

我把手伸了過去，立刻就感覺到他的心跳不光異常劇烈，而且十分紊亂。他的胸腔顫得很厲害，就像是一幢本已搖搖欲墜的房屋，又趕上一部馬力強勁的機器在裏面開工。因為房間裏非常安靜，我甚至可以聽到，他胸腔裏有一種低沉嘈雜的聲音。

「怎麼，」我叫道，「你得了主動脈瘤！」

「他們也是這麼說的，」他若無其事地說道。「上個星期，我去醫生那裏看了看我這個病，醫生告訴我，瘤子要不了幾天就會破裂。這些年來，它一直都在惡化。這個病是我在鹽湖城那邊的山裏得上的，因為我在野外待得太久，吃的東西又不夠。現在我已經辦完了自己的事情，走得再早也沒關係了。不過，死之前我想給這件事情留點兒記錄。我跟其他那些殺人犯不一樣，可不想落下他們那種名聲。」

督察和兩位探員匆匆地討論了一番，議題是該不該允許他把自己的故事講出來。

「按您的意見，醫生，他的病情真的非常危急嗎？」督察問道。

「毫無疑問，」我答道。

「如此說來，從司法的角度來看，我們顯然有義務取

得他的口供，」督察説道。「先生，你有權陳述本案經過，不過我要再一次提醒你，你説的東西都會被記錄在案。」

「你們不介意的話，我準備坐下來説，」犯人一邊説，一邊老實不客氣地坐了下來。「這個病搞得我很容易疲倦，更何況，半個鐘頭之前我剛剛跟你們打了一架。我一隻腳已經踏進了墳墓，不需要跟你們撒甚麼謊。我説的每個字都是千真萬確的事實，至於你們要拿它來派甚麼用場，那就不是我的事了。」

説到這裏，傑弗遜・霍普往椅子上一靠，開始發表後面這番非同尋常的自白。他講得平心靜氣、有條不紊，完全是一副閒話家常的模樣。我敢保證以下的記述準確無誤，因為我看過雷斯垂德的記事本，上面有犯人原話的記錄，一個字都不差。

「我為甚麼恨這兩個人，跟你們沒甚麼關係，」他説道，「總之，他們對兩個人——一個父親和一個女兒——的死負有責任，所以呢，他們也就付出了生命的代價。他們的罪行過去了那麼久的時間，隨便去哪個法庭我也不可能告倒他們。可是，我知道他們是有罪的，因此我拿定主意，要把法官、陪審團和劊子手的責任一個人全包了。要是你們處在我的位置，要是你們還有點兒男子漢的血性，你們也會這麼幹的。

「我剛才説的那個姑娘，二十年前本來是要嫁給我的。後來她被迫嫁給了你們所知道的這個德雷伯，又為這件事情心碎而死。我從她的遺體上取下了結婚戒指，自己跟自己發了誓，他死之前看到的最後一樣東西一定得是這

個戒指，想的最後一件事情一定得是他為之受到懲罰的這樁罪行。我帶着戒指東奔西走，跟着他和他的同伙跑了兩個大洲，終於還是逮到了他們。他們的算盤是把我拖垮，這只能說是癡心妄想。十有八九，我明天就會死，果真如此的話，我也死得心安理得，因為我在這世上的事情已經辦完了，而且辦得漂亮。他們兩個都已經死了，而且是死在我的手裏。如今我心願已了，再沒有甚麼可留戀的東西。

「他們有的是錢，我卻是個窮光蛋，所以說，要跟在他們屁股後面跑，對我來說並不是那麼容易。到倫敦的時候，我口袋裏幾乎是一個子兒也不剩了，因此我意識到，我必須找點兒事情來餬口。趕車騎馬對我來說就跟走路一樣輕而易舉，於是我就到一家車行去掛了個號，沒兩天就有了工作。我每個星期都要向東家交一筆固定的車租，剩下的就歸我自己。剩下的一般都不多，可我還是千方百計地挺了下來。最困難的事情是認路，因為按我看，在古往今來所有的迷宮裏面，就數眼前這個城市最讓人暈頭轉向。這也不怕，因為我帶了張地圖在身邊，熟悉了那些主要的旅館和車站之後，我幹起活來也就相當順手了。

「過了一段時間，我才找到這兩位先生落腳的地方。當時我東找西找，最後才在偶然之間碰上了他們。原來他們住的是坎伯維爾街區的一座公寓，在泰晤士河的對面。既然找到了他們，我當然知道，他們已經落入了我的掌握。我已經蓄起了鬍子，他們壓根兒就不可能把我認出來。我盡可以跟着他們、追着他們，遲早能找到下手的機

會。我已經下定了決心，絕不能讓他們再一次從我手底下溜走。

「儘管如此，他們還是差一點點就溜掉了。不管他們跑到了倫敦城的哪個角落，我都在後面跟着他們，有時候趕着我的馬車，有時候就靠走路。當然，還是趕馬車比較好，那樣他們就沒法跑出我的視線。這麼着，我只有在大清早或者大半夜才能掙點兒錢，東家的車租也沒法按時交了。不過，這些事情我並不在乎，只要能親手解決我的仇人就行了。

「可是，他們兩個還是非常狡猾的。他們一定是估計到了自己可能會被人跟蹤，因為他們從來不單獨出門，也從來不在天黑以後出門。整整兩個星期的時間裏，我天天都趕着馬車跟在他們後面，但卻從來沒看見過他們分頭行動。德雷伯倒是一半的時候都在醉鄉裏，斯坦傑森卻連個盹兒都不打。我從早到晚地監視他們，結果是連機會的影子都沒看見。可我還是沒有灰心，因為冥冥之中有甚麼東西告訴我，報仇雪恨的時候就要到了。我唯一擔心的就是我胸腔裏的這個玩意兒，怕的是它破裂的時間早了那麼一點點，讓我來不及把事情辦完。

「最後，有一天晚上，我趕着車在他們寄住的那條街上來回轉悠，那條街的名字叫做托魁街。轉着轉着，我忽然看見一輛馬車跑到了他們住處的門口。沒過多久，就有人從裏面搬了些行李出來，又過了一會兒，德雷伯和斯坦傑森也出了門，坐上馬車走了。我加快速度跟了上去，始終沒讓他們跑出我的視線範圍。當時我心裏十分着急，擔

心他們又要去別的地方。他們在優頓車站下了車，我就讓一個男孩子幫我看着馬，自己則跟着他們到了月台上。我聽見他們向車站的職員打聽去利物浦的火車，職員說剛剛開走了一班，下一班要到幾個小時之後才來。聽了這個消息，斯坦傑森似乎非常惱火，德雷伯倒是顯得相當高興。當時我混在人群裏，離他們非常近，他們說的每一個字我都可以聽見。德雷伯說他有點私人的事情要辦，如果斯坦傑森願意等的話，他很快就可以趕回來。斯坦傑森勸他不要這麼幹，還提醒他，他們兩個說好了不能單獨行動。德雷伯的回答是事情非常敏感，他只能一個人去辦。我沒聽清楚斯坦傑森又說了句甚麼，總之德雷伯聽了就開始破口大罵，還叫斯坦傑森不要忘了自己只是他花錢請的傭人，更不要以為自己有下命令的資格。聽了他這些話，秘書就不再跟他白費唇舌，只是跟他約好，萬一他趕不上最後一班火車的話，就可以到赫利戴旅館來找自己。德雷伯的回答則是，他十一點鐘之前就會回到月台上來。說完之後，他徑直走出了車站。

「我等待已久的時刻終於到來，我的仇人已經被我攥在了手心。在一起的時候他倆可以相互照應，落了單就只能任我擺佈了。不過，我並沒有貿然採取行動，因為我早就已經有了計劃。如果仇人來不及知道是誰對自己下的手，來不及知道報應為甚麼會來，復仇的滿足感也就沒有了。按照我的計劃，我一定要留出一點時間，一定要讓虧負我的人明白，他以前欠下的孽債已經找上門來。說來也巧，幾天前有位先生坐我的馬車去查看布萊克斯頓路的幾

座房子，結果就把其中一座房子的鑰匙落在了車上。他當天晚上就來找鑰匙，我也把鑰匙還給了他，只不過趁他找來之前印了個模子，還找人配了一把。這樣一來，在這個大城市當中，至少有一個地方可以讓我放心大膽地做自己的事，不用怕別人打擾了。接下來的難題就是，怎樣把德雷伯弄到那座房子裏去。

「出了車站之後，他順着馬路往前走，路上進了一兩家酒館，還在最後一家酒館裏面待了將近半個小時。從酒館裏出來的時候，他路都已經走不穩了，顯然是喝得相當不少。當時正好有一輛雙輪馬車擋在我前面，結果就被他給叫走了。我連忙追了上去，跟那輛馬車貼得非常緊，整段路程當中，我車上那匹馬的鼻子離那輛車的車夫都不到一碼*。我們一前一後跑過滑鐵盧橋，又在大街上跑了好幾英里。到最後我大吃一驚，因為他竟然把我領回了他原來住的那條街。我實在想不出他回那裏去幹甚麼，但卻還是跟了上去，在離那座房子一百碼左右的地方停了下來。我看見他走了進去，他的馬車也離開了。麻煩給我杯水，我嘴巴都說乾了。」

我遞給他一杯水，他一口氣喝了下去。

「這樣就好點了，」他說道，「好了，我等了他大概一刻鐘，也可能更久一點，然後就突然聽見一陣嘈雜的聲音，似乎是房子裏面有人打架。轉眼之間，房門大開，裏面出來了兩個人，除了德雷伯之外，還有個我從來沒見過的小伙子。小伙子揪着德雷伯的衣領，走到台階頂上

---

* 雙輪出租馬車的車夫坐在最後面，參見前注。

就狠狠地揉了一把，跟着又補了一腳，一下子把德雷伯送到了大街中央。『你這條癩皮狗，』他一邊咆哮，一邊衝德雷伯揮舞他手裏的手杖，『看你還敢不敢侮辱正派的姑娘！』看他那怒氣衝天的樣子，我覺得他肯定會用手杖把德雷伯痛打一頓，只可惜那條野狗掄圓了自己的雙腿，連滾帶爬地順着大街跑了。他一直跑到拐角的地方，看見我的馬車就衝我招了招手，忙不迭地跳上了車。『送我去赫利戴旅館，』他當時是這麼吩咐的。

「看到他真真切切地坐進了我的馬車，我的心高興得怦怦亂跳，跳得讓我擔驚受怕，怕的是瘤子會在這個大功垂成的時刻突然破裂。我趕着車慢慢往前走，心裏盤算着接下來該怎麼辦。我完全可以直接把他載到荒郊野外，找一條僻靜的小路，給他安排一次最後的審判。我剛要拿定主意的時候，他卻搶先替我解決了這個問題。原來他的酒癮又犯了，於是就吩咐我在一家豪華酒館門口停下來。他走了進去，進去之前還留了句話，叫我在外面等他。他在裏面一直待到了酒館打烊，出來的時候已經醉得不成樣子，所以我知道，這盤棋我已經贏定了。

「你們可不要以為，我打算學那些冷血殺手，直接把他弄死了事。即便我真那麼幹了，那也只能説是天公地道。可是，我終歸還是幹不出那種事情。我早就已經決定，要給他一個活命的機會，只要他懂得利用就行。我流浪多年，在美國各地幹過許多雜七雜八的工作，其中之一就是給約克學院的實驗室看門掃地。有一天，教授給學生們講解毒物知識，還向他們展示了一種他稱為植物鹼的東

西。那東西是他從南美土人用的一種箭頭毒藥裏面提煉出來的，毒性大得驚人，只需要一丁點兒就可以讓人立刻喪命。我把他用來裝毒藥的那個瓶子看在眼裏，等他們走了之後就從裏面取了一點點。我配藥的手藝也還不錯，於是就用這種植物鹼做了一些可以溶解的小藥丸，給每粒藥丸配上一個盒子，又在每個盒子里加了一粒外觀相同的無毒藥丸。當時我就已經打定了主意，等找到機會的時候，我會讓這兩位先生從這樣的盒子裏面挑一粒藥丸，剩下的那粒我吃。這同樣是一場你死我活的決鬥，噪音卻比隔着手帕開火小多了 *。從那天開始，我一直都把藥丸盒子帶在身上，眼下呢，它們終於派上了用場。

「已經快到凌晨一點了，夜晚又冷又狂暴，風颳得呼呼的，雨也下得跟瓢潑一樣。周圍的景象雖然凄慘，我心裏卻非常高興，高興得差一點兒就情不自禁地喊了出來。不知道你們當中有沒有人曾經苦苦地盼望一樣東西，有沒有人曾經苦苦地等待二十個漫長的年頭，然後又在突然之間發現，這樣東西已經伸手可及，要是有過這樣的經歷，你們就能夠明白我當時的心情了。我點起一支雪茄，抽了幾口，竭力想讓自己鎮定下來，可我還是激動得雙手抖個不停，太陽穴也突突直跳。我趕着車，彷彿在黑暗之中看到了蒼老的約翰·菲瑞爾和美麗的露茜，他們看着我，正在向我微笑，那情景非常真實，真實得跟此時此地我眼中的你們一樣。一路之上，他倆始終都在我的前方，一個在

---

*　以前的西方人進行手槍決鬥的時候，往往是以手帕落地作為雙方可以開火的信號。

馬兒左邊，另一個在右邊，就這麼陪着我到了布萊克斯頓路那座房子的跟前。

「周圍一個人都沒有，也沒有任何聲音，只有雨在嘩嘩地下個不停。我往馬車窗子裏看了看，發現德雷伯縮成一團，醉得睡着了。我推了推他的胳膊，跟他說了聲，『該下車了。』

「他回答說，『知道了，趕車的。』

「照我看，他肯定是以為他之前所說的那個旅館到了，所以沒說甚麼別的，馬上就下了車，跟着我穿過了房子前面的花園。他那時還是有點兒頭重腳輕，所以我只好在他旁邊攙着他。到了屋門口，我開了門，把他領進了餐廳。我可以跟你們保證，整個過程之中，菲瑞爾父女倆一直都走在我和他的前面。

「他一邊跺腳，一邊說了句，『這裏黑得跟地府似的。』

「我一邊說了聲，『馬上就會有光了』，一邊劃了根火柴，把帶在身上的一支蠟燭點了起來。然後我轉頭對着他，用蠟燭照着自己的臉，說了一句，『好了，伊諾克‧德雷伯，認得我是誰嗎？』

「他醉眼惺忪地盯着我看了一會兒，跟着我就看到，他眼裏突然露出了恐懼的神色，整張臉都嚇得抽搐起來，顯然是認出了我。他面如死灰，跟跟蹌蹌地往後縮，額頭上沁出了汗水，牙齒則格格格地打起架來。看到他這副模樣，我靠到身後的門上，大聲地笑了好一陣子。我一直都知道，復仇的滋味肯定是非常甜美，但卻從來沒有想到，它竟然能像此時這樣，讓人整個兒的靈魂都覺得暢快無比。

「『你這個狗東西！』我罵了一句，『我從鹽湖城一直追到聖彼得堡，可你每次都從我手裏逃了出去。現在好了，你東跑西顛的日子終於可以結束了，因為我們兩個當中，總有一個見不到明天的太陽。』我一邊說，他一邊往後縮，看他臉上的表情，他肯定是以為我已經瘋了。這麼說吧，當時我的確是瘋了。我兩邊的太陽穴跳得跟打鼓似的，要我說，如果不是鮮血從我鼻子裏面湧出來、緩解了我的激動的話，我多半就要發羊癇瘋之類的毛病了。

　　「我鎖上門，一邊在他眼前晃動鑰匙，一邊大喊，『你倒是說說，露茜・菲瑞爾現在會在哪裏呢？報應來得雖然慢，可你到底還是沒跑得了。』我說話的時候，他那沒種的嘴唇一直在抖個不停。他肯定是想求我饒他一命，只不過知道求也沒用而已。

　　「『你是要謀殺我嗎？』他結結巴巴地問了一句。

　　「『根本就沒有謀殺這回事，』我回答說。『誰會把宰條瘋狗說成謀殺呢？你把我可憐的愛人從她遭人殺害的父親身邊拖走，又把她拖進你那間天殺的無恥後房，那個時候，你心裏有過一絲絲憐憫嗎？』

　　「『她父親不是我殺的，』他叫了起來。

　　「『可是，是你打碎了她那顆純潔無瑕的心，』我一邊厲聲吼叫，一邊把藥盒子搡到了他的面前。『現在，就讓至高無上的上帝來給我倆作個了斷。挑吧，挑好了就把它吃下去。兩粒之中一粒是死、一粒是生，你挑剩的那一粒我吃。讓我們來瞧上一瞧，這世道究竟是天理尚存，還是全憑運氣。』

「他一邊往後躲，一邊瘋狂叫喊、苦苦求饒，可我還是拔出刀來，把刀子架在他喉嚨上，逼着他聽從了我的命令。我把剩下的一粒吃了下去，跟着我們就臉對着臉站在那裏，一聲不響地等了大概一分鐘，等着看哪一個活，哪一個死。接下來，最初的一陣劇痛向他發出警報，讓他知道自己吃下的那一粒才是毒藥。當時他臉上的那種表情，我怎麼可能忘得掉呢？看到他那副表情，我放聲大笑，還把露茜的結婚戒指舉到了他的眼前。整個過程也只是片刻之間的事情，因為那種植物鹼發作得非常快。一陣痛苦的痙攣扭曲了他的五官，他雙手朝我面前一伸，踉蹌幾步，跟着就發出一聲嘶啞的叫喊，重重地栽在了地板上。我用腳把他翻了過來，又用手試了試他的心跳。他的胸腔裏沒有動靜。他死了！

「我的鼻子一直都在淌血，可我壓根兒就沒有留意。到現在我也想不出來，我為甚麼會產生用血在牆上寫字的念頭，興許是因為我當時覺得又輕鬆又暢快，所以就想搞點兒惡作劇、跟警察兜兜圈子吧。我想起了一個死在紐約的德國人，他的屍體上方就寫着『RACHE』這個詞。那時的報紙都在說，這一定是那些秘密組織幹的事情。於是我就想，這個詞既然能蒙住紐約人，肯定也能蒙住倫敦人。想到這裏，我就用手指蘸上自己的血，把這個詞寫在了牆上一個方便順手的地方。寫完之後，我走回自己的馬車跟前，發現周圍還是沒有人，天氣也還是非常糟糕。趕着車走了一陣之後，我把手伸到平常放露茜那枚戒指的口袋裏摸了摸，卻發現戒指不見了。當時我的感覺就像遭了

雷劈一樣，因為我只有這麼一件紀念露茜的物品。我估計戒指肯定是在我彎腰察看德雷伯屍體的時候掉的，於是就趕了回去，把馬車留在旁邊的一條街上，大着膽子走到了房子跟前。我這麼幹，是因為我寧願去冒天大的風險，也不願意失去露茜的戒指。剛到大門口，我就跟一個從裏面出來的警官撞了個滿懷，於是我只好裝得爛醉如泥，這才打消了他的懷疑。

　　「伊諾克·德雷伯就是這麼完蛋的。接下來，我要辦的事情只剩了一件，那就是對斯坦傑森實施同樣的懲罰，以此清償他欠約翰·菲瑞爾的血債。我已經知道他住在赫利戴旅館，於是就去那裏晃盪了一整天，可他始終沒有出來。我估計，他肯定是看到德雷伯始終沒有露面，所以就起了疑心。斯坦傑森這個人，還真是挺狡猾的，而且從來不會放鬆戒備。不過，要是他以為窩在房裏就可以躲過我的話，那可真是錯得不能再錯了。我很快搞清了他臥房的窗戶是哪一扇，第二天一早就利用別人擺在旅館後巷裏的一架梯子，在灰濛濛的晨光之中爬進了他的房間。我把他叫了起來，然後就告訴他，他多年以前欠下的那條人命已經到了償還的時候。我跟他講了德雷伯的死法，又把同樣的選擇擺在他面前，讓他在藥丸裏面挑一粒。可是，他不但不好好把握眼前的求生機會，還從床上跳了起來，打算扼住我的喉嚨。我被迫動手自衛，結果就一刀捅進了他的心臟。說到底，我動不動手都是一樣，因為蒼天有眼，絕不會讓他那隻罪惡的手挑到毒藥之外的任何東西。

「我要說的差不多都說完了，這樣最好，因為我自己也快完了。斯坦傑森死後，我接着趕了大概一天馬車，本來的打算是就這麼幹下去，直到攢夠回美國的路費為止。後來，我站在車行的院子裏等活計，來了一個穿得破破爛爛的少年人。他問我們這裏有沒有一個名叫傑弗遜·霍普的車夫，還說貝克街221B有位先生想僱他的車子。我沒覺得有甚麼蹊蹺，於是就跟着他去了。至於我所知道的下一件事情嘛，就是眼前的這個小伙子把手銬扣在了我的手上，逮我的手法乾淨利落，我以前還真沒見過。先生們，我的故事講完了。你們盡可以把我看成一個殺人兇手，可我還是認為，我和你們一樣，也是維護正義的執法者。」

他講述的事情如此驚心動魄，說話的神態又如此非同一般，以致我們都靜靜地坐在那裏，聽得全神貫注。對於罪案的各種細節，兩位專職探員早已聽得耳朵起了繭子，儘管如此，他們似乎還是對霍普的故事產生了濃厚的興趣。他講完之後，我們一聲不響地坐了幾分鐘，靜悄悄的房間裏只有雷斯垂德的鉛筆發出的沙沙聲，因為他正在對自己速記下來的證詞進行最後的訂正。

「只有一個問題，我希望你能作一點兒小小的補充，」歇洛克·福爾摩斯終於打破了沉默。「我登出啟事之後，幫你來領戒指的那個同伙是誰？」

犯人樂呵呵地衝我的朋友擠了擠眼睛。「我可以把我自己的秘密說出來，」他說道，「但卻不想連累別的人。當時我看到了你的啟事，覺得你有可能是在引我上鈎，也有可能是真的撿到了我想要的那枚戒指。所以呢，我那個

朋友自告奮勇，要幫我去看一看。按我看，你一定會承認，他幹得相當漂亮。」

「這一點毫無疑問，」福爾摩斯懇切地說道。

「好了，先生們，」督察一本正經地宣告，「法律上的手續必須完成。人犯將於本週四上庭受審，在座諸位均須列席。上庭之前，人犯由我負責監管。」他一邊說，一邊拉響了鈴鐺。兩名獄卒走了進來，把傑弗遜·霍普帶了出去。我和我朋友則走出警局，坐馬車回到了貝克街。

第七章
蓋棺論定

　　福爾摩斯和我都得到了星期四上庭的通知，可是，星期四這個日子到來的時候，我們的證言已經沒有了用武之地。一位更為尊貴的法官已經接管了這件案子，並且將傑弗遜‧霍普傳召到了另外一個法庭，讓他在那裏接受絕無偏差的審判。就在被捕當天的夜裏，他的動脈瘤終於破裂。第二天早上，人們發現他四肢攤開躺在監房的地板上，臉上帶着一抹平靜的笑容，似乎是曾在彌留之際回首往事，並且覺得人生有所成就、功業皆得圓滿。

　　「他這麼死了，格雷森和雷斯垂德肯定會發瘋的，」第二天晚上，我和福爾摩斯聊起了這件事情，福爾摩斯說道。「這本來是他倆出頭露臉的大好機會，眼下不就泡湯了嗎？」

　　「我可看不出他倆跟霍普的被捕有多大關係，」我答道。

　　「在這個世界上，重要的並不是你做了甚麼，」我室友忿忿不平地說道，「重要的是你能把甚麼算到自己頭上。不說這些了，」頓了一頓之後，他接着說道，語氣比先前歡快了一些。「無論如何，這一次的調查我是絕對不願意錯過的。我還真不記得，有哪件案子比這件更精彩。

它一方面非常簡單，一方面又包含着幾個非常有啟發性的特點。」

「簡單！」我忍不住叫了起來。

「呃，説實在話，用其他的詞來形容它還真是不太合適，」看到我驚訝的神情，歇洛克·福爾摩斯笑了起來。「這案子從本質上説非常簡單，證據就是我沒有依靠任何外來的幫助，只用了幾個非常普通的演繹，就在三天之內逮到了兇犯。」

「這倒是真的，」我説道。

「之前我已經跟你解釋過，那些不同尋常的東西往往是破案的指南，並不能構成障礙。要解決這一類的問題，最重要的是要懂得逆向推理。逆推是一種非常有用的本領，學會也非常容易，只可惜人們疏於這方面的練習。處理日常事務的時候，正推要比逆推有用一些，所以呢，人們往往對逆推棄而不用。懂得綜合的人與懂得分析的人之間的比例是五十比一。」

「説老實話，」我説道，「我不太明白你的意思。」

「我就知道你不會明白。那我再試一試，看看能不能講得清楚一些。如果你把一系列環環相扣的事件講給別人聽，大多數人都能夠把這些事件的後果指出來。他們可以在腦子裏把這些事件組合到一起，由此推導出將來的某件事情。可是，如果你告訴別人的只是某個結果，那就很少有人能夠靠自己的心智演繹出導致這一結果的各個步驟。這樣的能力就是我所説的逆向推理，也就是分析性推理。」

「我明白了，」我説道。

「好了，這件案子就是一個例子：結果你已經知道，其他的一切卻只能靠你自己去發現。接下來，我會盡量向你說明我演繹過程當中的各個步驟。就從第一步說起好了。你也知道，當時我是步行到房子跟前去的，腦子裏沒有任何先入為主的想法。很自然，我首先查看的是路面的情況，結果呢，正如我之前跟你說過的那樣，我清晰地看到了一輛馬車的轍跡。之後通過詢問，我又確證了一個事實，那就是它來到現場的時間是夜裏。我之所以斷定它是一輛出租馬車，而不是私家專用之物，是因為它的輪距比較小。跟士紳們私家專用的大車比起來，倫敦城裏那些日用的四輪馬車要窄得多。

「前面說的就是我的第一點發現。接下來，我沿着花園裏的小徑慢慢地走了一遭，小徑的土質又剛巧是粘土，特別容易留下印記。毫無疑問，那條小徑在你眼裏不過是一溜踩得稀爛的污泥，可是，對於我這雙訓練有素的眼睛來說，落在它表面的每一個印記都有獨特的含義。在偵探科學的全部領域之中，沒有哪個分支比辨認足跡的學問更為重要，也沒有哪個分支比它更受人冷落。可喜的是，我一直都對這門學問非常重視，還通過大量的實踐把它轉化成了我的第二天性。因此，我不光看到了警員們踩出的深凹足印，更看到了最先穿過花園的那兩個男人留下的足跡。他倆的足印先於其他足印是個很容易得出的結論，因為在小徑上的有些地方，他倆的足印已經被後來的足印完全蓋住了。就這樣，我演繹鏈條當中的第二個環節宣告成形。它讓我知道，那座房子的夜間訪客共有兩人，其中之

一個子很高，這是我根據他的步幅算出來的，另外一個則衣冠楚楚，理由是他那雙靴子留下的印記又小又精緻。

「進屋之後，我此前的最後一個推論立刻得到了驗證，因為我那位漂亮靴子先生就躺在我的面前。由此可知，要是他的確死於謀殺的話，兇手就是高個子的那一位。死者的屍體上的確沒有傷痕，可他苦惱至極的表情明白無誤地告訴我，他死之前就已經知道了自己的命運。如果是死於心臟病，或者是其他甚麼突發疾病，死者臉上絕對不會有這種表情。聞死者嘴唇的時候，我嗅到了一股輕微的酸味，由此就得出了他被迫服毒的結論。再強調一下，我說他遭人逼迫，是因為寫在他臉上的仇恨和恐懼。我得出這個結論用的是排除法，原因是其他假設都不能解釋所有這些事實。你可別覺得這是甚麼聞所未聞的手段，強迫他人服毒絕對不能算是犯罪史上的新鮮事物。隨便問問哪個研究毒物的專家，他都能馬上想到敖德薩＊的多爾斯基案，以及蒙彼利埃的勒圖利耶案。

「好了，接下來就該解決那個關於『為甚麼』的重大問題了。搶劫不是兇手的目的，因為他甚麼也沒拿。那麼，他的動機究竟是關乎政治，還是關乎女人呢？這就是我當時面臨的問題。兩者相比，我還是傾向於後者。政治刺客最巴不得的事情就是趕緊幹完趕緊跑，與之相反，這樁兇案卻做得格外從容，兇手的足跡遍佈整間屋子，說明他案發期間一直都在現場。這樣一種有條不紊的復仇方式，背後的原因只可能是私人恩怨，不會是政治對立。發現牆上

＊　敖德薩 (Odessa) 是烏克蘭港口城市，當時屬於俄國。

的字跡之後，我就對自己的推斷有了空前的自信。那東西只是個幌子，這一點只能説是一目瞭然。當然，早在戒指出現的時候，動機的問題就已經有了定論。很顯然，兇手曾經用它來提醒受害人，讓後者記起某個業已死亡或是不在現場的女人。就是在那個時候，我問格雷森，有沒有在發往克利夫蘭的電報裏打聽德雷伯先生以往經歷當中的特異之處。你應該還記得，他當時的回答是否定的。

「這之後，我對房間進行了一次仔仔細細的檢查。這次檢查不光驗證了我對兇手身高的推斷，還讓我了解到了關於崔克諾帕里雪茄以及他指甲長度的額外細節。檢查之前我就已經得出結論，鑑於現場沒有打鬥跡象，地板上的大量血跡一定是兇手激動之下流出的鼻血。檢查的時候我又發現，血跡與兇手的足跡走向一致。一個人會在情緒激動的時候流這麼多鼻血，多半就是個血氣旺盛的人，因此我冒險推測，兇犯應該是個身強體壯的紅臉男人。事實證明，我這個推測是正確的。

「離開現場以後，我做了件格雷森漠視不理的事情，給克利夫蘭警方的首腦發了個電報，電報裏沒打聽別的事情，只問了與伊諾克‧德雷伯的婚姻相關的一些情況。他的回覆可謂一錘定音，因為它讓我知道德雷伯之前就控告過一個老情敵，為此還申請過法律的保護，那人名叫傑弗遜‧霍普，目前正在歐洲。此時我確信，我已經理清了這件謎案的頭緒，剩下的事情僅僅是抓兇手而已。

「此前我已經暗自斷定，跟德雷伯一起走進那座房子的不是別人，正是那輛馬車的車夫。路上的印跡告訴我，

套在那輛車上的馬兒曾經四處亂走，那樣的情形只可能出現在它沒人照管的時候。既然馬兒沒人照管，車夫當時如果不是在房子裏面，又能在哪兒呢？此外，我們不能假設車夫只是案件之中的第三者，因為一個心智健全的人絕不會不顧風險，在一個肯定會告發自己的第三者眼皮底下實施一件蓄謀已久的罪行，那樣的假設顯然十分荒唐。最後，如果你想在倫敦城裏跟蹤他人的話，還有比充當一名車夫更好的方法嗎？考慮到上面所說的種種因素，我可以選擇的結論只有一個，也就是說，傑弗遜·霍普藏身在倫敦的車夫當中。

「既然他當過車夫，我們就沒有理由認為他會放棄這份職業。恰恰相反，從他的角度來看，任何突如其來的改變都可能會把別人的注意引到自己身上。因此，至少是在一段時間之內，他多半會繼續履行自己的職責。此外，我們也沒有理由認為他會使用假名。這個國家裏本來就沒有人知道他姓甚名誰，改名字還有甚麼必要呢？所以呢，我就把我那支街頭流浪兒偵緝隊組織起來，打發他們對倫敦的每一家車行展開系統性的搜索，直到找到我想要的那個人為止。這事情他們辦得有多麼漂亮，我在機會面前的反應又有多麼敏捷，你一定記憶猶新。斯坦傑森被殺的事情是個完全出乎我預想的意外，不過，他的死無論如何也很難防止。正如你看到的那樣，他的死引領我找到了那些藥丸，藥丸的存在則是我早已預見的事情。現在你看明白了吧，我整個的演繹過程可以說是一根環環相扣的鏈條，既無中斷，亦無瑕疵。」

「真是太妙了！」我叫了起來。「你的成就應當得到公眾的讚賞。你應該就這個案子發表一篇文章。你不願意發表的話，我可以替你發表。」

「想發你儘管去發，醫生，」他回答道。「瞧瞧這個！」他一邊說，一邊把一份報紙遞給了我，「看看這篇！」

他遞給我的是當天的《回聲報》，用手指着的那篇文章正是關於這件案子的報道。報道是這麼寫的：

公眾痛失聾人聽聞之談資一件，皆因涉嫌謀殺伊諾克·德雷伯及約瑟夫·斯坦傑森兩先生之疑兇霍普業已突然死亡。到得如今，案情細節或將永遠成謎，所幸本報已由可靠方面獲悉，此一罪行源自一起年深日久之情感糾紛，糾紛所涉包括男女情愛與摩門教義。據信，兩受害人年輕之時皆為後期聖徒教中成員，已故人犯霍普亦是自鹽湖城來至本地。此案縱無其他影響，最低限度亦至為驚人之方式盡顯本城警探之破案效率，並可俾一應外僑引以為訓，仇怨宜在家中解決，不應攜來英國土地。盡人皆知，此次神勇緝拿之功全屬蘇格蘭場著名警官，雷斯垂德先生及格雷森先生。人犯落網之地據知為某先生寓所，該先生名為歇洛克·福爾摩斯，以業餘人士而言亦有些許偵探才能。既有如此良師，該人士或可於將來有所進益，得兩警官衣缽之萬一。兩警官據信將獲頒某等獎項，受賞亦屬實至名歸。

「我不是一開始就跟你說了嗎？」歇洛克·福爾摩斯高聲說道，笑了起來。「我們這件『暗紅習作』就產生了

這麼一個結果：幫他們賺了個獎！」

「沒關係，」我回答道，「我已經把所有的事實寫進了回憶錄，公眾會看到的。還有，你用不着介意那些事情，知道自己破案成功就行了，就像那個古羅馬的守財奴一樣——

「眾人嗷嗷，我則自喜，篋中多金，我自知之。*」

---

* 這句話原文為拉丁文，出自古羅馬詩人賀拉斯 (Horace, 前 65– 前 8) 的《諷刺詩集》(*Satires*) 第一部第一卷。不過，根據蘇格蘭詩人及翻譯家西奧多·馬丁 (Sir Theodore Martin, 1816–1909) 的英文譯本來看，賀拉斯這首詩雖然是諷刺一個貪財的羅馬顯貴，詩中這句話卻是出自一個雅典人之口。

The Sign of the Four

四簽名

第一章
演繹法

歇洛克·福爾摩斯從壁爐台的角落拿起一隻藥瓶，又把一支皮下注射器從整潔的山羊皮套子裏抽了出來。接着，他用修長白皙的手指小心翼翼地裝好細細的針頭，然後就把左邊的襯衫袖口挽了起來。有那麼一小會兒，他只是若有所思地看着自己強健有力的前臂和手腕，上面已經佈滿了數不清的針眼。到最後，他把針頭扎了進去，又把針筒一推到底，跟着就再次倒進那把天鵝絨面的扶手椅，心滿意足地長出了一口氣。

好幾個月以來，同樣的表演我每天都要看三次。不過，看得多並不意味着看得慣。恰恰相反，我對這種場景的反感日益加深，每天晚上都會受到良心的譴責，責備自己缺乏抗議的勇氣。我一次又一次地發誓要清除這個良心上的包袱，可是，我室友那種冷漠淡然的架勢讓人萬萬不敢在他面前有絲毫放肆。他非凡的本領，高高在上的態度，還有我業已有所領教的一些特異性情，全都讓我畏葸退縮，不敢去冒犯他。

不過，就在這天下午，或者是因為我午餐時和他一起喝了點兒博訥葡萄酒*，又或是因為他那副慢條斯理、不

---

*　這篇故事首次發表於美國的《利平科特雜誌》(*Lippincott's Magazine*)

厭其煩的樣子讓人格外煩躁，我突然覺得，再裝看不見已經不行了。

「今天又是甚麼呢，」我問道，「是嗎啡，還是可卡因？」

他剛剛翻開一本古舊的書籍，此時便無精打采地抬了抬眼皮。

「是可卡因*，」他說道，「百分之七的溶液。你想試試嗎？」

「不想，絕對不想，」我粗魯地答道。「我的身體還沒從阿富汗戰爭當中恢復過來呢，我可不想再讓它承受甚麼新的傷害。」

看到我激烈的反應，他笑了一笑。「也許你說得對，華生，」他說道。「按我看，從生理上說，它的確是有害的。不過，我發現它特別地提神醒腦，跟這個比起來，副作用也就是小事一樁了。」

「可你得想想！」我懇切地說道。「想想其中的代價！它也許的確有你說的那種效力，可以讓你的腦子興奮起來，可是，這個過程是病態的，會加快身體組織的變化，往最輕的方面說也會造成永久性的身體虛弱。它把你弄得多麼沮喪，你自己應該也很清楚。毫無疑問，這是件得不償失的事情。它帶來的快感不過是一瞬間，卻可能會讓你失去那些天生的非凡稟賦，你幹嗎要冒這樣的險呢？你一

1890 年 2 月號；博訥葡萄酒 (Beaune) 指的是產於法國勃艮第地區博訥鎮的葡萄酒，據說是較為烈性。

* 在當時 (維多利亞時代) 的英國，可卡因是藥店裏有賣的流行興奮劑，還沒有遭到嚴厲禁止。

定得記住，我說這話可不光因為咱倆是朋友，還因為我是一名醫生，對你的健康負有一定的責任。」

他好像並沒有生氣的意思，恰恰相反，他把雙手的指尖攏到一起，還把雙肘支在了椅子的扶手上，一副談興很高的樣子。

「我的腦子，」他說道，「受不了死水一潭的局面。給我個問題，給我件工作，只管把最深奧難解的密碼或是最錯綜複雜的分析扔到我面前，我馬上就會進入最佳的狀態。那樣的話，我就可以放棄這些人造的興奮劑。可是，我真的是對按部就班的單調生活深惡痛絕，非常渴望精神上的強烈刺激。就是由於這個原因，我才選擇了這份特殊的職業，準確說的話，是創造了這份特殊的職業，因為這世上幹這行的只有我一個。」

「私家偵探只有你一個？」我揚起了眉毛。

「私家顧問偵探只有我一個，」他回答道。「我是偵探行當之中最後也最高的上訴法庭。格雷森啦，雷斯垂德啦，埃瑟尼·瓊斯啦，這些人一旦山窮水盡──當然，山窮水盡是他們的正常狀態──就會把案子擺到我的面前。作為行業之中的專家，我會檢查相關的材料，向他們提供專業的意見。我從不為這些案子邀功請賞，我的名字也不會出現在任何一張報紙上。工作本身就已經是最高的獎賞，因為我為自己的特殊本領找到了一塊用武之地。當然嘍，我那些工作方法，你應該已經通過傑弗遜·霍普一案有了一點兒切身體會吧。」

「沒錯，深有體會，」我誠心誠意地說道。「這輩

子我還沒見過比它更驚人的事呢。甚至啊，我還把它寫成了一本小冊子，又起了個稀奇古怪的書名，叫做『暗紅習作』。」

他悲哀地搖了搖頭。

「我大概掃了一眼你寫的東西，」他說道。「說實在話，我沒法向你表示祝賀。偵探工作是，或者說應該是，一門精密的科學，因此就應該像其他精密科學一樣，得到不帶感情色彩的冷靜對待。可你卻試圖給它加上一點兒浪漫色彩，最後的效果呢，就跟把愛情故事或者私奔情節塞到歐幾里得第五命題* 當中差不多。」

「可是，案子裏面的確有浪漫的情節啊，」我抗議道。「我總不能篡改事實吧。」

「有些事實沒必要寫出來，非要寫的話，也得把握好剪裁的分寸。這件案子裏只有一點值得一提，也就是那種抽絲剝繭、以果推因的奇妙演繹方法，全靠了它的幫助，我才能夠成功破案。」

我心裏覺得很是惱火，因為我寫這本東西完全是為了討他的好，得到的卻是他的數落。與此同時，我必須承認，他那種自我中心的態度也是我生氣的原因。他似乎是認為，我這本小冊子應該專門記述他個人的所作所為，隻字不提任何別的東西。跟他一起在貝克街生活的這些年裏，我不止一次地注意到，這位室友好為人師的沉靜外表下面藏着一點小小的虛榮。不過，這會兒我並沒有說甚麼，只

---

*　此命題內容即「等腰三角形兩底角相等，兩底角的外角也相等」。對中世紀的歐洲學生來說，此命題曾經是一個難題，有「難倒笨驢之橋」的稱號。

是坐在那裏揉自己的傷腿。我這條腿曾經吃過一顆捷澤爾槍彈＊，雖然不妨礙走路，天氣變化的時候卻總會疼痛難忍。

「最近，我的業務已經擴展到了歐洲大陸，」一會兒之後，福爾摩斯一邊往他那個古舊的歐石南†煙斗裏裝煙絲，一邊開口說道。「上個星期，弗朗索瓦·勒·維拉爾來諮詢過我，你沒準兒也聽說過，這個人近來在法國的偵探界很出風頭。他完全繼承了凱爾特人‡那種敏銳的直覺，要在偵探領域更進一步卻還缺少一個必備的條件，那就是廣博而精確的知識。他那件案子牽扯到一份遺囑，有幾個地方也還滿有意思。後來我讓他去參考兩件類似的案子，一件發生在一八五七年的里加，另一件則發生在一八六一年的聖路易斯§。這麼着，他就找到了正確的答案。你瞧瞧，這是我今天早上收到的感謝信。」

說話間，他把一張皺巴巴的外國紙片扔了過來。我飛快地掃了一遍，瞥見了一大堆讚美之辭，處處都是「精彩絕倫」、「大師手筆」和「高招妙着」之類的字眼，充分體現了那位法國偵探五體投地的景仰之情。

「他這完全是學生對老師說話的口氣嘛，」我說道。

＊　原文如此，不過，根據《暗紅習作》的記述，華生中槍的地方是肩胛骨。

†　這裏的英文是「brier-root」，指的是歐石南 (Erica arborea) 的根。歐石南是生長在地中海地區的一種灌木，根部木質堅硬，是製作煙斗的好材料。

‡　凱爾特人 (Celt) 是歐洲一些古代民族的統稱，尤指古代的不列顛人和高盧人。直至今天，英法兩國仍有人使用凱爾特語言。

§　里加 (Riga) 為拉脫維亞城市，當時屬於俄國；聖路易斯 (St. Louis)也許就是《暗紅習作》當中那個美國密蘇里州城市。

「哦，他把我的幫助看得太重要了，」歇洛克‧福爾摩斯輕聲說了一句。「其實呢，他自己也是很有天賦的。理想的偵探需要三個條件，他已經具備了兩個。觀察能力和演繹能力他都有，缺的只是知識，而知識也是他遲早會有的東西。眼下，他正在把我的一些拙文譯成法文。」

「你的文章？」

「喔，你還不知道嗎？」他笑了起來，高聲說道。「不怕獻醜，我的確寫過幾篇論文，講的都是技術方面的問題。比如說，你瞧，這篇就是『論各種煙灰之間的區別』。我在文章裏列舉了一百四十種雪茄、香煙和煙絲，還用了彩圖來說明各種煙灰有何不同。煙灰是偵破罪案時經常都會碰到的東西，有時候還會成為極其重要的線索。舉個例子來說吧，如果你能確定某個兇手抽的是印度細條雪茄，顯然就可以縮小搜索的範圍。對於一雙訓練有素的眼睛來說，崔克諾帕里雪茄的黑灰和鳥眼煙絲的白末截然不同，區別就跟白菜和土豆一樣明顯。」

「你辨識細節的本事真是不一般，」我如是評論。

「那是因為我認識到了細節的重要性。喏，這篇講的是如何辨認足跡，還附上了用石膏提取足印的方法。還有這篇，這是一篇有趣的小文章，講的是職業如何影響人的手形，隨附的石版畫上畫的是石工、水手、木塞製作工、排字工、織工和鑽石琢磨工的手。注重科學的偵探都會發現，這東西非常實用，尤其有助於辨認無名屍體和查明罪犯履歷。不過，我光顧着嘮叨我的這些愛好，你一定覺得很無趣吧。」

「一點兒也不，」我懇切地説道。「我覺得這些事情再有趣不過了，尤其是在我有幸看到你的實際應用以後。還有，你剛才提到了觀察和演繹，我沒想錯的話，這兩樣東西在一定程度上應該是一回事吧。」

「不對，完全不是一回事，」他一邊回答，一邊舒舒服服地靠回椅子背上，抽了幾口煙斗，吐出一個個濃濃的藍色煙圈。「舉例來説，觀察只能讓我知道你今天早上去過威格默爾街郵局，演繹卻讓我知道你在那裏發了封電報。」

「一點兒不錯！」我説道。「兩件事你都説對了！可是説老實話，我真想不出來你是怎麼知道的。我去那裏只是突發奇想，事先又沒跟別人提過。」

「這事情就是簡單的代名詞，」看到我的詫異，他吃吃地笑了一陣——「簡單到了荒唐的地步，解釋未免有點兒多餘。話説回來，它興許可以説明觀察和演繹之間的界限。觀察告訴我，你鞋幫上有一個小小的紅色泥點。威格默爾街郵局對面的人行道正在施工，下面的土被翻到了街上，去郵局的人很難不踩到上面。那裏的土帶有一種特殊的紅色，據我所知在這周圍的其他地方是找不出的。觀察的結果就是這麼多，其他的都是演繹了。」

「那麼，電報的事情你是怎麼演繹出來的呢？」

「哦，我整個早上都坐在你對面，當然知道你沒有寫過信。你書桌的抽屜開着，我看到裏面有一整版沒撕開的郵票和厚厚的一沓明信片。如此説來，你去郵局不是發電報又是幹甚麼呢？排除掉所有不可能的情形之後，剩下的就必然是事情的真相。」

「就這件事情來說，你説得當然沒錯，」我想了一想才開口回答。「不過，你剛才也説了，這是件最最簡單的事情。要是我出一道更難的題目來檢驗你的理論，你不會覺得我不講道理吧？」

「恰恰相反，」他回答道，「要是這樣的話，我就用不着再打一針可卡因了。不管你要出甚麼樣的題目，我都非常樂意嘗試。」

「我聽你説過，如果一個人每天都要使用某件物品，那就難免會在物品上留下深深的個人印記，這樣一來，有經驗的觀察者就可以從中窺見他的個性。好了，我這兒有一隻剛到手沒多久的錶。你能不能行行好，把上一個主人的性格或者習慣告訴我呢？」

我把錶遞給了他，心裏帶着一點兒小小的得意，因為按我看，我這個題目根本解不了，目的只是想讓他吸取教訓，不要再時不時地拿出一種自以為是的腔調。他把錶攤在手上，緊緊地盯着錶盤看了一陣，然後又打開底蓋，檢查了一下裏面的機簧，先是用眼睛看，後來又用上了一把高倍的放大鏡。最後他終於「啪」的一聲合上錶蓋，把錶還給了我。看到他那張沮喪不已的臉，我忍不住微笑起來。

「這隻錶幾乎提供不了任何資料，」他説道。「有人剛剛清洗過這隻錶，最能説明問題的那些痕跡都被洗掉了。」

「你説得對，」我答道。「到我手裏之前，這隻錶的確剛剛洗過。」

我嘴上這麼說，心裏卻很是不以為然，覺得我室友不該拿這麼蒼白無力的借口來掩蓋自己的失敗。就算錶沒洗過，他又能看到些甚麼資料呢？

　　「我這次研究雖然不能讓人滿意，卻也不是一無所獲，」他抬頭盯着天花板，眼神又空洞又暗淡。「不對的話請你指正，我認為這隻錶本來是你哥哥的，而他又是從你父親那裏繼承來的。」

　　「毫無疑問，這你是從刻在底蓋上的『H.W.』知道的吧？」

　　「的確如此。『W』代表你的姓氏 *，而這隻錶是將近五十年之前製造的，刻在錶上的姓名縮寫又跟錶一樣古老，説明它是為你們家的上一代製造的。家裏的珠寶通常都會傳給長子，長子又多半會襲用父親的姓名。如果我沒記錯的話，你父親已經過世多年，這樣一來，錶自然會傳到你哥哥手裏。」

　　「到現在為止都沒説錯，」我説道。「還有甚麼別的嗎？」

　　「他是個不愛整潔的人，應該説是非常不愛整潔，而且非常不小心。你家裏本來為他預備了光明的前程，可他卻浪費了自己的機會。他過了一段很窮的日子，偶爾也會有短暫的寬裕，最後他死了，死的時候已經沾上了酒癮。我能看出來的只有這些，別的就沒了。」

---

* 　華生姓氏的英文是「Watson」。此外，《暗紅習作》當中提到華生的中名縮寫是「H」，英語國家的人常常選擇父母一方的名字作為自己的中名，因此華生的父親的名字縮寫也可能是「H」，不包括中名的姓名縮寫就有可能是「H.W.」。

我從椅子上蹦了起來，拖着傷腿在房間裏亂走，想快又快不起來，心裏充滿了苦澀的感覺。

「你這樣可就太掉價了，福爾摩斯，」我說道。「我真是不敢相信，你竟然能墮落到這種地步。你去查過我那個不幸兄長的歷史，現在又裝模作樣地在我面前推斷出來。你可別指望我相信，這些都是你從他這隻舊錶裏看出來的！你這麼幹不光是不厚道，坦白說的話，還有點兒江湖騙子的意思。」

「親愛的醫生，」他好聲好氣地說道，「請接受我的歉意。剛才我只是把這事情當作一個抽象的題目，忘了它對你來說是一件多麼真切、多麼傷心的事情。不過，我可以向你保證，在你把錶拿給我看之前，我連你有個哥哥都不知道呢。」

「可是，這些事情你究竟是怎麼知道的呢？你說得完全正確，一點兒都不差。」

「哦，這麼說我運氣還不錯。我說的只是一些我覺得可能性比較大的事情，壓根兒就沒指望它們跟事實這麼吻合。」

「可這總不可能都是猜出來的吧？」

「不是，當然不是，我從來都不猜。猜是一種糟糕透頂的習慣，足以摧毀一個人的邏輯思考能力。你覺得我的推斷神秘莫測，僅僅是因為你沒有跟上我的思路，要不就是沒注意到那些包含着大量信息的微小事實。舉例說吧，我剛才首先指出的是你哥哥很不小心。你看看錶蓋的下緣，上面不光有兩個凹痕，還有許多刮花的痕跡，說明

他總是把它跟鎳幣和鑰匙之類的硬物裝在同一個口袋裏。一個人對一塊價值五十畿尼*的錶如此不上心，一定是個非常馬虎的人，這樣的推理只能說是輕而易舉。同樣不難推斷的是，一個人既然能繼承到這麼一件價值不菲的物品，其他方面的條件自然也差不到哪裏去。」

我點了點頭，表示我聽懂了他的邏輯。

「收進一隻錶之後，英格蘭的當鋪照例會用針尖把當票的號碼刻在錶蓋裏面。這要比貼標籤方便一些，因為號碼不會遺失，也不會串到別的東西上面。通過放大鏡，我看到錶蓋裏面至少有四個這樣的號碼，結論是甚麼呢，就是你哥哥經常處於捉襟見肘的狀態，再一個結論呢，就是他偶爾也會突然闊綽起來，要不就沒有能力去贖當了。最後，你來看看鎖孔所在的錶身，看看鎖孔周圍這些不計其數的劃痕，全都是因為鑰匙打滑造成的。如果用鑰匙上發條的人腦子清醒，怎麼還會留下這些劃痕呢？反過來，沒有哪個醉漢的錶上沒有這種東西。醉漢晚上給錶上發條的時候，顫抖的手就會在鎖孔周圍留下這樣的痕跡。你說說，這些事情有甚麼神秘的呢？」

「你這麼一說，確實跟青天白日一樣清楚，」我回答道。「剛才我真不該冤枉你，應該對你非凡的本事更有信心才是。我能不能問一問，眼下你手頭有沒有業務呢？」

「沒有，所以我才用上了可卡因。沒有腦力工作可做，我真是活不下去。除了這個，活着還有甚麼意思呢？站到這扇窗子邊上來吧，這世界如此單調無聊、如此淒涼

---

* 　畿尼為英國舊幣，一畿尼等於一鎊零一先令，即 1.05 鎊。

慘淡、如此毫無意義，你以前見識過嗎？瞧啊，瞧那團黃霧怎樣打着旋兒流過街道，又怎樣掠過那些色如泥土的房屋。還有比這更乏味、更庸俗、更叫人絕望的東西嗎？既然沒有施展的地方，醫生，本事大又有甚麼用呢？罪案平平無奇，生活平平無奇，除了那些平平無奇的本事之外，甚麼本事也不能派上任何用場。」

我剛要開口回應他這篇激烈的演講，耳邊卻傳來了清脆的叩門聲，跟着就看見女房東端着一個黃銅托盤走了進來，托盤裏放着一張名片。

「有位年輕女士要見您，先生，」她對我室友説道。

「瑪麗·莫斯坦小姐，」福爾摩斯念道。「嘿！這名字我可不記得。叫那位年輕女士上來吧，哈德森太太。不用迴避，醫生，你還是留在這裏吧。」

第二章
案情陳述

　　莫斯坦小姐邁着堅定的步伐走進了房間，外表非常鎮靜。她青春年少，金髮滿頭，身形嬌小，容顏秀麗，手套戴得規規矩矩，衣着的品味無可挑剔。不過，她的打扮多少有點兒簡單樸素，説明她生活並不優裕。她穿着一件暗灰褐色的長裙，裙子上沒有飾物和花邊，頭上那頂小小的無簷帽也是和裙子一樣的暗色，唯一的亮色的只是帽子邊上的一小片羽毛。她的五官算不上特別端正，臉色也不能説是嬌豔欲滴，可她的表情溫柔可愛，大大的藍眼睛裏帶着非同一般的靈氣和真摯。我到過三個大洲，見過許多不同種族的女人，但卻從來都沒有見過，有誰的臉比她的更能體現文雅聰慧的天性。當她在歇洛克·福爾摩斯拉給她的椅子上就座的時候，我禁不住注意到，她嘴唇在顫，手也在抖，內心的焦慮顯露無遺。

　　「我來找您，福爾摩斯先生，」她説，「是因為您曾經幫過我的東家瑟希爾·福瑞斯特太太，幫她解決了一宗小小的家庭糾紛。您的善心和本領給她留下了很深的印象。」

　　「瑟希爾·福瑞斯特太太啊，」他若有所思地重覆了一遍。「我好像確實給她提供過一點微不足道的幫助。不過，如果我沒記錯的話，那只是一件非常簡單的案子而已。」

「在她看來並非如此。不過，再怎麼說，您肯定不會用同樣的詞彙來形容我的這件事情。我想像不出，還有甚麼事情能比我眼下的處境更離奇、更讓人沒法解釋。」

福爾摩斯搓了搓手，眼睛也亮了起來。他從椅子上往前欠了欠身，鷹隼一般的英挺面龐浮現出了異常專注的表情。

「說說您的案子吧，」他一副單刀直入的公事口吻。

我覺得自己的處境有些尷尬。

「兩位，恕我失陪，」我一邊說，一邊從椅子上站了起來。

出乎我意料的是，年輕的女士抬起一隻戴着手套的手，示意我不要離開。

「如果您的朋友，」她說道，「願意惠然留步的話，或許能給我莫大的幫助呢。」

我坐回了原來的位置。

「簡單說的話，」她接着說道，「事情是這樣的。我父親是駐扎在印度的一名軍官，我還很小的時候，他就把我送了回來。我母親已經去世，英格蘭也沒有我家的親戚。還好，父親把我送進了愛丁堡一家條件不錯的寄宿學校，我在那裏一直待到了十七歲。一八七八年，作為團隊裏一名老資格的上尉，我父親得到了十二個月的假期，於是就回了國。他給我發了封電報，說他已經安然回到倫敦，還叫我即刻南下，到朗廷酒店 * 去找他。我還記得，他的電文裏充滿了慈愛。到倫敦之後，我立刻坐馬車去了

---

* 　朗廷酒店 (Langham Hotel) 是一家真實存在的連鎖酒店，倫敦的朗廷酒店於 1865 年開業，是亞瑟·柯南·道爾經常光顧的地方。

朗廷酒店，酒店的人卻告訴我，莫斯坦上尉的確住在這裏，只不過昨天晚上就出去了，到現在還沒有回來。我等了一天，父親卻沒有任何音訊。當天晚上我就依照酒店經理的建議報了警，第二天早上還在所有的報紙上登了啟事。我們的尋找一無所獲，從那天開始，一直到今天，我那不幸的父親始終沒有任何消息。他懷着滿滿的希望回了國，本以為可以享享清福，可是——」

她把手放到自己的喉嚨上，哽咽起來，話也只說了半句。

「日期呢？」福爾摩斯一邊問，一邊翻開了他的記事本。

「他失蹤的日子是一八七八年十二月三日，離現在差不多有十年了。」

「他的行李呢？」

「行李留在酒店，裏面卻沒有任何線索，有的只是一些衣服、一些書，還有一大堆安達曼群島*的特產。我父親的職守是監管島上的犯人。」

「他在倫敦有甚麼朋友嗎？」

「據我們所知只有一個，那就是他在孟買第三十四步兵團的戰友舒爾托少校。少校在我父親回國之前不久退了休，住在諾伍德高地。可想而知，我們跟他聯繫過，可他連自己的同僚回了國都不知道。」

「這案子不一般，」福爾摩斯說了一句。

---

* 安達曼群島 (Andaman Islands) 是印度洋上孟加拉灣裏的一個群島，大部分屬於印度，當時屬英國管轄，是流放罪犯的地方。

「最不一般的地方我還沒講到哩。大概六年之前，具體說就是一八八二年的五月四日，有人在《泰晤士報》上登了一則啟事，徵詢瑪麗·莫斯坦小姐的住址，說是公佈住址會對她有好處，但卻沒留下自己的姓名地址。那時我剛到瑟希爾·福瑞斯特太太家，給她的孩子當家庭教師。依照她的建議，我把自己的住址登了報紙的啟事欄裏。住址登出去的當天，郵局就送來了一個小小的紙盒，盒子上寫的是我的名字，裏面裝着一顆碩大光亮的珍珠，但卻沒有任何附言。從那以後，每一年的同一天我都會收到一個同樣的盒子，盒子裏有一顆同樣的珍珠，同樣沒有關於寄件人的任何線索。有位專家說，這些珍珠屬於一個少見的品種，具有相當大的價值。你們可以看一看，它們真的非常漂亮。」

說話間，她打開了一個扁平的盒子，我眼前立刻出現了六顆生平僅見的上品珍珠。

「您說的事情很有意思，」歇洛克·福爾摩斯說道。「您還碰上了別的甚麼情況嗎？」

「是的，而且就在今天，所以我才會過來找您。今天早上，我收到了這麼一封信，您不妨親自過過目。」

「謝謝您，」福爾摩斯說道。「信封也給我好了，謝謝。蓋的是倫敦西南郵區的郵戳，時間則是七月七日。嗬！角上還有個拇指印，興許是郵差的。信紙上乘，信封也得要六便士一札。寫信的人對文房用品很挑剔啊。發信人沒留地址。

今晚七點，請到蘭心劇院*外左起第三根柱子旁邊見面。若是心有疑慮，您可以帶上兩位友人。您是個蒙冤受屈的女子，終將得到公平的對待。別叫警察。要是叫了警察，一切就會付諸流水。

一個您還不認識的朋友

「呃，說實在的，這還真是一件非常奇妙的小小謎案呢！您是怎麼打算的呢，莫斯坦小姐？」

「這正是我想向您請教的問題。」

「這麼說的話，我們一定得去——您和我——對了，華生醫生正好符合我們的需要，寫信給您的人不是說可以帶兩位友人嘛。他以前就和我一起辦過案子。」

「不過，他會願意去嗎？」她問道，聲音和表情都是楚楚動人。

「要是能幫上忙的話，」我熱情洋溢地說道，「我會覺得非常榮幸。」

「你們倆真是太好心了，」她回答道。「我一直過着與世隔絕的生活，沒有甚麼可以借重的朋友。我六點鐘到這裏來應該可以吧，你們說呢？」

「那您可千萬別遲到，」福爾摩斯說道。「對了，還有一點。這封信的筆跡跟珍珠盒子上地址的筆跡一致嗎？」

「我把盒子上的地址帶來了，」她一邊回答，一邊拿出了六張紙片。

「您絕對是一位模範主顧，因為您的直覺非常好。好

---

* 倫敦的蘭心劇院 (Lyceum Theatre) 歷史可追溯到 1765 年，現存的劇院建於 1834 年，位於斯特蘭街附近的威靈頓街。

了，我們來瞧瞧吧。」他把紙片排在桌面上，一張一張地掃了一遍。「除了信以外，其他的筆跡都經過偽裝，」過了一會兒，他說道。「不過，偽裝之後的筆跡依然可以識別。您看，地址裏的"E"總是帶着希臘字母的韻味，壓都壓不住，再看看末尾那個『s』的曲線，毫無疑問，它們跟這封信是出自同一個人的手筆。我並不是要給您甚麼無謂的希望，莫斯坦小姐，不過，您覺得它們跟您父親的筆跡有相似之處嗎？」

「截然不同。」

「我估計也是如此。那麼，六點鐘我們在這裏等您。麻煩您把這些紙片留給我，我可能會在您來之前就展開調查。現在才三點半，您自便吧。」

「再見，」我們的客人說道。接下來，她用慧點友善的目光挨個兒掃了我們倆一眼，把珍珠盒子放回懷裏，急匆匆地離去了。

我站到窗邊，目送她輕快地沿着街道往下走，她那頂灰色的帽子和帽子上的白羽毛漸漸變成了黑壓壓人群之中的一個小點。

「真是個漂亮姑娘！」我讚嘆一聲，轉頭看着我的室友。

他已經重新點燃了煙斗，這會兒正耷拉着眼皮靠在椅子上。「是嗎？」他無精打采地說道，「我倒是沒注意。」

「你簡直是一台自動機械——一台只知道計算的機器，」我不由得嚷嚷起來。「有些時候，你的表現可真是沒有人性。」

他溫和地笑了笑。

「最要緊的事情，」他說道，「就是不能讓個人特質影響你的判斷。主顧對我來說只是一個零件，只是問題當中的一個要素。感情因素跟理性演繹水火不容。你只管相信，我這輩子見過的最動人的女子恰恰就是為了保金毒死三個小孩的兇手，最終還上了絞架，與此同時，我認識的人裏最招人討厭的那個男的卻是個慈善家，他已經在倫敦的窮人身上花費了將近二十五萬鎊。」

「可是，這一次嘛——」

「哪一次也不能例外。有例外就不叫規矩。你以前研究過筆跡當中包含的個性嗎？你從這傢伙的筆跡當中看出了些甚麼？」

「他寫的字又清楚又規範，」我答道。「應該是個生活有條理、個性也比較強的人。」

福爾摩斯搖了搖頭。

「看看他寫的這些長字母，」他說道。「壓根兒就不比普通的字母高多少。那個 "D" 寫得像個 "A"，『l』則跟 "E" 差不多。個性強的人可能會把字寫得非常潦草，但卻總是會讓長字母鶴立雞群。這傢伙寫『k』的方法表明他性格猶豫，大寫字母的寫法則說明他自視甚高。我得出門了，有一些事情需要調查一下。我給你推薦本書吧，溫伍德・瑞德的《人類的犧牲》*，這本書堪稱是有史以

---

*　溫伍德・瑞德 (Winwood Reade, 1838–1875) 為英國歷史學家及哲學家，《人類的犧牲》(*Martyrdom of Man*, 1872) 是他最重要的一部著作，該書從世俗的角度講述西方文明史，並因大膽抨擊基督教教義而引發爭議。

來最了不起的著作之一。我一小時之後就回來。」

　　我捧着書坐在窗邊，心思卻與作家那些驚世駭俗的觀點相距遙遠。我腦子裏全是剛剛離去的那位訪客，全是她的笑容、她深沉圓潤的嗓音，還有她生活裏的那團詭異疑雲。既然她父親失蹤的時候她十七歲，那她現在就應該是二十七歲——正當妙齡，因為這個歲數的年輕人已經脫去自我中心的稚嫩，有了閱歷帶來的一點點審慎。就這樣，我坐在那裏胡思亂想，腦子裏終於冒出了一些十分危險的念頭，以致我不得不撲到書桌跟前，發瘋似的鑽研起最新的病理學論文來。我算個甚麼人物，一名陸軍軍醫，還拖着一條傷腿，經濟上的境況則比傷腿還要淒慘，我憑甚麼去想那樣的事情呢？她不過是個零件，不過是個要素——如此而已。毫無疑問，就算未來慘淡無光，我也應該以大丈夫的氣概毅然承當，絕不能拿一些鬼火一般的虛妄念頭來把它打扮成光明的模樣。

第三章
尋找答案

　　一直到下午五點半鐘，福爾摩斯才回到了貝克街。只見他興高采烈、精神抖擻，以他的情形而論，這樣的狀態總是與最為消沉的陣發性抑鬱交替出現的。

　　「這件案子並沒有甚麼特別神秘的地方，」他一邊說，一邊端起了我倒給他的那杯茶，「所有的事實綜合起來，可能的解釋似乎只有一個。」

　　「甚麼！這件案子你已經解決了嗎？」

　　「呃，這麼說倒也為時尚早。我只是發現了一個富於啟發性的事實，如此而已。這個事實，話又說回來，啟發性非常之大。當然嘍，細節還有待補充。剛才我查閱了以前的《泰晤士報》，結果發現，家住諾伍德高地、曾在孟買第三十四步兵團服役的舒爾托少校已經死亡，時間是一八八二年四月二十八日。」

　　「恕我愚笨，福爾摩斯，可我真的沒看出來，這個事實的啟發性在哪裏。」

　　「沒看出來？你可真讓我驚訝。那麼，你不妨這樣來分析眼前的問題。莫斯坦上尉消失了。在倫敦的時候，他唯一有可能拜訪過的人就是舒爾托少校，舒爾托少校卻說他不知道莫斯坦上尉在倫敦。四年之後，舒爾托死了。**他**

死之後不到一週，莫斯坦上尉的女兒就收到了一件價值不
菲的禮物。禮物年年都有，如今還衍生出了一封信，信裏
說莫斯坦上尉的女兒是個蒙冤受屈的女子。除了奪去她的
父親之外，信裏所說的冤屈還能是甚麼東西呢？如果不是
舒爾托的後人知道了一些內情、想要對她進行補償的話，
送禮物的舉動為甚麼會在舒爾托死後立刻開始呢？面對這
些事實，你還能提出甚麼別的解釋嗎？」

「可是，這種補償可真是古怪！補償的方法也一樣古
怪！還有，既然他現在願意寫信，六年前為甚麼不寫呢？
此外，信裏說甚麼還她公道，她能得到甚麼樣的公道呢？
要說她父親到現在還活着，那樣的假設未免有點兒太過牽
強。另一方面，就你所掌握的情況來說，她並沒有蒙受甚
麼別的冤屈。」

「這案子還有疑點，疑點確實還有，」歇洛克·福
爾摩斯若有所思地説道。「不過，今晚的冒險之旅應該可
以澄清所有的疑問。嗬，樓下來了輛四輪馬車，莫斯坦小
姐也在裏面。你準備好了嗎？好了的話，咱們最好趕緊下
樓，時間已經比咱們約定的晚了一點點。」

我拿起了帽子，還有我最沉重的那根手杖，同時也留
意到，福爾摩斯把他的左輪手槍從抽屜裏拿了出來，又把
它塞進了衣服口袋。很顯然，他覺得今天晚上的活計不會
輕鬆。

莫斯坦小姐裹了一件黑色的斗篷，聰慧的臉龐雖然平
靜，卻也顯得有些蒼白。面對我們即將展開的這次詭異之
旅，她要是不覺得忐忑不安的話，那也就不像個女人了。

儘管如此，她還是展現出了無懈可擊的自控能力，對歇洛克·福爾摩斯提出的幾個附加問題也是應答如響。

「舒爾托少校和我爸爸是非常親密的朋友，」她說道。「爸爸的信裏老是會提到這位少校。他和爸爸都是安達曼群島駐軍的指揮官，因此就一起經歷過許多事情。對了，我們曾經在爸爸的書桌裏找到一張奇怪的紙條，誰也不明白其中的意思。我倒不認為它有任何價值，只是覺得您沒準兒會想看看它，所以就把它給帶來了。喏，就是這個。」

福爾摩斯小心翼翼地打開紙條，又把它放在自己的膝蓋上展平，然後才拿出自己的雙層放大鏡，有條不紊地把整張紙仔仔細細地檢查了一遍。

「這張紙是印度的土產，」他說道。「曾經被人釘在一塊板子上。紙上的圖形似乎是一座巨型建築的局部構造，那座建築裏有數不清的廳堂、走廊和過道。圖上有個地方用紅墨水標着一個小小的十字，十字的上方有一行褪色的鉛筆字跡，寫的是『左起 3.37』。左邊的角落裏有一個古怪的符號，看着像是連成一橫排的四個十字，符號的旁邊用非常粗糙的字體寫着，『四簽名——喬納森·斯莫、馬哈默特·辛格、阿卜杜拉·汗、多斯特·阿克巴』。我承認，我也看不出它跟這個案子有甚麼關聯。不過，它顯然是一份非常重要的文件。它當初是被人小心翼翼收在錢夾裏的，因為它正反兩面都同樣乾淨。」

「我們的確是在爸爸的錢夾裏找到它的。」

「那您就把它收好吧，莫斯坦小姐，因為我們沒準

兒會用得上它。現在我開始懷疑，案情可能會比我當初的設想嚴重得多，而且會更加難以把握。我必須重新考慮考慮。」

他靠到了馬車的座位上，而他緊鎖的眉頭和出神的眼睛告訴我，他正在進行緊張的思考。莫斯坦小姐和我小聲地談論着眼下的行動以及可能的結果，我們的旅伴卻把無法打破的沉默保持到了旅程的終點。

這是一個九月的傍晚*，時間還不到七點鐘，只可惜天色陰沉，夾着細雨的濃濃霧氣低低地籠罩着這座龐大的城市，色若泥濘的烏雲無精打采地垂落在泥濘街道的上方。斯特蘭街的路燈變成了一個個模糊的光點，漫射的燈光在濕滑的人行道上投下了一團團暗淡游移的光暈。商店櫥窗裏的明亮黃光滲入雨霧迷濛的空氣，化作一道道朦朧的光幕，在人潮洶湧的通衢之中搖曳不定。絡繹不絕的面孔從這些狹窄的光帶之中次第閃過，或悲或喜，或哀或樂，實在讓我覺得詭異莫名、如見鬼魅。這些面孔從黑暗之中閃入光明，又從光明之中回返黑暗，倏忽一如人類的命運。我這個人並不多愁善感，可是，這樣一個陰鬱沉重的傍晚，再加上我們面臨的這個怪異事件，還是讓我心情壓抑、惶惑不安。從莫斯坦小姐的神態來看，她的心情也跟我一樣煩亂。唯獨福爾摩斯超然物外，完全不受這些瑣細事由的影響。他把記事本攤在自己的膝蓋上，借着便攜提燈的光亮，不時地把一些數字和要點往本子上記。

---

* 原文如此，不過，這次約會發生在莫斯坦小姐收到信的當天，前文說的信件日期是「七月七日」。以時序景象而論，或以九月為是。

我們到達蘭心劇院的時候，劇院兩邊的入口已經人頭攢動。源源不斷的兩輪馬車和四輪馬車從劇院的正前方轔轔駛過，卸下一撥一撥的「貨物」，其中既有身着禮服、露着襯衫前襟的男士，也有圍着披肩、珠光寶氣的婦人。我們剛剛走到信中約定的第三根柱子跟前，有個人就走過來跟我們搭話。此人瘦小黧黑，動作敏捷，一身馬夫的裝扮。

「你們是跟莫斯坦小姐一起的嗎？」他問道。

「我就是莫斯坦，這兩位先生是我的朋友，」她答道。

他向我們投來了咄咄逼人的探詢目光。

「您多包涵，小姐，」他的口氣多少有些強硬，「可我還是得讓您保證，您這兩位朋友都不是警察。」

「這一點我可以保證，」她回答道。

那人尖聲打了個唿哨，一名街頭流浪兒便拉來一輛四輪馬車，打開了車門。那人爬到車夫的座位上，我們則坐進了車廂。不等我們坐定，車夫就揮鞭打馬，馬車一頭扎進霧濛濛的街道，開始狂奔起來。

眼下的局面非常怪異，因為我們驅車前行，既不知道終點何在，也不知道所為何事。話又說回來，除非我們收到的邀請是一個徹頭徹尾的騙局——那樣的設想簡直不可思議——否則我們就有充分的理由相信，此行將會產生重大的後果。莫斯坦小姐的表現一如既往地堅強鎮定，我則講起了以前在阿富汗的一些冒險經歷，為的是逗她開心。不過，說實在話，我自己倒是被眼前的局面弄得非常緊張，又對此行的目的地感到非常好奇，講起故事來就有

點兒不着邊際。直到今天，她仍然一口咬定，說我當時給她講過一則感人至深的軼聞，內容是一頭火槍如何在夜靜更深的時候窺探我的帳篷，我又如何抄起一隻雙筒小老虎衝它開火。行程剛開始的時候，我還對車行的方向有一點兒概念。可是，由於車子很快，霧很濃，我對倫敦的了解又很有限，沒多久我就暈頭轉向，除了知道路似乎很長之外，別的就甚麼也不知道了。不過，歇洛克‧福爾摩斯始終不曾迷失方向。車子在各個廣場和曲裏拐彎的小街上鑽進鑽出的時候，他念念有詞地報出了它們的名字。

「羅切斯特街，」他說道。「現在是文森特廣場，現在又到了沃薩橋路。我們顯然是在往薩里郡*那邊走。是的，應該沒錯。現在我們上了一座橋，你們瞧瞧，可以瞥見河裏的波光。」

我們的確看到泰晤士河從眼前一掠而過，看到燈火在寬廣靜默的水面閃耀。不過，馬車仍然在飛速前行，很快就鑽進了河對岸的一座街巷迷宮。

「華茲華斯路，」我的同伴說道。「普萊利路。拉克霍巷。斯托克韋爾廣場。羅伯特街。冷港巷。看起來，我們要去的並不是甚麼高尚地方啊。」

沒錯，我們已經進入了一片曖昧可疑、陰森可怕的街區。街面上是一長排一長排的黑暗磚房，打破陰鬱的只有街角那些酒館發出的俗麗燈光。接下來則是一排排雙層別墅，每一座別墅的門前都有一個微型的花園，再下來又是一排排嶄新刺目的磚頭建築，長得似乎沒有盡頭，如同

---

* 薩里郡 (Surrey) 是英格蘭的一個郡，在倫敦西南面。

龐大城市伸向鄉間的一根根醜陋觸鬚。最後，馬車終於在一條新街上的第三座房子跟前停了下來。街上的其他房屋都沒有人居住，我們面前的這座房子也跟鄰家一樣黑燈瞎火，只是廚房的窗子裏透着一點亮光。不過，我們剛一敲門，門馬上就開了，開門的是一個印度僕人，頂着黃色的纏頭布，穿着寬鬆的白袍，還繫着一條黃色的腰帶。眼前不過是一幢三流的郊區住宅，平平無奇的門廊裏竟然站着一名東方僕人，讓人覺得既怪異又不協調。

「老爺﹡在等你們呢，」他說道。就在他說話的同時，房子的某間內室裏傳來了一個又高又尖的聲音。

「領他們進來見我，吉特默迦†，」那聲音說道。「直接領他們過來。」

第四章
禿頭男子的故事

　　我們跟在印度僕人後面，沿着一條普普通通的過道往前走。骯髒的過道燈光暗淡，裝潢則更是慘不忍睹。到最後，僕人走到右邊牆上的一扇門跟前，一下子推開了門。耀眼的黃光從房間裏湧到我們身上，黃光的中央站着一個身材矮小、腦袋溜尖的男人。他腦袋周邊長着一圈兒短短的紅髮，亮鋥鋥的禿頂赫然其上，宛如聳立在杉樹林中的一座山峰。他站在那裏絞着雙手，五官不停抽搐，時而像是在笑，時而像是在發怒，消停的時候卻是一秒鐘也沒有。大自然賦予了他一片耷拉的下唇，他那口參差不齊的黃牙由此顯得格外地怵目驚心，而他不停地用手去捂自己的下半邊臉，結果卻只能説是欲蓋彌彰。除了那個異常引人注目的禿頂之外，他的長相還是挺年輕的。實在説呢，他剛剛才過三十歲。

　　「樂意效勞，莫斯坦小姐，」他用尖細的聲音一遍又一遍地説道。「樂意效勞，先生們。請移尊足，到我這間小小的避難所裏來吧。地方很小，小姐，裝潢倒還稱我的意。在倫敦南部這片滿目荒涼的沙漠裏，它也算得上是一塊藝術的綠洲了。」

　　看到他邀請我們進入的那個房間，我們都大吃了一

驚。眼前的房間跟這座淒慘的房子大異其趣，就像是鑲在黃銅底座上的一顆上等鑽石。房間四壁都懸着無比華美、無比富麗的帷幕和掛毯，帷幕捲起的地方則點綴着一些東方式樣的花瓶和裝裱精美的油畫。琥珀色和黑色相間的地毯又軟又厚，腳踩上去就會舒舒服服地往下陷，如同踏進了一大塊苔蘚。地毯上斜鋪着兩張巨大的虎皮，角落裏的一張蓆子上還矗着一個碩大的水煙壺，房間裏那種東方式的奢華氣派由是錦上添花。房間中央有一盞形如鴿子的銀質吊燈，懸在一根幾乎看不見的金線上。燈裏面點着火，把若有若無的芳香注滿了整個房間。

「薩德烏斯‧舒爾托，」小個子說道，他的臉仍然抖個不停，也仍然帶着笑容。「就是敝人的姓名。當然，您一定是莫斯坦小姐，這兩位先生——」

「這位是歇洛克‧福爾摩斯先生，這位是華生醫生。」

「醫生，是嗎？」他十分興奮地叫道。「您帶聽診器了嗎？我能不能請您——您願意幫我個忙嗎？我一直對我的二尖瓣很不放心，您要能幫我看看就太好了。我的主動脈瓣應該沒甚麼毛病，可我想聽聽，您對我的二尖瓣有甚麼寶貴的意見。」

按他的請求，我聽了聽他的心臟，但卻沒能發現任何毛病。當然，我發現他處於極度的恐懼之中，不過這用不着聽心臟，因為他從頭到腳都在發抖。

「您的心臟似乎沒有問題，」我說道。「您不需要擔心。」

「您得原諒我這麼緊張，莫斯坦小姐，」他樂呵呵

地說道。「我承受着巨大的痛苦，長期以來都在為自己的二尖瓣提心吊膽。聽醫生說這些擔心沒有依據，我真是太高興了。莫斯坦小姐，要是您父親當時能克制一點兒、不給自己的心臟施加那麼大壓力的話，沒準兒到今天還活着哩。」

聽到他用如此冷漠唐突的口氣來談論一件如此敏感的事情，我不由得怒不可遏，簡直想衝他的臉來上一拳。莫斯坦小姐坐了下來，嘴唇上都沒了血色。

「其實我心裏明白，我父親已經去世了，」她說道。

「我會把一切都告訴您的，」他說道，「不僅如此，我還要還您一個公道。還有啊，不管我哥哥巴索洛繆怎麼說，我都要這麼做。您這兩位朋友來了我很高興，他們不光可以保護您，還可以替我接下來的言行作個見證。我們加在一起就是三個，應該可以鎮住我哥哥巴索洛繆。不過，我們可不能讓外人摻和進來，我說的是警察和官員。我們自己就能圓滿地解決所有事情，用不着任何外來干預。巴索洛繆最害怕的就是事情張揚出去。」

他在一張低矮的長靠椅上坐了下來，開始衝我倆眨巴他那雙暗淡無神的藍眼睛，探詢着我倆的意思。

「我可以保證，」福爾摩斯說道，「不管您接下來要說甚麼，我都不會往外傳。」

我點了點頭，意思是我也一樣。

「這樣就好！這樣就好！」他說道。「莫斯坦小姐，您願意來一杯意大利紅酒嗎？要不然，匈牙利甜酒怎麼樣？別的酒我這兒也沒有了。開一瓶嗎？不用？呃，那

麼，我估計你們應該不反對我抽煙，不反對東方煙草的芬芳氣味吧。我這個人有點兒神經質，對我來說，水煙壺可是一劑千金難買的鎮定良藥哩。」

他用一支小蠟燭點燃了碩大煙碗裏的煙草，煙霧開始咕嘟咕嘟地穿過煙壺底部的玫瑰花水*。我們三個人坐成了一個半圓，伸着腦袋，托着腮幫，坐在圓心的則是這個身材矮小、面容抖顫、腦袋又尖又亮的古怪傢伙，正在那裏緊張不安地吞雲吐霧。

「剛剛決定寫這封信給您的時候，」他說道，「我本來是打算留下自己的地址的。可我擔心您不顧我的請求，帶些不那麼順眼的人來，所以才冒昧訂下了這麼樣的一個約會，讓我的僕人威廉姆斯先幫我看看你們的情況。我完全相信他的判斷力，而且吩咐過他，如果情形不對的話，那就不要再進行下一步了。你們得原諒我的這些預防措施，因為我這個人的性情有點兒孤僻，甚至可以說有點兒挑剔，與此同時，世上再沒有比警察更不賞心悅目的東西了。野蠻功利主義的任何體現都會讓我退避三舍，這也是天性使然。我很少會跟野蠻的大眾發生接觸，而你們也看到了，我生活的這個地方還是有那麼一點點高雅情調的。恕我斗膽，我自認為是一名藝術贊助人，藝術是我的命根子。那幅風景是柯羅的真跡，那幅薩爾瓦多·羅薩雖然可能會讓內行產生疑義，那幅布格羅卻絕對沒有任何問

---

* 印度水煙壺的頂部是一個碗狀器皿，用來放火源和煙草，煙氣可以通過壺身進入底部的水罐，水罐裏可以盛放加有各種香料的水，通過連在水罐上的吸管進行吸食。

題 *。我對當代的法國畫派情有獨鍾。」

「恕我唐突，舒爾托先生，」莫斯坦小姐說道，「可我應您的邀請來到這裏，是因為您有一些情況要告訴我。時間已經很晚了，我希望這次會面越短越好。」

「再短也短不到哪裏去，」他答道，「因為我們肯定得到諾伍德去一趟，去看看我哥哥巴索洛繆。我們得一起去，看看能不能說服他。他已經生了我很大的氣，就因為我做了我認為應該做的事情。昨天晚上，我們爭吵得相當激烈。他發怒的時候有多麼可怕，你們根本想不出來。」

「如果要去諾伍德的話，最好是馬上動身，」我冒昧插了一句。

他一下子笑了起來，笑得連耳根子都紅了才止住。

「那樣是不行的，」他高聲說道。「我這麼突然地領你們去見他，真不知道他會說出些甚麼來。不行，我得讓你們有個準備，讓你們知道，我們大家是在同一條船上的。首先我必須聲明，事情當中的一些細節我自己也不清楚，我只能盡量把我知道的事實告訴你們。

「你們應該已經猜到了，我父親就是約翰·舒爾托少校，曾經在印度軍團服役。大概十一年之前，他退伍回國，住進了諾伍德高地的龐第切瑞別墅。他在印度發了財，回來的時候帶了一大筆錢，還有一大堆名貴土產，外加一幫子印度僕人。既然有這樣的條件，他就給自己買了座房

---

* 柯羅 (Jean Baptiste Corot, 1796–1875) 為法國名畫家，以描繪意大利風景著名；薩爾瓦多‧羅薩 (Salvator Rosa，1615–1673) 為巴洛克時期意大利畫家、詩人及版畫家；布格羅 (William Adolphe Bouguereau, 1825–1905) 為法國學院派畫家，擅長傳統題材。

子，過起了非常奢華的生活。他只有兩個孩子，就是我和我的雙胞胎哥哥巴索洛繆。

「莫斯坦上尉的失蹤事件造成了很大的轟動，這我記得非常清楚。我們從報上讀到了事情的細節，又知道上尉是父親的朋友，於是就肆無忌憚地當着父親議論這件事情。他經常都會加入我們的討論，猜測上尉到底出了甚麼事情，以致我們從來都不曾想到，整件事情的秘密就藏在他的心裏，世上就他一個人知道亞瑟・莫斯坦的結局。

「不過，我們的確知道父親心裏埋藏着某種秘密，知道他面臨着某種巨大的威脅。他非常害怕單獨出門，龐第切瑞別墅也總是僱着兩個假充門房的職業拳手。今天晚上載你們過來的威廉姆斯就是其中之一，以前還拿過一次全英格蘭的輕量級冠軍呢。父親始終不肯說明他究竟在怕甚麼，只不過，他對裝了木腿的人反應格外強烈。有一次，他實實在在地用自己的左輪手槍衝一個木腿男人開了火，結果發現那人只是個兜攬生意的小販，根本沒有任何惡意。當時我們賠了一大筆錢，總算把事情壓了下去。我和哥哥本以為這只是父親一時糊塗，後來的一些事情卻改變了我倆的看法。

「一八八二年初，我父親收到了一封來自印度的信，一下子受了很大的打擊。他是在吃早飯的時候拆的信，差一點兒當場就暈倒在了桌子上。從那天開始，他的病越來越重，一直到最後去世。我們始終沒能了解到那封信的內容，可我知道那封信很短，字跡也很潦草，因為他讀信的時候，我剛好就在他的身邊。他長期以來都有脾臟腫大的

毛病，收到信之後，病情就開始迅速惡化。四月底的某一天，醫生說他的病已經沒救了，叫我們去聽他的最後遺言。

「我們走進他房間的時候，他靠在枕頭上，呼吸十分困難。他懇切地吩咐我們鎖上門，分別站到病床的兩側。這之後，他抓住我們的手，對我們說了一番很不尋常的話，聲音斷斷續續，一半是因為情緒激動，一半是因為病痛。我盡量把他的原話複述出來吧。

「『眼下已經是最後的時刻，』他說，『壓在我心上的只有一個包袱，那就是我對莫斯坦那個可憐遺孤做下的事情。我活了一輩子，該死的貪婪一直是我無法擺脫的罪孽，就因為這種貪婪，我沒把寶藏分給她，儘管她至少也應該得到其中的一半。話又說回來，我自己也沒能享受到寶藏帶來的好處，人的貪心就有這麼盲目、就有這麼愚蠢。單單是那種佔有的感覺就已經讓我欲罷不能，讓我無法跟他人分享寶藏。你們看見奎寧瓶子旁邊那個鑲珍珠的頭冠了吧，我把它拿出來就是為了寄給她，到頭來還是割捨不下。你們兩個，我的孩子，一定要把她應得的那部分阿格拉寶藏還給她。不過，現在不要給她任何東西，包括那個頭冠在內，要等我死了之後再給。不管怎麼說，有些人也病到了我這種程度，後來卻還是恢復了健康。

「『我要告訴你們，莫斯坦是怎麼死的，』他繼續跟我們講。『多年以來他心臟一直都不好，可他沒跟任何人說，知道的只有我一個人。在印度的時候，我和他碰上了一連串很不尋常的事情，結果就得到了一宗價值巨大的寶

藏。我把寶藏帶回了英格蘭，莫斯坦到了倫敦之後，當天晚上就來找我，要求拿走他的那一份。當時他從車站步行過來，引他進來的是我忠實的老僕拉爾·喬達，喬達如今已經死了。莫斯坦和我在份額的問題上談不攏，最後就動了口角。暴怒之下，莫斯坦從椅子上跳了起來，突然卻用手捂住肋部，臉變成了灰色，跟着就仰面跌倒，腦袋也被寶物箱子的尖角戳破了。我俯下身去看他，結果是萬分驚駭地發現，他竟然已經死了。

「『我驚慌失措地在原地坐了很久，不知道該怎麼辦。當然，我的第一個念頭是找人來幫忙，可我沒法不擔心一個問題，那就是人家很可能指控我謀殺了他。他死的時候我倆正在吵架，他頭上那道深深的傷口更讓我無從辯白。還有，官方調查難免牽出寶藏的事情，可我特別不希望寶藏的事情洩露出去。莫斯坦跟我說過，任何人都不知道他來了我這裏。於是我開始覺得，他來我這裏的事情，以後也沒必要讓任何人知道。

「『我還沒拿定主意，抬眼卻看見我的僕人拉爾·喬達站在門口。他躡手躡腳地走了進來，然後就把門閂上了。「不用怕，老爺，」他說，「誰也不會知道您殺了他。我們把他藏起來好了，誰能找得到呢？」我說「我沒有殺他」，拉爾·喬達卻搖起了頭，笑着對我說，「我全聽見了，老爺。我聽見你們吵架，還聽見了動手的聲音。不過，我會把嘴封得死死的。屋裏的其他人都睡了，我們一起把他弄走就行了。」他的話促使我下定了決心，連我自己的僕人都不相信我的清白，我憑甚麼認為自己能說服陪審席

上的十二個蠢貨商販呢？這麼着，我和拉爾·喬達連夜就把屍體處理掉了，沒過兩天，倫敦的報紙就開始鋪天蓋地地報道莫斯坦上尉神秘失蹤的事情。聽了我的話，你們就應該明白，上尉的事情我也沒甚麼責任。要說我有甚麼過失的話，那就是我們不光藏起了屍體，還把寶藏也藏了起來，我不光拿着自己這一份，還把莫斯坦的那一份攥在手裏。因此，我要求你們替我歸還。你們倆把耳朵湊到我嘴邊來，寶藏就藏在──』

「就在這時，父親的表情發生了可怕的變化，只見他雙眼圓睜，嘴巴大張，厲聲叫了起來，那聲音我永遠都忘不了，『趕他出去！看在上帝份上，快趕他出去！』他的眼睛緊緊地盯着我和哥哥背後的那扇窗子，我和哥哥就轉頭去看，發現窗外有一張臉在黑暗之中看着我們，頂在窗玻璃上的鼻頭白乎乎的。那是張毛茸茸的臉，長着絡腮鬍子，眼睛又狂野又冷酷，一副窮凶極惡的表情。我和哥哥衝到窗子跟前，那人卻已經不見了。等我們回到父親身邊的時候，他的腦袋已經耷拉下來，脈搏也沒有了。

「當天晚上，我們把花園搜了一遍，但卻找不到那個闖入者留下的任何痕跡，只在那扇窗子下面的花床上看到了一個腳印。要不是因為那個腳印，我們沒準兒還以為那張狂野猙獰的臉是我們想像出來的哩。不過，沒過多久，我們就看到了一個更為確鑿的證據，說明我們身邊的確有人在搞甚麼秘密活動。第二天早上，我們發現父親那個房間的窗子被人打開了，他那些櫥櫃和箱子都被人翻過，遺體的胸口還放着一張破紙，上面潦草地寫着『四簽名』。

　　　　亞瑟·柯南·道爾｜福爾摩斯全集 I

我們始終都不知道這幾個字是甚麼意思，也不知道那個秘密訪客的身份。照我們的判斷，父親的東西一件都沒少，只是都被人翻出來了而已。看到這樣的事情，我和哥哥自然就聯想到了父親生前的那種恐懼，可是，即便到了現在，我們依然對其中的緣由一無所知。」

小個子男人打住話頭，重新點燃了水煙壺，若有所思地抽了幾口。這之前，我們都坐在那裏，專心致志地聽他講這個非同一般的故事。聽到關於她父親去世情形的那一小段敍述，莫斯坦小姐的臉一下子變得像死人一般慘白。有那麼一瞬間，我都擔心她要暈過去了，於是就輕手輕腳地端起茶几上的一隻威尼斯玻璃水瓶，給她倒了杯水。還好，喝過水之後，她很快就恢復了精神。歇洛克·福爾摩斯靠在椅背上，眼皮低低地蓋住了炯炯有神的眼睛，一副心不在焉的表情。我瞥了他一眼，不由得心下暗想，就在今天，他還曾經咬牙切齒地抱怨生活平淡哩。再怎麼說，眼前這個問題總可以讓他的才智發揮到極致了吧。薩德烏斯·舒爾托先生挨個兒看了我們一遍，顯然是為他這個故事收到的效果感到相當自豪。接下來，他一邊就着那根過份長大的煙管吞雲吐霧，一邊繼續講他的故事。

「你們多半也想得到，」他說道，「聽了父親所說的寶藏，我和哥哥都是興奮異常。我倆花了幾個星期的時間，跟着又是幾個月，又是挖又是刨，找遍了花園裏的每一個角落，寶藏卻還是沒有下落。寶藏所在的地點已經到了他的嘴邊，可他偏偏就在那一刻死了，這事情想起來就讓人發狂。看看父親先前取出來的那個珍珠頭冠，我們

就不難估計，那筆失蹤的財富該有多麼巨大。為了那個頭冠，我和巴索洛繆還起了一點兒小小的爭執。頭冠上的珍珠顯然非常值錢，他不願意把它們送出去，原因嘛，咱們朋友之間私下裏説，就是我哥哥身上也有一點兒我父親的那種毛病。同時他也覺得，要是把頭冠送出去的話，我們可能會惹來一些是非，到頭來還會引火燒身。這樣一來，我能做到的就只是勸説他同意我去找莫斯坦小姐的住址，然後按照固定的時間間隔把頭冠上撬下來的珍珠寄給她，好歹可以讓她免於困窘。」

「您這麼替別人着想，」莫斯坦小姐懇切地説道，「真是太好心了。」

小個子擺了擺手，意思是區區小事、何足掛齒。

「我們只是幫您保管財產的人，」他説道，「我反正是這麼看的，儘管巴索洛繆不能完全同意我的看法。我倆的錢已經夠多的了，我並不想要更多。除此之外，如果用這麼下流的手段來對付一位年輕的女士，那可真是太沒品味了。『庸俗導致犯罪』*，法國人的確善於總結這類事情。我和哥哥在這件事情上的分歧越來越大，致使我產生了另尋住處的念頭，於是我搬出龐第切瑞別墅，還帶上了威廉姆斯和那個年老的吉特默迦。可是，昨天我聽説家裏出了一件了不得的大事，寶藏已經找到了，所以就立刻跟莫斯坦小姐取得了聯繫。眼下我們要做的事情只有一件，那就是坐車去諾伍德，要回我們應得的份額。昨天晚上，

---

* 這句原文為法語的引文出處不詳，可能是法國作家司湯達 (Standhal, 1783–1842) 的話。

我已經把自己的想法告訴了巴索洛繆，所以呢，對他來說，我們即便算不上甚麼值得歡迎的貴客，至少也不會是意外上門的不速之客。」

薩德烏斯·舒爾托先生停止了講述，開始在他那張豪華的靠椅上扭來扭去。我們三個一言不發，腦子裏想的都是這宗謎案的最新發展。這之後，福爾摩斯第一個站了起來。

「您做得很好，先生，從頭到尾都很好，」他説道。「我們應該可以給您一點兒小小的回報，讓您了解到一些您現在還不了解的事情。不過，就像莫斯坦小姐剛才説的那樣，時間已經不早，我們還是立刻着手解決問題比較好。」

我們的新相識慢條斯理地把水煙壺的吸管盤好，又從一道簾子後面拿出了一件非常長的輕便大衣，大衣上裝飾着盤花紐扣，領子和袖口都用的是俄國羔皮。這天夜裏非常悶熱，他卻把大衣扣得緊緊的，還加上了一頂帶護耳的兔皮帽子。這麼着，他把自己從頭到腳包了起來，只有那張表情多變的瘦削臉龐露在外面。

「我身子骨不太結實，」領我們順着過道往外走的時候，他説道。「不得不格外留意自個兒的健康。」

我們來的時候坐的那輛馬車還在門外等着，而我們的行程也顯然是早有安排，因為車夫不等吩咐，立刻趕着馬車飛奔起來。薩德烏斯·舒爾托滔滔不絕地説個沒完，聲音蓋過了轔轔作響的車輪。

「巴索洛繆這傢伙挺聰明的，」他説道。「你們知道他是怎麼發現寶藏的嗎？他先是斷定它藏在室內的某個地

方，於是就把屋子裏所有空間的容積算了出來，又對每個地方進行了精確的測量，一英寸＊的遺漏都不許有。別的發現就不說了，總之他發現，屋子的高度是七十四英尺。可是，他把上下層所有房間的高度加到一起，又算上通過鑽孔的方法測出的樓板厚度，最後的總數還是超不過七十英尺。既然還有四英尺的高度沒有着落，那就只能到屋頂上去找。最頂上那個房間的天花板是板條加灰泥砌的，他就在天花板上砸了個洞。不出所料，天花板上面還有一個小小的閣樓，之前被人封了起來，誰也不知道它的存在。那個寶物箱子就擱在閣樓中央的兩根椽子上。他把箱子從洞口搬了下來，寶藏果真就在裏面。根據他的估算，這批珠寶的總值不下五十萬鎊。」

聽到他說出這麼個天文數字，我們不由得面面相覷，三個人的眼睛都瞪得大大的。要是我們能幫莫斯坦小姐爭取到她應得的份額的話，她就會從一個生活拮据的家庭教師搖身變成英格蘭最富有的女繼承人。毫無疑問，任何一個忠實的朋友都應該為這樣的消息感到高興，可我卻不得不滿懷羞愧地承認，聽到這個消息的時候，我的靈魂已經被自私所控制，我的心也沉重得跟灌了鉛一樣。我結結巴巴、吞吞吐吐地說了幾句祝賀的話語，跟着就灰心喪氣地坐在那裏，耷拉着腦袋，我們的新相識還在喋喋不休，可我已經充耳不聞。這位新相識顯然是一個無藥可救的疑病症†患者，我恍惚聽見他沒完沒了地數出一大堆症狀，

＊ 一英寸等於 2.54 厘米，一英尺等於十二英寸。

† 疑病症 (Hypochondria) 是一種心理偏執，患者總是認為自己已經

又列出一大堆偏方秘藥的名字，懇求我說一說那些方子的成份和療效，其中一些方子他還隨身帶着，就裝在他口袋當中的一個皮夾子裏。我敢肯定，當晚我告訴他的那些答案，他多半是一個也沒往心裏去。福爾摩斯至今一口咬定，說是在無意之中聽到了我當時說的一些話，聽到我警告他服用蓖麻油不能超過兩滴，否則就會大禍臨頭，同時又建議他大量服用番木鱉鹼，以此舒緩神經*。不管當時的情況究竟如何，毫無疑問的是，當馬車猛然停住、車夫跳下車來打開車廂門的時候，我產生了一種如釋重負的感覺。

「莫斯坦小姐，這裏就是龐第切瑞別墅，」薩德烏斯·舒爾托先生說道，伸手把小姐攙下了馬車。

或者即將得病，在沒病的情況下也可能感受到真實的痛苦。
* 蓖麻油可以潤腸通便，除孕婦忌服（可能導致流產）之外無其他毒副作用；番木鱉鹼是從熱帶喬木馬錢的種子當中提取的植物鹼，劇毒，五至一百二十毫克即可致命，此外也不能舒緩神經，反倒有一定的興奮作用。

第五章
別墅慘案

我們這次夜間冒險進入最後階段的時候，已經是將近十一點鐘了。倫敦的濃重霧氣已經被我們拋在身後，夜色晴朗宜人。和煦的風從西面吹來，厚厚的雲朵緩緩流過天空，半圓的月亮時不時地從雲隙探頭窺視。天色清明，近處的景物是可以看得清的，不過，薩德烏斯·舒爾托還是把馬車的一隻側燈摘了下來，為的是給我們照路。

龐第切瑞別墅是一座獨棟房屋，四周圍着一堵高高的石牆，牆頭還砌了玻璃碴子。唯一的入口是一道鑲有鐵板的狹窄大門，我們的嚮導按照郵差所用的那種特殊方式敲了兩下門＊。

「誰？」裏面傳來了一聲粗魯的吆喝。

「是我啊，麥克默多。到了現在，你不會還聽不出我敲門的聲音吧。」

只聽得一聲嘟囔和一陣鑰匙撞擊的咣噹聲，大門重重地向裏面開了。一個胸肌發達的矮個男人出現在了門口，

＊　一次敲兩下門是當時英國郵差的習慣做法，英國作家狄更斯 (Charles Dickens, 1812–1870) 的《匹克威克外傳》(*The Posthumous Papers of the Pickwick Club*, 1837) 第 36 章有這樣的描述：「高個子……沒完沒了地猛敲房門，每次兩下，活像一名發了瘋的郵差。」

手裏拿着一盞提燈，提燈的黃光映出了他稜角分明的臉龐和閃爍猜疑的眼睛。

「是您嗎，薩德烏斯先生？這些人又是誰呢？主人可沒讓我放他們進去。」

「甚麼，麥克默多？你好大的膽子！昨晚我跟我哥哥說過，說了要帶幾個朋友一起來。」

「他今天一直都待在自己的房間裏，薩德烏斯先生，我沒有接到這樣的命令。您也很清楚，我必須按規矩辦事。我可以讓您進去，可您的朋友只能留在這裏。」

面對這個出乎意料的障礙，薩德烏斯·舒爾托開始東張西望，神情又困惑又無奈。

「你真是太不像話了，麥克默多！」他說道。「我可以替他們擔保，你還有甚麼不放心的。再說了，這兒還有位年輕的女士，眼下深更半夜的，你總不能讓她在大馬路上等着吧。」

「非常抱歉，薩德烏斯先生，」門房的口氣十分堅決。「這些人興許是您的朋友，但卻不是主人的朋友。主人給了我很高的薪水，我就得完成自己的任務。您這些朋友我一個也不認識。」

「噢，你認識的，麥克默多，」歇洛克·福爾摩斯親切地高聲說道。「要我說，你應該還記得我。四年之前的那個晚上，埃里森的拳場給你辦過一次拳賽，有個業餘拳手跟你打了三輪，你不記得了嗎？」

「您是說歇洛克·福爾摩斯先生！」這位職業拳手嚷嚷起來。「天哪，真是您！剛才我怎麼沒把您給認出來

呢？您不應該那麼安安靜靜地站着，倒不如直接衝上來，拿您那種勾拳朝我下巴上招呼一下好了，那樣的話，我準保能認出您來。唉，您可真是浪費了自個兒的天賦，真是浪費！您要是多上點兒心的話，前途未可限量啊。」

「看見了吧，華生，別的都幹不成的話，至少還有一個專業領域為我留着門兒呢，」福爾摩斯笑道。「要我說，咱們這位朋友一定不會再讓咱們在外面喝西北風了吧。」

「進來吧，先生，進來——還有您的朋友，」門房答道。「非常抱歉，薩德烏斯先生，可是，主人的命令確實非常嚴格。我必須先確定您這些朋友的身份，然後才能讓他們進來。」

門裏面是一條碎石小徑，蜿蜒着穿過光景凄涼的庭院，小徑的盡頭是一座式樣普通、方方正正的巨型房屋。房子籠罩在黑暗之中，唯一的光亮只有映在屋角頂樓一扇窗子上的一道月光。這座房子如此龐大，又如此漆黑陰沉、鴉雀無聲，讓人不由得心生寒意。就連薩德烏斯·舒爾托也顯得忐忑不安，手裏的提燈搖來擺去，發出了吱吱呀呀的響聲。

「我真是搞不明白，」他說道。「這兒一定是出了甚麼問題。我明明白白地跟巴索洛繆說了我們要來，可他的窗子裏卻沒有燈光。我實在想不出來，這到底是怎麼回事。」

「他一直都把這房子看守得這麼嚴實嗎？」福爾摩斯問道。

「是的，他繼承了我父親的習慣。要知道，父親最疼的就是他了，有時候我不免會想，他從父親那裏知道的事

情沒準兒會比我多呢。上邊那扇有月光的窗子就是巴索洛繆的，看着還挺亮，不過照我看，裏面並沒有燈光。」

「確實沒有，」福爾摩斯説道。「可我已經看見了，房門旁邊的那扇小窗子裏有一點兒微弱的光亮。」

「哦，那是管家的房間，老管家伯恩斯通太太就住在裏面。她會把這兒的所有事情告訴我們。不過，你們最好等一兩分鐘再進去，萬一我哥哥沒跟她交代我們要來的話，我們這麼一湧而入會嚇着她的。甚麼，噓！那是甚麼聲音？」

他高高地舉起了提燈，手抖得很厲害，提燈投下的光圈在我們身邊四處跳動。莫斯坦小姐抓住了我的手腕，我們站在那裏側耳傾聽，心怦怦地跳個不停。寂靜的深夜之中，眼前這座巨大的黑屋裏傳出了一些悲傷至極、淒慘至極的聲音——那是一種斷斷續續的尖聲嗚咽，來自一個受了驚嚇的女人。

「是伯恩斯通太太，」舒爾托説道。「這房子裏只有她一個女人。你們在這兒等着，我馬上就回來。」

他急匆匆地走到房門跟前，用他那種特殊的方式敲了敲門。跟着我們就看見，一個身材高挑的老婦人把他讓了進去，一看到他就高興得身子直晃。

「噢，薩德烏斯先生，先生，您來了我可真高興！您來了我真是高興，薩德烏斯先生，先生！」

我們聽到她一迭聲地訴説着心裏的喜悅，房門關上之後都沒有停止，只不過聲音越來越小，最後就變成了一陣低沉的嗡嗡聲。

我們的嚮導把提燈留給了我們，福爾摩斯便慢慢地把提燈伸向四周，仔仔細細地掃視這座房子，還有遍佈地面的一個個大垃圾堆。莫斯坦小姐站在我的身邊，手放在我的手心。愛情真是件奇妙的東西，我倆在那天之前素昧平生，那一刻之前也從未交換過示愛的言辭，連個眼神都沒有，然而，在那樣一個驚惶慌亂的時刻，我倆的手卻開始不由自主地相互探尋。我至今都還在為這件事情驚嘆不已，當時卻覺得這是件再自然不過的事情，覺得我就是應該把手伸給她，她呢，她後來常常對我說，當時她也是本能地覺得，應該到我這裏來尋找保護和安慰。這麼着，我倆就像兩個孩子一樣，手牽手地站在那裏，周遭雖然暗影幢幢，我倆的心裏卻一片平靜。

　　「這地方可真古怪！」她一邊說，一邊東張西望。

　　「看情形，有人把全英格蘭的鼯鼠都運到這裏來了啊。以前我也見過類似的景象，那是在巴勒萊特附近的一座山上，因為那些淘金的人曾經在那裏找礦＊。」

　　「這裏的景象也是同樣的原因造成的，」福爾摩斯說道。「全都是找寶藏的人留下的痕跡。你們一定還記得吧，他們可是找了整整六年的時間哩。這地方跟個採石場一樣，倒也沒甚麼好奇怪的。」

　　就在這時，房門突然開了，薩德烏斯·舒爾托跑了出來，雙手伸在身前，眼睛裏充滿恐懼。

＊　這裏說的巴勒萊特 (Ballarat) 是澳大利亞的一座城市，在墨爾本的西北邊。十九世紀五、六十年代，那裏曾經興起淘金熱。

「巴索洛繆一定是出事了！」他叫道。「我害怕極了！我的神經可受不了這個。」

他的確嚇得夠戧，這會兒幾乎已經是在痛哭流涕了。他那張慘淡抖顫的臉從碩大的羔皮衣領裏探了出來，臉上是一種哀懇無助的表情，如同一個嚇壞了的孩子。

「咱們進屋去吧，」福爾摩斯乾脆利落地說道。

「對，進去吧！」薩德烏斯‧舒爾托發出了懇求。「我真的拿不出甚麼主意了。」

我們跟着他走進了過道左手邊的管家臥房，老婦人正在房間裏來回踱步。她神色驚恐，不停地扯着自己的手指，不過，莫斯坦小姐的出現似乎讓她得到了些許安慰。

「能看到您這張溫柔平靜的臉，真是謝天謝地！」她一邊叫喊，一邊歇斯底里地抽泣了一聲。「看到您我覺得好受多了。噢，今天我可真是遭夠了罪！」

莫斯坦小姐拍了拍她那隻瘦骨嶙峋、滿是勞作痕跡的手，輕聲說了幾句女人之間的體己話語。聽了她的話，老婦人慘白的雙頰上重新有了血色。

「主人把自己鎖在房裏，叫他他也不應聲，」她解釋道。「我知道他常常喜歡一個人獨處，所以耐心地等着他的消息，等了整整一天。可是，一個鐘頭之前，我擔心他出了甚麼事情，於是就上了樓，從他房間門上的鎖眼往裏面看了看。您一定得上去，薩德烏斯先生，您一定得自己上去看看。我在這裏待了整整十個年頭，見過巴索洛繆‧舒爾托先生高興的臉色，也見過他悲傷的模樣，可我從來都沒看見，他甚麼時候有過現在的這種表情。」

歇洛克·福爾摩斯拎起提燈，第一個往樓上走去，因為薩德烏斯·舒爾托的牙齒已經打起架來。看到他嚇得連膝蓋都在發抖，我只好把手伸到他胳膊下面，攙着他一塊兒上樓。樓梯上沒鋪地毯，鋪的是棕毛墊子。上樓的過程當中，福爾摩斯兩次掏出了自己的放大鏡，仔仔細細地檢查了墊子上的一些痕跡，而在我看來，那些痕跡不過是毫無特徵的普通塵垢而已。他一級一級地慢慢往上走，提燈拿得很低，時不時地向左右兩邊投出銳利的目光。莫斯坦小姐和那位受驚的管家待在一起，沒有跟我們一起上樓。

上了三段樓梯之後，我們走進了一段長長的筆直過道，過道右邊的牆上掛着一張巨大的印度毯畫，左邊則有三道門。福爾摩斯還是按原來那種有條不紊的方式慢慢地往前挪，我們則緊緊跟在他的後面，三個人長長的駿黑影子拖在了身後的過道裏。我們的目標是最裏面的那道門，到了之後，福爾摩斯先是敲了敲門，沒聽見反應便伸手去轉門把手，打算不請自進。不過，門是從裏面反鎖着的，把燈湊到門邊上之後，我們還發現門鎖的鎖簧又粗又結實。還好，鎖門的人已經拔去了鑰匙，鎖眼並沒有被完全擋住。歇洛克·福爾摩斯伏到鎖眼上看了看，立刻就站起身來，倒吸了一口涼氣。

「裏面的情形還真是有點兒邪乎，華生，」他如是說道，神情比我以前見過的任何時候都要驚駭。「你覺得是怎麼回事呢？」

我伏到鎖眼上看了看，嚇得直往後縮。月光照耀，房間裏雖然明亮，卻又籠着一層朦朧搖曳的光暈。一張面孔

懸在空中——的確是懸着，因為面孔下方的部分全都湮沒在了陰影之中——直視着我的眼睛。那張面孔跟我們的同伴薩德烏斯一模一樣，同樣的一顆又尖又亮的腦袋，同樣的一圈兒紅色短髮，同樣的一副慘白面容。不一樣的則是它的五官凝成了一個可怕的笑容，一個固定不變、生硬勉強、齜牙咧嘴的笑容。在那個灑滿月光的寂靜房間裏，這樣的一張笑臉比任何一種怒容或是苦臉都更加讓人汗毛直豎。那張臉跟我們的小個子朋友如此相像，以致我禁不住回頭看了看他，為的是確定他真的還在我們身邊。跟着我就想了起來，之前他跟我們提過，他和他哥哥是一對孿生兄弟。

「真是太可怕了！」我對福爾摩斯說道。「咱們該怎麼辦呢？」

「必須得把門弄開，」他回答道，跟着就衝到門邊，用全身的重量去撞那把鎖。

門嘎吱地響了一聲，但卻沒有讓路。於是我倆合力撞了一次，只聽得「啪」的一聲，鎖簧折斷，房門開啟，我倆一頭栽進了巴索洛繆·舒爾托的房間。

房間裏的陳設跟化學實驗室差不多，對着門的牆邊擺着兩排帶有玻璃塞子的瓶子，桌上亂七八糟地擺着一些本生燈、試管和曲頸甑，角落裏還有幾隻柳條筐，裏面立着一些盛放酸液的大玻璃瓶。其中一個大玻璃瓶不知道是漏了還是破了，一些暗色的液體從裏面滴滴答答地流了出來，空氣中瀰漫着一股極其刺鼻的焦油氣味。房間一側的地板上有一堆板條和灰泥，那堆垃圾的中央豎着一架梯

子，梯子頂端的天花板上有一個可容一人通過的大洞，梯子的腳下則是一根胡亂盤成一堆的長繩。

房子的主人癱坐在桌邊的木製扶手椅裏，腦袋耷拉在左邊的肩膀上，臉上掛着那個恐怖至極的詭異笑容。他的身體僵硬冰冷，顯然是已經死去多時。一眼看去，不光是他的五官扭成了一種最為不可思議的模樣，連他的四肢也是如此。他一隻手放在桌上，手邊有一件特別的裝備，那是一根木紋細密的褐色棒子，末端用粗糙的麻繩胡亂綁着一塊形如釘錘的石頭。木棒近旁有一張從記事本上扯下來的紙片，上面寫着幾個潦潦草草的字。福爾摩斯瞥了一眼那張紙片，跟着就把它遞給了我。

「明白了吧，」說這話的時候，他高高地挑起了眉毛。

借着提燈的光線，我看到紙上寫的是「四簽名」，心裏頓時騰起了一股寒意。

「天哪，這究竟是甚麼意思呢？」我問道。

「意思就是謀殺，」他一邊說，一邊俯下身去查看死者。「哈！果然不出我所料。瞧瞧這個！」

他指着緊靠死者耳朵上緣的地方，那裏的皮膚上扎着一樣東西，看起來像是一根長長的黑色棘刺。

「看着像是一根棘刺，」我說道。

「確實是一根棘刺。你把它拔出來吧，不過得小心點兒，這根刺是浸過毒的。」

我用食指和拇指把刺拔了出來，完全沒費甚麼力氣。死者的皮膚表面幾乎沒有留下任何痕跡，只有一個小小的血點，讓人知道刺是從那個地方扎進去的。

「對我來説，這一切完全是個謎，」我説道。「局面不但沒有明朗，反而還變得更加複雜了。」

「恰恰相反，」他答道，「局面每分每秒都在明朗。只需要把剩下的幾個環節搞清楚，我就可以把整個案情貫串起來了。」

走進房間之後，我們幾乎忘記了後面還有一個同伴。此刻他仍然站在門口，絞着自己的雙手，自顧自地哀鳴不已，活脱脱是「恐懼」這個字眼兒的真實寫照。突然之間，他爆發出一陣忿忿不平的尖叫。

「寶藏不見了！」他説道。「他們搶走了他的寶藏！我們就是從那個洞裏把它搬下來的。我幫他一起搬的！最後一個看到他的人就是我！昨天晚上，我就是在這裏跟他道的別，下樓的時候還聽見了他鎖門的聲音。」

「那是幾點鐘的事情？」

「十點鐘。現在倒好，他死了，馬上就會有人叫警察來，而我馬上就會成為涉嫌作案的疑犯。噢，是啊，我肯定脱不了嫌疑。可是先生們，你們不會這麼想吧？你們肯定不會認為這事情是我幹的吧？如果是我幹的，我還會帶你們到這兒來嗎？噢，天哪！噢，天哪！我早就知道，我遲早是要發瘋的！」

他雙臂亂舞、雙腳亂跺，彷彿是癲癇發作。

「您用不着害怕，舒爾托先生，」福爾摩斯一邊好言相勸，一邊把手搭到了他的肩膀上，「聽我説，您趕緊坐車去警察局報案，並且告訴他們，您會全力配合他們的調查。我們就在這兒等您回來。」

小個子男人木然地聽從了他的勸告，接下來，我們就
聽見了他摸黑下樓的踉蹌腳步。

第六章
福爾摩斯的示範課

「好了，華生，」福爾摩斯摩拳擦掌地説道，「眼下咱們有半個鐘頭的時間，不妨把它利用起來。剛才我説過，案情我已經基本理清了，話又説回來，過份自信的毛病也不能犯。這案子現在是顯得非常簡單，背後卻可能另有內情。」

「簡單！」我忍不住嚷了一聲。

「當然，」他説話的口氣就像是一位正在給學生上課的客座教授。「你就在那個角落裏好好坐着，免得你的腳印把事情搞得更加複雜。好，現在該幹正事了！首先，那些傢伙是怎麼來的，又是怎麼去的呢？房間的門從昨天晚上就沒有開過。窗子的情況怎麼樣呢？」他拎着提燈走到窗邊，一邊查看，一邊大聲念出了自己的觀察結果，只不過更像是念給自己聽，不像是為了照顧我。「窗子內側的插銷是插着的。窗框很結實，邊上也沒有合頁。咱們不妨打開來看看。附近沒有水管，房頂差老遠才能夠着。即便如此，之前還是有個人爬到了窗邊。昨天晚上下了點兒雨，窗台上有個泥巴腳印。這兒還有個圓形的泥印子，地板上也有一個，桌子旁邊又有一個。瞧瞧這東西，華生！這真可以算是一堂絕妙的示範課哩。」

我看了看那個圓形的泥印，泥印的輪廓非常清晰。

「這可不是腳印，」我說道。

「對咱們來說，它比腳印還要寶貴得多，因為它是木頭假腿留下的印跡。你瞧，窗台上有個靴印，靴子又厚又重，靴跟還釘了寬大的鐵掌，靴印的旁邊也有一個木腿印跡。」

「是那個裝了條木腿的人留下的。」

「你說得對。不過，另外還有一個人，一個非常矯健、非常能幹的同伙。你爬得上那堵牆嗎，醫生？」

我從開着的窗子望了出去，月亮依然明晃晃地照着房子的這個角落。眼下我們離地面足足有六十英尺，與此同時，我在那堵牆上看不到任何可以落腳的地方，連條磚縫都看不到。

「絕對爬不上去，」我回答道。

「沒有幫手的話，確實爬不上去。可是，假設你有個朋友在這上面，又把我在角落裏找到的這根方便好使的粗繩子繫到牆上的這個大鈎子上，再把繩子的另一頭拋給你，那麼我想，只要身手還算靈活，你就一定能夠沿着繩子爬上來，即便裝了條木腿也是一樣。當然嘍，離開的時候你也可以採取同樣的方式，而你的同伙會把繩子收上來，把它從鈎子上解下來，關上窗子，插上內側的插銷，然後再從他當初進來的那條路離開。還有啊，有個細節雖然小，咱們也不能視而不見，」他撥弄着繩子，接着說道，「咱們這位木腿朋友爬繩子的技術雖然不錯，畢竟不能跟專業的水手相比。他的雙手可算不上粗糙耐磨，我用放大

鏡在繩子上看到了不止一處血跡，靠近繩子末端的地方更是血跡斑斑。由此我可以推斷，他滑下去的時候速度實在是太快，連手上的皮膚都被揭掉了一層。」

「你這些推斷都很不錯，」我說道，「不足之處就是把事情搞得更加費解。這個神秘的同伙究竟是怎麼回事？他是怎麼進來的呢？」

「沒錯，同伙！」福爾摩斯若有所思地重覆了一遍。「這個同伙身上有一些很有趣的地方。多虧了他，這個案子才脫離了平凡的境地。要我說，這個同伙將會為我國的犯罪史添上嶄新的一頁——當然嘍，類似的案子在印度還是有過的，除此之外，如果我沒記錯的話，塞內岡比亞 * 也有過這種案例。」

「那麼，他到底是怎麼進來的呢？」我咬着這個問題不放。「門是鎖着的，窗子又沒法爬，難道他是從煙囪進來的不成？」

「壁爐裏的空間實在是太小，」他回答道。「那種可能性我已經排除了。」

「那麼，怎麼進來的？」我窮追不捨。

「你就是學不會用我的方法來看問題，」他開始大搖其頭。「排除掉所有不可能的情形之後，剩下的東西就必然是事情的真相，**不管它有多麼匪夷所思**，這樣的道理，我跟你說過多少次了呢？咱們已經知道他的來路不是門，

---

* 塞內岡比亞 (Senegambia) 是英法殖民時代對今天的塞內加爾和岡比亞的合稱。此外，1982 至 1989 年間，塞內加爾和岡比亞曾經組建過一個塞內岡比亞邦聯。

不是窗，也不是煙囪，還知道他不可能預先藏在這個房間裏，因為房間裏沒有可以藏身的地方。那麼，他還能從哪裏進來呢？」

「他是從天花板上的那個洞進來的！」我叫道。

「當然是那裏，他一定是這麼幹的。你願意幫我舉着提燈的話，咱們就可以把調查的範圍擴展到這個房間的上方，去看一看他們發現寶藏的那間密室。」

他爬上樓梯，然後就一手抓住一根椽子，一下子翻進了那個閣樓。這之後，他趴到閣樓的地板上，伸手接過我手裏的提燈，好讓我跟上去。

上來之後，我們發現這間密室大概有十英尺長、六英尺寬。地板的骨架是一根根椽子，椽子之間只有一層薄薄的板條和灰泥，這樣一來，人在地板上走的時候就必須踩着椽子。密室的房頂是傾斜的，顯然是屋頂的内表面。密室裏沒有任何陳設，多年的塵土在地板上積起了厚厚的一層。

「你瞧，就是這個，」歇洛克·福爾摩斯用手撐着傾斜的房頂。「這兒有一道通往屋頂的活門。我這就把它推開，喏，外面就是屋頂，坡度也不算陡。如此説來，咱們的一號先生就是從這裏進來的。接下來，咱們不妨找一找，看看還有沒有別的甚麼能反映他個性的痕跡。」

他把提燈伸到了離地板很近的地方，臉上立刻露出了驚愕的表情，這樣的表情，今晚我已經是第二次看見了。接下來，我順着他凝視的方向看了一看，一下子驚出了一身冷汗。地板上到處都是赤腳踩出的清晰足跡，輪廓分

明、形狀完整，尺寸卻不到常人腳印的一半。

「福爾摩斯，」我輕聲說道。「這件可怕的事情竟然是一個孩子做的。」

轉瞬之間，他已經恢復了鎮定。

「剛才我還真是嚇了一跳，」他說道，「實際上，這東西也挺平常的。我的記性出了毛病，不然的話，我早就該預見到這樣的東西。這裏沒甚麼可看的了，咱們下去吧。」

「那麼，那些腳印你怎麼看呢？」回到下面的房間裏之後，我迫不及待地問道。

「親愛的華生，你自己也試着分析一下吧，」他的語氣有點兒不耐煩。「你了解我的方法，只管去用好了。然後呢，咱倆可以把各自的推論拿出來對比一下，會有啟發的。」

「能解釋所有事實的推論，我一個也想不出來，」我回答道。

「要不了多久你就會明白的，」他隨隨便便地應付了一句。「我覺得這兒不會再有甚麼重要的東西了，可我還是要看一看。」

他拿出了自己的放大鏡和捲尺，跪到地上，飛快地在房間裏爬來爬去，一會兒測量，一會兒對比，一會兒勘查，又長又尖的鼻子貼到了離地板只有幾英寸的地方，珠子一般的眼睛像鳥眼一樣閃着深邃的微光。他就像一隻正在追蹤嗅跡的馴良獵犬，動作如此迅捷、如此輕悄、如此不露痕跡，讓我禁不住暗自慨嘆，要是他不再捍衛法律，轉而

把自己的精力和才智用到法律的對立面，不知道會是一個多麼可怕的罪犯。他一邊在地上尋尋覓覓，一邊不停地喃喃自語，到最後，他終於爆發出一聲喜悅的吶喊。

「咱們的運氣真是不錯，」他説道。「剩下的問題已經微不足道了。一號先生走了霉運，踩到了這些雜酚油*。你瞧，他那隻小腳的邊緣印在了這灘臭烘烘的東西外側。看見了吧，那隻大玻璃瓶上面有裂縫，所以才把這些東西漏了出來。」

「那又怎麼樣呢？」我問道。

「甚麼怎麼樣，就是説咱們已經逮到他了，如此而已，」他説道。「我知道那麼一條狗，它可以追蹤這股氣味，一直追到天涯海角。一群普通的狗都可以循着青魚的腥味兒追到河對岸，如此刺鼻的氣味又能讓一條經過特殊訓練的獵犬追到多遠的地方呢？這個距離應該可以按比例算法來計算吧。算出來的結果一定能讓咱們——嘿！眾望所歸的各位法律化身已經到啦。」

樓下傳來了沉重的腳步聲和喧鬧的人聲，跟着就是大廳的門砰然關上的巨響。

「趁他們還沒上來，」福爾摩斯説道，「你不妨用手摸一摸這個可憐傢伙的胳膊，還有，再摸摸他的腿。你有甚麼感覺呢？」

「他的肌肉硬得跟木板一樣，」我回答道。

---

* 雜酚油 (creosote) 是一類油狀液體的統稱，顏色從無色到暗褐不等。這裏説的應該是由煤焦油製得的那種顏色較深的雜酚油，具有強烈的煙臭味，可用作木材防腐劑和消毒劑。

「的確如此。他的肌肉處於極度緊張的狀態，僵硬程度遠遠超過了一般的屍體，再加上他這副扭曲的面容，也就是『希波克拉底之笑』或者古代作家所說的『嘲諷之笑』*，綜合這兩點情況，你會得出甚麼樣的結論呢？」

「他死於某種毒性很大的植物鹼，」我回答道，「某種與番木鱉鹼相似、可以導致肌肉痙攣的東西。」

「第一眼看到這張肌肉僵直的面孔的時候，我就產生了你剛才說的這種想法。走進房間之後，我即刻着手尋找毒藥進入死者身體的途徑。結果你也看到了，我在死者的頭皮上找到了一根棘刺，不管棘刺是被人釘上去的還是射上去的，總之都沒費甚麼力氣。你注意到棘刺所在的部位了吧，如果死者遇襲之前是端坐在椅子上的話，這個部位就正好對着天花板上的洞口。好了，你把這根棘刺檢查一下吧。」

我小心翼翼地拿起棘刺，把它舉到了提燈的燈光下面。這是一根又長又尖的黑色棘刺，尖端附近有一種熒熒的光澤，似乎是裹着一層乾了的粘性物質。鈍的那一端被人用刀子修過，輪廓非常整齊。

「是英國本地產的棘刺嗎？」他問道。

「不是，絕對不是。」

「有了這麼多的資料，你應該可以得出一些合理的推論了吧。不過，正規部隊已經來了，咱們這些雜牌軍還是趕緊收兵好了。」

---

*　這兩個詞組指的都是因面部肌肉異常抽搐而產生的一種類似嘲諷笑容的表情，番木鱉鹼中毒的人可能會出現此種症狀。希波克拉底 (Hippocrates，前 460 ？ – 前 370 ？) 為古希臘名醫。

他話音未落，外面那些越來越近的腳步已經進入過道，發出了嘈雜的聲音。接下來，一個異常壯健、氣派非凡的男人重重地踏進了房間。他穿着一身灰色的套裝，身材魁梧、軀體豐肥、臉色紅潤，一雙小之又小的閃亮眼睛從腫泡泡的眼袋之中投出了銳利的目光。緊跟在他後面的是一名身穿制服的警官，以及至今仍然抖如篩糠的薩德烏斯·舒爾托。

「有戲唱了！」打頭的人用沙啞低沉的聲音叫道。「有好戲唱了！我說，你們這些人是幹嗎的？怎麼回事，這屋子擠得跟個兔子窩似的！」

「照我看，你應該還記得我吧，埃瑟尼·瓊斯先生，」福爾摩斯平靜地説道。

「哦，當然記得！」他呼哧呼哧地説。「你不是大理論家歇洛克·福爾摩斯先生嘛，我記得你！辦『主教門街珠寶案』的時候，你給我們大家好好地上了一堂關於原因、推論和結果的課，我永遠都忘不了。沒錯，當時的確是你讓我們找到了正確的方向。不過，事到如今，你也該承認了吧，破那件案子靠的主要是好的運氣，並不是好的理論。」

「那件案子只需要一點兒非常簡單的演繹。」

「這不，承認了吧，終於承認了吧！承認也不是甚麼丟臉的事情。我說，這一切到底是怎麼回事？糟糕！真是糟糕！鐵板釘釘的事實擺在這兒——沒給咱們留下甚麼搞理論的空間。我偏偏挑這個時候上諾伍德來辦另一件案

子，運氣可真是好！他來報案的時候，我剛好待在這邊的警局裏。你覺得這人是怎麼死的呢？」

「呃，這樣的案子可用不上我的理論，」福爾摩斯冷冷地説道。

「確實，確實。不過，無可否認，你有些時候還是能講出點兒門道的。天哪！房門是鎖着的，這我已經聽説了。價值五十萬的珠寶不見了。窗子的情況怎麼樣呢？」

「窗子關着，窗台上卻有腳印。」

「很好，很好，既然窗子是關着的，腳印就跟這件案子沒甚麼關係了。這是常識。這人可能是中風死的，不過呢，珠寶又確實是不見了。哈！我想出來了。我經常都有這種靈光閃現的時候。——你先出去，警長，還有你，舒爾托先生。你的朋友可以留下。——這事情你怎麼看，福爾摩斯？舒爾托自己承認，昨晚他和他哥哥在一起。肯定是舒爾托的哥哥中風死了，然後呢，舒爾托趁機拿走了寶藏！你覺得怎麼樣？」

「然後呢，死者非常識趣地站了起來，從裏面鎖好了房門。」

「哼！這裏面確實有個破綻。我們還是用常識來解決這個問題好了。當時，這個薩德烏斯·舒爾托**確實**跟他哥哥在一起，兩個人**確實**吵了一架，這些我們都知道。當哥哥的死了，珠寶也不見了，這些我們也知道。自從薩德烏斯離開之後，再也沒有人見過他哥哥，他哥哥的那張床也沒有人睡過。還有，薩德烏斯的內心顯然是極度不安，而他的外表嘛——呃，也算不上特別地討人喜歡。你看出來

了吧，我已經圍着薩德烏斯織起了一張網，馬上就可以收網了。」

「還有很多事實你不知道呢，」福爾摩斯說道。「這兒有一根棘刺，我有充分的理由相信它是浸過毒的。它本來在死者的頭皮上，你現在都還可以看見它留下的印記。還有這張紙，當時是在桌子上的，你可以看到上面有字。除此之外，紙片旁邊還有這麼一件頂端綁着石頭的古怪裝備。這些東西跟你的假設對得上嗎？」

「它們跟我的假設完全吻合，」肥胖的探員趾高氣揚地說道。「這屋子裏到處都是印度來的新奇玩意兒。這根棒子肯定是薩德烏斯拿上來的，還有，如果這根棘刺真的有毒的話，薩德烏斯用它來殺人的嫌疑也不會比其他任何人小。這張紙多半是他用來騙人的玩意兒，僅僅是一種障眼法。現在只剩下一個問題，他到底是怎麼離開的呢？噢，當然，天花板上不是有個洞嘛。」

他三蹦兩跳地爬上梯子，硬生生地擠進了那個閣樓。考慮到他肥碩的體形，這番身手堪稱十分矯健。緊接着，我們就聽見他喜氣洋洋地宣稱，他已經找到了那道活門。

「他的確能找到一些東西，」福爾摩斯聳了聳肩，「偶爾也會冒出一點理智的火花。『傻瓜不可怕，半吊子才麻煩！』*」

「明白了吧！」埃瑟尼·瓊斯又一次出現在了樓梯下面，「說來說去，事實終究勝於理論。我對這件案子的推

---

* 這句話引自法國作家拉羅什福科 (François de La Rochefoucauld, 1613–1680) 的《道德箴言錄》(*Maxims*)。

測已經得到了確證。上面有一道通往屋頂的活門，而且是半開着的。」

「是我打開的。」

「哦，真的啊！這麼説，之前你也注意到嘍？」這個發現似乎讓他有一點點掃興。「呃，不管是誰注意到了這樣東西，總之它説明了我們這位先生逃走的方法。警官！」

「有何吩咐，長官，」警長在過道裏應了一聲。

「叫舒爾托先生進來。——舒爾托先生，我有責任通知你，你所説的一切都可能會被用於對你的指控。我現在以女王陛下的名義逮捕你，罪名是涉嫌謀殺你的兄長。」

「瞧瞧，瞧瞧！我跟你們説過吧！」可憐的小個子大叫起來，伸出雙手，來來回回地看着我和福爾摩斯。

「您不用為這件事情着急，舒爾托先生，」福爾摩斯説道，「照我看，我肯定可以幫您洗脱罪名。」

「話不能説得太滿，理論家先生，不能説得太滿！」探員厲聲説道。「你沒準兒會發現，這事情沒你想的那麼容易。」

「我不光要洗脱他的罪名，瓊斯先生，還要白送你一件禮物，把其中一個嫌犯的名字和特徵告訴你。昨天夜裏有兩個人來過這裏，我要説的就是其中之一。我有充分的理由相信，這個人的名字叫做喬納森·斯莫。此人沒受過多少教育，小個子，身手靈活，右腿沒了，取而代之的是一條木腿，木腿的內側磨得有點禿了。他左腳穿着一隻鞋底粗糙的方頭靴子，鞋跟上釘了一隻鐵掌。還有啊，

他是個中年人，皮膚曬得很黑，而且有前科。但願這些有限的提示能對你有所幫助，除此之外，你還可以參考這樣一個事實，那就是此人的手掌上少了一大塊皮膚。另一個人——」

「哈！另一個人？」埃瑟尼·瓊斯用輕蔑的聲音問道。不過，一望而知，福爾摩斯那種嚴謹精確的口吻還是讓他受了不小的震撼。

「——是個相當古怪的傢伙，」歇洛克·福爾摩斯一邊說，一邊轉過身來。「我希望，不久之後就可以把他們兩位介紹給你。借一步說話，華生。」

他領着我走出房門，走到了樓梯口。

「這事情來得實在突然，」他說道，「咱們差點兒就把此行的本來目的給忘了。」

「剛才我正在想這個問題呢，」我回答道，「莫斯坦小姐還在這座遭了殃的房子裏面待着，這可不太合適。」

「確實不合適。你送她回家去吧。她住在南坎伯維爾路的瑟希爾·福瑞斯特太太家裏，離這裏不算太遠。那之後，如果你還願意坐車過來的話，我就在這裏等你。不過，你會不會累得不想動了呢？」

「絕對不會。關於這件離奇的事情，我還想有進一步的了解，要不然的話，我想休息也休息不了啊。我也算見識過生活的殘酷，可你一定得相信，今晚這些接二連三的離奇意外已經徹底摧垮了我的神經。話又說回來，既然已經待到了現在，那我還是想跟你一起，把整件事情弄清楚。」

「你在場的話，對我會有很大的幫助，」他回答道。「咱們可以自個兒把案子弄個水落石出，瓊斯這個傢伙願意為他的那些空中樓閣自我陶醉，咱們就由他去。送完莫斯坦小姐之後，我希望你接着到蘭貝思區的河邊去找品欽巷3號。右手邊的第三座房子是一家製作鳥類標本的店鋪，店名叫做『謝爾曼』。去了你就看見了，店鋪的窗子上畫的是一隻鼬鼠抓着一隻小兔子的圖案。你把謝爾曼老先生叫起來，替我向他問個好，並且告訴他，我馬上要用『托比』。然後呢，你就把『托比』帶上馬車，一塊兒過來。」

「你說的是隻狗吧。」

「沒錯，它是隻不一般的雜種狗，特別擅長追蹤氣味。要我說，全倫敦所有警探加在一起都不如它管用。」

「我會把它帶來的，」我說道。「現在已經一點了。要是拉車的馬兒腳力還好的話，我三點之前就可以趕回來。」

「我會去找伯恩斯通太太，」福爾摩斯說道，「看看她知道些甚麼事情，還會去找那個印度僕人，薩德烏斯先生說他就睡在隔壁的閣樓裏。再往後，我會去找那位了不起的瓊斯取取經，洗耳恭聽他那些算不上非常含蓄的諷刺。

「『盡人皆知，人類總是鄙視，自己無法理解的東西。』」

「歌德的話總是這麼言簡意賅 *。」

---

* 前面那句原文為德語的引文出自德國作家歌德 (Johann Wolfgang Goethe, 1749–1832) 的《浮士德》(*Faust*)。

第七章
木桶插曲

　　警察帶了一輛馬車過來，於是我就用它把莫斯坦小姐送回了家。在此之前，她展露了女人固有的天使稟性，危難之中也始終保持着平靜的面容，只因為她身邊還有比她更需要支持的弱者。我下樓去找她的時候，發現她坐在那位驚恐的管家旁邊，神色明朗又安寧。可是，上了馬車之後，她先是暈了過去，醒來就淚下如雨——這一次的夜間冒險實在讓她經受了太多的考驗。後來她曾經告訴我，那一段旅程之中，她覺得我的表現既冷漠又疏遠。當時她根本想不到我內心的掙扎，也想不到我付出了怎樣的努力才克制住了安慰她的念頭。我全部的憐惜和愛意都指着她的方向，好比之前在院子裏的時候，我的手也是不由自主地伸向了她。我覺得，按部就班的生活即便過上許多年，也比不上這離奇跌宕的一天，不能像這天一樣，讓我如此深刻地認識她溫柔勇敢的天性。可是，我心裏還有另外兩方面的考慮，迫使我將那些憐愛的話語硬生生地留在了嘴邊。當時她又軟弱又無助，心智和精神都處於搖搖欲墜的狀態，要是在這樣的時候把我的愛強加給她，無疑是乘人之危。更糟糕的是，她是個非常富有的人。要是福爾摩斯的調查圓滿成功的話，她就可以承繼大筆遺產。我不過是

個支領半薪*的醫生，絕不能厚顏利用這種偶然降臨的親密機會，否則的話，還談甚麼公平、談甚麼人品呢？她又會不會把我看成一個卑鄙下流的攀附者呢？無論如何也不能讓她產生那樣一種印象，因為我承擔不起那樣的局面。就這樣，阿格拉寶藏橫亙在我倆之間，變成了一道無法跨越的障礙。

將近兩點的時候，我們才趕到瑟希爾·福瑞斯特太太的家門口。傭人們幾個鐘頭之前就睡了，福瑞斯特太太卻被莫斯坦小姐收到的那封怪異信函弄得憂心如焚，因此還坐在房裏，盼望着她的歸來。這位風度優雅的中年女士親自來給我倆開門，看到她無比溫柔地摟住了莫斯坦小姐的腰，噓寒問暖的聲音又像母親一般慈愛，我心裏覺得十分欣慰。很顯然，在這個家庭當中，莫斯坦小姐並不是一名寄人籬下的僕從，而是一位受人尊敬的朋友。聽過莫斯坦小姐的介紹之後，福瑞斯特太太誠摯地邀請我進去坐坐、給她講講我們的冒險經歷。不過，我向她講明自己重任在身，並且真心實意地保證，一俟案情有所進展，我一定登門報信。坐車離開的時候，我偷偷地回頭瞥了一眼，依稀看到那個小小的人群還站在門口的台階上，看到兩個彼此偎依的曼妙身影、半開的門、隔着彩色玻璃透出來的門廳燈光、掛在牆上的晴雨表，還有閃閃發亮的壓毯條†。置身

---

* 「半薪」的意思就是軍人因傷病等原因不再出勤，只領取一半的薪水。

† 壓毯條 (stair rod) 是一種杆狀家居用品，與樓梯梯級等長，可以水平固定在兩級樓梯的接縫處，作用是防止樓梯地毯滑落。

於這樣一個瘋狂詭異的事件當中，能看到這麼一個寧靜安詳的英國家庭，即便只是匆匆一瞥，也足以讓人心生慰藉。

越是去琢磨之前的事情，我越是覺得它瘋狂詭異。馬車轔轔地穿過一條條煤氣燈照耀的寂靜街道，而我利用途中的時間，把這一系列離奇古怪的事件從頭到尾捋了一遍。我首先想到了最初的那個問題：好說歹說，那個問題已經是相當清楚。莫斯坦上尉的死、郵寄的珍珠、徵詢地址的啟事，以及那封要求見面的信函，凡此種種都有了圓滿的解釋。可是，得到解釋的那些東西只是把我們引向了另外一個謎團，這個謎團比原來那個還要難解，而且比原來那個悲慘得多。來自印度的寶藏、莫斯坦上尉行李之中的神秘地圖、舒爾托少校死亡之時的詭異情形、寶藏的重新發現、發現者隨即遭遇的謀殺、謀殺現場的種種古怪細節、足跡、奇特的武器、紙片上那些與莫斯坦上尉的地圖相同的文字，所有這些東西構成了一座如假包換的迷宮。身處這樣的一座迷宮，除非是擁有我室友那樣的非凡稟賦，否則就只能望洋興嘆、徹底打消找到出路的念頭。

品欽巷坐落在蘭貝思區的寒酸地段，由一排破舊的兩層磚房組成。我敲了一陣3號的門，裏面卻沒有任何反應。不過，二樓的百葉簾後面終於還是閃出了燭火的光亮，一張臉從裏面探了出來。

「滾開，你這個酒瘋子，」那張臉說道。「你要敢再在這裏鬧事，我就把狗房打開，放四十三隻狗出來咬你。」

「放一隻出來就行了，我來就是為了這個，」我說道。

「滾！」那個聲音咆哮起來。「老天幫忙，我這個袋

子裏正好有一塊抹布，你再不滾的話，我就把它扔到你腦袋上！」

「可我想要的是一隻狗，」我叫道。

「我沒工夫跟你廢話！」謝爾曼先生吼道。「你趕緊給我走開，我數到『三』，抹布就要下來了。」

「歇洛克·福爾摩斯先生——」我剛剛開始解釋，卻發現已經用不着了。這個詞的力量真是無比神奇，因為窗子立刻重重地落進了窗框，不到一分鐘，閂着的房門就開了。謝爾曼先生是個身材瘦高、動作笨拙的老人，背有點兒駝，脖子上青筋暴露，戴着一副鏡片發藍的眼鏡。

「歇洛克先生的朋友我都歡迎，」他說道。「請進，先生。離那隻獾遠點兒，它會咬人的。噢，淘氣鬼，淘氣鬼，你想嘗嘗這位先生的味道嗎？」後面這句是衝一隻白鼬說的，它正在籠子裏面探頭探腦，紅色的眼睛裏閃着兇光。「別怕，先生，那只是一條蛇蜥。它沒有毒牙，所以我才由它在房間裏亂跑，為的是鎮住那些甲蟲。剛開始我有點兒暴躁，您一定得多多包涵，我這是讓那些孩子給惹煩了，他們總喜歡跑到巷子裏來敲我的門，吵得我沒法睡覺。歇洛克·福爾摩斯先生想要甚麼呢，先生？」

「他想要您的一隻狗。」

「噢！他要的一定是『托比』。」

「沒錯，就是『托比』。」

「『托比』住的是左邊的 7 號房。」

他端着蠟燭緩緩前行，走在他親手組建的這個古怪的動物家庭之中。借着搖曳朦朧的燭光，我依稀看到，房間

裏每個角落都有熒光閃爍的眼睛在窺視我們，就連我們頭頂的橡子上也站滿了神色凝然的鳥兒。到這會兒，那些鳥兒懶洋洋地換了換爪子，因為我們的聲音攪了它們的清夢。

看到托比之後，我發現它是一隻棕白相間、形象醜陋、長毛垂耳的狗，一半像斯班尼犬，一半像勒奇爾犬*，步態十分地笨拙蹣跚。愛好自然的老先生塞給我一塊糖，讓我餵給它吃。片刻猶豫之後，托比接受了我的饋贈，由是締結了一份友誼，跟着我上了馬車，老老實實地陪了我一路。我回到龐第切瑞別墅的時候，宮裏的鐘† 剛剛打了三點。到了我才發現，前職業拳手麥克默多已經被當作從犯逮了起來，警方已經把他和舒爾托先生一起押往警局。兩名警員把守着那道狹窄的大門，還好，等我報上那位偵探的名字之後，他們就讓我帶着狗兒進去了。

福爾摩斯站在屋子門口的台階上，雙手插在兜裏，嘴裏叼着煙斗。

「噢，你把它帶來了！」他說道。「好狗兒，好樣的！埃瑟尼·瓊斯已經走了。你走了之後，我們看到了一場熱火朝天的精彩表演。他不光逮捕了我們的朋友薩德烏斯，連門房、管家和那個印度僕人也沒放過。除了樓上的那個警長之外，這座房子裏就剩咱們兩個了。把狗留在這兒，咱們上去吧。」

---

* 斯班尼犬 (spaniel) 是一類中小型的短腿垂耳狗；勒奇爾犬 (lurcher) 是一類雜種獵狗，外形因雜交所用的種類而不同，通常比較大。

† 這裏的「宮」(Palace) 不詳所指，當時諾伍德高地左近雖有水晶宮 (Crystal Palace)，但水晶宮並不打鐘。

我們把托比拴在大廳的桌子旁邊，又一次上了樓。出事那個房間的情況跟我們離開的時候一模一樣，唯一的變化就是主角的身上蓋了塊布。那名警長斜倚在角落裏，神色疲憊不堪。

「警長，把你的牛眼燈*借我用一下，」我同伴說道。「麻煩你把這點兒紙板†繞到我脖子上，把燈吊在我的胸前。謝謝你。好了，我得把靴子和長襪脫掉。等下你幫我把鞋襪帶到樓下去吧，華生。我打算稍微試一試攀爬的本事。還有，拿我的手帕去蘸點兒雜酚油。行了。好了，你先跟我一起上閣樓裏去待會兒吧。」

我倆從天花板上的洞口爬了上去，福爾摩斯又一次用燈照了照塵土之中的那些腳印。

「你好好看看這些腳印，」他說道。「有沒有發現甚麼值得注意的特點呢？」

「這些腳印的主人，」我說道，「應該是個小孩，要不就是個矮小的女人。」

「呃，尺碼方面的特點不算。別的就沒有了嗎？」

「照我看，它們跟別的腳印沒甚麼區別。」

「絕對有區別。瞧！這兒的塵土裏有一個右腳的腳印，現在呢，我自個兒也是光着腳的，這就在它的旁邊印上一個腳印。兩個腳印之間的主要區別是甚麼？」

---

* 牛眼燈是提燈的一種，前面裝有一塊可以聚光的「牛眼透鏡」（一面平一面凸的透鏡），故名。

† 「紙板」原文如此，據上下文當為「繩子」。這裏的英文是「card」（紙板），諒為「cord」（繩子）之誤。

「你那個腳印的趾頭擠作一團，這個腳印每根趾頭都分得清清楚楚。」

「你說得對，區別就在這裏。記着這一點吧。好了，麻煩你走到活門旁邊，聞一聞木頭框子的邊緣，行嗎？我就不過去了，因為我拿着手帕呢。」

我依言走到活門旁邊，立刻聞到了一股強烈的焦油氣味。

「那傢伙出去的時候，腳踩到了那個地方。既然**你**都能追蹤他留下的那股氣味，要我說，托比更不會有甚麼問題。好了，你趕緊到樓下去，帶上狗兒來看布龍丁*的表演吧。」

等我走到院子裏的時候，歇洛克·福爾摩斯已經上了房頂。只見他正在沿着屋脊往前爬，活像一隻巨大的螢火蟲，速度非常緩慢。過了一會兒，他消失在了一叢煙囪後面，不久便再次現身，跟着又消失在了屋脊的背面。我趕緊繞到屋子背面，發現他坐在屋簷的一個角上。

「是你嗎，華生？」他叫道。

「是我。」

「這就是他上房的地方。下面那個黑乎乎的東西是甚麼？」

「水桶。」

「有蓋子嗎？」

「有的。」

---

*　布龍丁 (Charles Blondin, 1824–1897) 為法國著名雜技演員，尤擅走鋼絲。福爾摩斯自比布龍丁，是在和華生開玩笑。

「旁邊有梯子嗎？」

「沒有。」

「這傢伙真不要命！這麼危險的地方也敢爬。不過，既然他有本事從這兒爬上來，我就應該有本事爬下去。這根水管摸着還是挺牢靠的。管他呢，我來了。」

接下來是一陣窸窸窣窣的攀爬聲音，他胸前的提燈開始順着牆面穩穩當當地往下降。過了一會兒，他輕輕一躍，落到了木桶上，跟着就從木桶上跳了下來。

「他的行動路線很好辨認，」他一邊穿靴子和長襪，一邊說道。「他不光是把一路之上的瓦都給踩鬆了，還在匆忙之中落下了這麼一樣東西。用你們醫生的行話來說，這東西證實了我的診斷。」

他舉到我眼前的是一隻小小的口袋，袋子是用染過色的草編的，上面還點綴着幾顆花裏胡哨的珠子。袋子的形狀和尺寸都與煙匣子相仿，裏面裝着六根黑色的木刺，木刺一頭尖、一頭圓，跟扎在巴索洛繆·舒爾托腦袋上的那一根一模一樣。

「這些東西兇險極了，」他說道。「你小心點兒，別把自己給扎了。我覺得非常高興，因為這多半是他的全部家當。拿到這些東西之後，咱倆就可以踏實一點兒，不用擔心這種玩意兒會在不遠的將來扎到你我身上。我寧願吃上一顆馬提尼* 槍子兒，也不樂意沾上這種玩意兒。你還有力氣跑六英里的路嗎，華生？」

---

* 馬提尼 (Martini) 即馬提尼 – 亨利步槍，是當時英國陸軍所用的一種步槍，因兩位設計者而得名。

「沒問題，」我回答道。

「你的腿受得了嗎？」

「可以，受得了。」

「給你這個，小狗！好托比！聞聞這個，托比，聞聞這個！」他把蘸了雜酚油的手帕伸到狗兒的鼻子下面，狗兒站在那裏，叉開毛茸茸的腿，十分滑稽地側着腦袋，架勢就像一位正在鑑賞名釀的品酒行家。接下來，福爾摩斯遠遠地扔開手帕，把一根結實的繩子繫到狗兒的項圈上，牽着它走到了那隻水桶跟前。狗兒立刻發出一連串高亢抖顫的吠叫，跟着就鼻子貼地、尾巴高舉，順着嗅跡啪嗒啪嗒地奔跑起來。繩子被它拽得緊緊的，我倆不得不用最快的速度跟着它跑了起來。

東方漸白，借着陰冷灰暗的晨光，我們可以看到不遠處的景物。我們的身後矗立着那座方方正正的巨大房屋，黑暗的窗戶空空如也，高聳的牆面赤裸光禿，整座房子都顯得悲哀絕望、慘淡凄涼。我們跟着狗兒穿過庭院，在遍佈地面的溝槽和土坑之中穿進穿出。眼前到處都是土堆和病快快的灌木，一片災難深重的不祥景象，倒是跟籠罩此地的恐怖慘劇相得益彰。

跑到圍牆邊上之後，托比一邊狺狺嗥叫，一邊貼着牆根繼續奔跑，最後就停在了一株小櫸樹背後的一個角落裏。那裏是兩堵牆交會的地方，牆上有幾塊磚已經鬆脫，留下的灰泥牆縫磨損得很厲害，下緣也很光滑，似乎是經常被人用作梯級。福爾摩斯率先爬上牆頂，從我手裏接過狗兒，又把狗兒放到了牆外。

　　　　　　亞瑟·柯南·道爾｜福爾摩斯全集 I

「這兒有那個木腿傢伙留下的手印，」等我爬到他身邊的時候，他説道。「你瞧，白色的灰泥上有一塊小小的血跡。昨天以來沒下過特別大的雨，咱們的運氣真是不錯！儘管他們已經離開了二十八個小時，大路上仍然會有他們的氣味。」

説實話，當時我想到之前這段時間裏倫敦大路上的繁忙交通，心裏面多少有點兒打鼓。不過，我很快就打消了這樣的疑慮。托比沒有表現出任何的遲疑和猶豫，一直在按它那種搖搖晃晃的步態啪嗒啪嗒地往前跑。顯而易見，雜酚油的刺鼻味道遠遠地壓過了其他那些可能造成混淆的氣味。

「你可不要以為，」福爾摩斯説道，「我破這個案子只能依靠運氣，只能指望那些傢伙當中有一個踩到了這種化學品。到了現在，我已經掌握了許多資料，足以讓我通過許多不同的途徑去追蹤他們。話又説回來，最簡便的還是眼下的這個辦法。再者説，既然幸運之神把這樣的機會放在了咱們手裏，不利用也是不應該的。可是，這件案子本來很有希望成為一個相當考驗智力的難題，這條線索卻降低了它的難度。要是沒有這條過於明顯的線索的話，這件案子真可以算是一個拿分的好機會哩。」

「你拿的分已經夠多了，多得可以浪費了，」我説道。「説實在的，福爾摩斯，你用在這件案子當中的演繹方法真讓我嘆為觀止，比你在傑弗遜·霍普那件案子裏的表現還要讓我佩服。在我看來，你這次的演繹過程比那次還要複雜、還要費解。比方説，你為甚麼能如此肯定地描述那

個木腿人的特徵呢？」

「咳，我親愛的伙計！這事情再簡單不過啊。我並不是在這裏裝模作樣，所有情況的確是明明白白地擺在了桌面上。兩位看管犯人的軍官獲悉了一個關於寶藏的重大秘密，一個名叫喬納森·斯莫的英格蘭人為他倆畫了張地圖。你應該記得吧，咱們在莫斯坦上尉的那張地圖上看到過這個名字。他代表自己和同伙簽上了那些名字，還發明了一種多少有點兒賣弄的說法，叫甚麼『四簽名』。憑借地圖的幫助，兩位軍官——或者是其中的一位——找到了寶藏，把寶藏帶回了英格蘭，並且，咱們不妨假設，沒有履行自己用來換取寶藏的某些承諾。那麼，喬納森·斯莫幹嗎不自個兒去找寶藏呢？答案也顯而易見。地圖問世的那個時候，莫斯坦剛好是在一個成天跟犯人打交道的崗位上。喬納森·斯莫之所以沒有自個兒去找寶藏，是因為他和他那些同伙都在服刑，根本脫不了身。」

「這只是你的一種推測而已，」我說道。

「這可不只是一種推測，更是唯一的一個能夠涵蓋所有事實的假設。咱們不妨來看一看，它跟後來的事情是多麼地吻合。舒爾托少校過了幾年太平日子，高高興興地守着他的寶藏。後來呢，他收到了一封印度來信，立刻嚇得魂不附體。那是一封怎樣的信呢？」

「一封通報情況的信，說的是被他虧負的那些人已經獲得了釋放。」

「應該說是已經逃跑成功。這種情形的可能性更大，因為他肯定知道那些人的刑期，如果是刑滿釋放的話，他

　　　　亞瑟·柯南·道爾｜福爾摩斯全集 I

是不會覺得意外的。接下來他又是怎麼做的呢？他小心地提防着一個裝了木腿的人——注意，他提防的對象是個白人，因為他曾經把一個白人商販當成了那個人，而且實實在在地衝對方開了槍。好了，那張地圖上只有一個白種人的名字，其他的都是印度教徒或者回教徒的名字。所以說，那幫人裏面只有一個白人。這樣一來，我們就可以十拿九穩地斷定，裝了木腿的人就是喬納森·斯莫*。你說說，這段演繹有破綻嗎？」

「沒有。我只能説它非常清晰、非常簡潔。」

「那好，咱們不妨把自己擺到喬納森·斯莫的位置，從他的角度想想這件事情。他來到英格蘭，心裏懷着兩個目的，一個是拿回他認為自己應得的東西，另一個則是報復那個虧負自己的人。他找到了舒爾托的住處，很可能還跟房子裏面的某個人搭上了線。舒爾托家裏有個名叫拉爾·勞的男僕，咱們雖然沒有見到，伯恩斯通太太對他的評價可跟『好』這個字沾不上邊兒。可是，斯莫始終弄不清楚藏寶的地點，因為知道地方的只有少校本人和他那個已經死去的忠實僕人。後來，斯莫突然獲悉少校已經奄奄一息，擔心寶藏的秘密會跟少校一同入土，情急之下就不顧少校家裏的森嚴戒備，設法爬到了少校的窗前，只是因為少校的兩個兒子在場才沒敢闖進去。不過，出於對死者的刻骨仇恨，當天夜裏他就摸進了死者的房間，想從他的私人文件當中找到與寶藏有關的記錄，最後還為自己的造訪留了個紀念，那就是寫在紙上的那行簡短字跡。毫無

---

*　「Jonathan Small」（喬納森·斯莫）是典型的白種人名字。

疑問，他之前就有過類似的計劃，要是能親手殺死少校的話，他就要把同樣的字跡留在少校的屍體上，讓人知道這不是一樁普通的謀殺，而是——從他們四個的角度來看——一件討還公道的義舉。這一類異想天開的狂妄做法在犯罪史上屢見不鮮，往往都會成為追查罪犯的寶貴線索。這些你都聽明白了嗎？」

「完全明白。」

「接下來，喬納森·斯莫又該怎麼辦呢？他只能繼續暗中監視屋主的尋寶行動。很有可能，當時他離開了英格蘭，只是隔三岔五地回來看看。再往後，屋主在閣樓裏找到了寶藏，而他立刻就得到了通知。這個事實再一次提醒我們，這家人當中有他的奸細。喬納森裝了木腿，根本不可能爬進巴索洛繆·舒爾托那個遠離地面的房間。然而，他身邊有個相當古怪的同伙。那個同伙幫他排除了這些困難，但卻讓自己的赤腳沾上了雜酚油，所以才有了托比的出場，所以才讓一位半薪軍醫拖着他受傷的『阿喀琉斯之腱』* 跑了六英里的路。」

「如此說來，殺人的是那個同伙，並不是喬納森。」

「確實如此。還有啊，這件事讓喬納森非常反感，看他進屋之後踩腳的方式就知道了。他並不仇恨巴索洛繆·舒爾托，多半是把對方綁起來再塞上嘴就可以算數，因為

---

* 阿喀琉斯 (Achillis) 是古希臘神話當中的英雄，腳踵是他身上唯一的弱點，他的死即是因為被太陽神阿波羅射中腳踵。「阿喀琉斯之踵」是西方習語，指人的致命弱點。這裏的「阿喀琉斯之腱」 (tendo Achillis) 雖然是跟腱的別稱，但應該是比照「阿喀琉斯之踵」的戲謔說法，並不是實指。

他不想把自己的腦袋往絞索裏伸。可是，他沒法阻止這件事情，因為他那個同伙蠻性大發，已經用毒刺致人死命。於是乎，喬納森·斯莫留下字條，把寶物箱子放到地面，自己也跟了下去。這就是我整理出來的事件鏈條。至於他的外表嘛，當然嘍，他在安達曼那個烤爐裏服過刑，因此就只能是個中年人、只能是曬得黢黑的模樣。他的身高很容易就可以通過步幅推算出來，而我們還知道他長着絡腮鬍子。薩德烏斯·舒爾托曾經看見他出現在自家的窗前，印象最深的一點就是他毛髮很多。據我看，現有的情況大致就是這些了。」

「那個同伙呢？」

「哦，這個啊，這也不是甚麼特別神秘的事情。不過，你很快就可以知道所有的一切，等不了多久的。清晨的空氣真是甜美！瞧那朵小小的雲，飄動的樣子真像是某隻巨大的火烈鳥身上的一片粉色羽毛。紅色的日輪已經衝破了倫敦的雲霧堤岸，光華普照芸芸眾生，可我敢打賭，再沒有誰的差使能比你我更加怪異。面對大自然的偉力，我們這些微不足道的抱負與追求顯得何等渺小！那本讓·保羅的著作，你應該讀得差不多了吧？」

「差不多了。我先讀了點兒卡萊爾的東西，然後才回過頭去讀他的作品*。」

---

* 　讓·保羅 (Jean Paul Friedrich Richter, 1763–1825) 為德國浪漫派作家，即後文中的里希特，對自然的熱愛以及宗教情感在他的作品中多有體現；卡萊爾即蘇格蘭作家托馬斯·卡萊爾，寫過一些評論讓·保羅的文章，參見《暗紅習作》注釋。值得注意的是，按照作者在《暗紅習作》當中的敍述，福爾摩斯連卡萊爾是誰都不知道。同樣有趣的是，本書中福爾摩斯曾多次引用歌德等人的話，

「這樣也好，道理就像從溪流回溯源頭的湖泊一樣。他有一個古怪卻又深刻的觀點，認為人類之所以稱得上偉大，首要的證據就是人類能夠認識自身的渺小。你看，按照他這個觀點，對比和鑑別的能力本身就是高貴的證明。里希特的作品當中的確有不少滋養頭腦的食糧。你沒帶槍，對吧？」

「我帶着手杖呢。」

「咱們要是找到了他們的老巢，搞不好就得動用這一類的家什。喬納森可以由你來對付，另外那個要是不老實的話，那我只好用槍打死他。」説話間，他把左輪手槍從外套的右邊口袋裏掏了出來，裝上兩顆子彈，又把槍放了回去。

這之前，我們一直跟着托比在那些通往市區的郊區道路上穿行，路兩邊都是別墅。眼下呢，我們已經走進了綿延不斷的市區街道，街上有許多早早起床的碼頭工人和其他勞工，還有一些邋邋遢遢的婦人，正在取下窗子的擋板、清掃門前的台階。街角那些方形屋頂的酒吧剛剛開始一天的生意，一個個長相粗野的男人從裏面走了出來，用袖子擦拭着沾在鬍鬚上的殘酒。不相識的狗兒晃晃悠悠地走上前來，好奇地盯着過路的我們，不過，我們這隻無可比擬的托比從不左顧右盼，只管小跑着奔向前方，鼻子貼着地面，偶爾才會哼哼一聲，表示它碰上了一個嗅跡特別明顯的地點。

表明《暗紅習作》當中華生那句「文學和哲學知識為零」的評價有欠公允。

我們已經把斯垂特厄姆街區、布萊克斯頓街區和坎伯維爾街區拋在身後，又穿過了肯寧頓橢圓體育場東邊的那些小街，眼下則走到了肯寧頓巷。看樣子，我們追蹤的那兩個人刻意選擇了一條不合常理的之字形路線，多半是為了避人耳目。只要有方向相同的小街可走，他們絕不留在主路上。所以呢，剛走到繁華的肯寧頓巷跟前，他們就轉進了左手邊的邦德街和邁爾斯街。我們從邁爾斯街追蹤到騎士廣場之後，托比停住了前行的腳步，開始來回逡巡，一隻耳朵支了起來，另一隻耳朵繼續趴着，狗兒拿不定主意的時候就是這副樣子。接下來，它啪嗒啪嗒地轉起圈來，其間還時不時地抬起頭看看我倆，似乎是在為自己的難堪處境索取同情。

　　「這隻狗究竟是怎麼啦？」福爾摩斯抱怨道。「他們總不會是上了馬車，或者是坐氣球上天了吧。」

　　「他們興許是在這兒站了一會兒吧，」我如是猜測。

　　「哈！好了，它又走起來了，」我同伴無比欣慰地說道。

　　這回它可真的是走起來了，因為它四下聞了一陣，然後就突然拿定主意，帶着前所未有的勁頭和決心衝向了前方。看樣子，此時的嗅跡比以前任何時候都要明顯，因為它壓根兒就不去聞地面，只是一個勁兒地拽繩子，想要狂奔起來。福爾摩斯的眼睛閃閃發亮，顯然是覺得這一次的旅程已經接近尾聲。

　　我們沿着九榆巷一直往前走，最終走到了布洛德瑞克和納爾遜家的那座大木場，就在「白鷹」酒館前邊一點

點的地方。到了這裏之後，興奮得快要發狂的狗兒從側門鑽進了木場的圍欄，圍欄裏面的鋸木工人已經忙活起來。狗兒繼續狂奔，踩過地上的鋸末和刨花，穿過一條巷道，轉進兩堆木材之間的一條過道，最後就發出一聲勝利的嗥叫，跳上了一隻還沒從送貨手推車上卸下來的大桶。它站在大桶上面，吐着舌頭，眨巴着眼睛，一會兒看看我，一會兒又看看福爾摩斯，期待着我倆的讚許表示。大桶的側板和手推車的輪子上都沾着一種暗色的液體，空氣中充滿了雜酚油的氣味。

歇洛克·福爾摩斯和我面面相覷，不約而同地發出了一陣無法遏止的狂笑。

第八章
貝克街特遣隊

「現在怎麼辦呢？」我問道。「托比那種百發百中的稟賦已經沒了啊。」

「它有它自己的工作方法，」福爾摩斯一邊說，一邊把狗兒從大桶上抱了下來，牽着它走出了木場。「想想一天當中有多少雜酚油在倫敦城裏流轉，你就很容易理解，咱們追蹤的這條嗅跡很容易發生偏差。這東西現在用得很普遍，主要是用來處理木材。這可不能怪可憐的托比。」

「照我看，咱們只能回頭去找原先的嗅跡了吧。」

「是啊。幸運的是，回頭路不算太遠。很顯然，騎士廣場的那個角落裏有兩條方向相反的嗅跡，所以才讓狗兒摸不着頭腦。這一條既然是錯的，咱們回頭去追蹤另外一條就行了。」

這件事做起來輕而易舉。我們把托比牽回了它剛才犯錯的那個地方，它馬上在四周兜了一個大圈兒，然後就朝着一個新的方向奔跑起來。

「咱們可得小心，不能讓它把咱們領到那隻雜酚油桶的始發地點去，」我說道。

「這我已經考慮過了。不過你瞧，運油桶的車只能走

馬路中間，可它一直都在人行道上走。錯不了，眼下的這條嗅跡是正確的。」

嗅跡漸漸轉向河濱，穿過了貝爾蒙特廣場和王子街，又在布羅德街的盡頭徑直折向水邊的一座小小的木頭船塢。托比一直把我們領到了船塢與河水相接的地方，然後就站在那裏狺狺嗥叫，眼睛望着陰暗的河水。

「咱們的好運到此為止，」福爾摩斯說道。「到這裏之後，他們就上船去了。」

船塢邊緣的水面上泊着幾隻或方頭或尖頭的小艇，我們讓托比挨個兒地聞了一遍。它雖然聞得很用心，但卻沒有任何表示。

簡陋的棧橋旁邊有一座小小的磚房，一塊木頭招牌從房子的第二扇窗戶裏伸了出來，牌子上用大大的字體寫着「莫迪凱‧史密斯」，這行字的下方則是「船隻租賃，計時計日均可」。房門上方也有一塊牌子，牌子上說房主還擁有一艘汽艇。碼頭上堆着許多焦炭，顯然就是汽艇的燃料。歇洛克‧福爾摩斯慢慢地打量了一下周圍的情況，臉上浮現出一抹不祥的陰影。

「情況不妙啊，」他說道。「那些傢伙狡猾得超出了我的預料，似乎已經把自個兒的蹤跡蓋了起來。按我看，他們預先就在這裏做好了安排。」

他一邊說，一邊向房門走去。房門開了，一個六歲左右的捲髮男孩跑了出來，後面跟着一個矮胖的紅臉婦人，手裏拿着一塊碩大的海綿。

「你給我回來把澡洗了，傑克，」她吼道。「快回來，

你這個小淘氣。你爸爸回來看見你這副樣子，少不了一頓數落。」

「親愛的小傢伙！」福爾摩斯喊道，一副老奸巨猾的架勢。「好一個紅臉蛋兒的小滑頭！好啦，傑克，你想要甚麼東西嗎？」

小男孩想了想。

「我想要一個先令，」他說道。

「不想要甚麼更好的東西嗎？」

「那就要兩個先令，」小神童思忖片刻，給出了自己的回答。

「好吧，給你！接住嘍！——小傢伙真聰明，史密斯太太！」

「願上帝保佑您，先生，他就是這樣，也不知道害臊。我真拿他沒辦法，我男人這兩天都不在家，他就更沒法治了。」

「不在家，是嗎？」福爾摩斯的口氣顯得非常失望。「那可真是太遺憾了，我本來還想跟史密斯先生談談哩。」

「他昨天早上就走了，先生，還有啊，實話告訴您，我都有點兒擔心他了。不過，您要是想租船的話，我也可以效勞的。」

「我想租他那艘汽艇。」

「哎呀，真不巧，先生，他剛好就是開那艘汽艇走的。就是這點讓我想不明白，因為我知道船上沒多少炭了，頂多也只能到郊區的伍利奇那邊打個來回。要是他坐的是駁船的話，我倒不會多想甚麼，因為經常都有客人租船去格

里夫森 * 那麼老遠的地方，趕上那邊有甚麼事的時候，他也會在那邊過夜。可是，沒有炭的汽艇能去哪兒呢？」

「他興許是在下游的某個碼頭買了炭吧。」

「興許吧，先生，可他平常是不會這麼幹的。我聽他嚷嚷過好多次，說那些人為那麼幾小袋子炭就收他好多錢。還有啊，我可不喜歡那個木腿男人，臉長得醜，說話也怪裏怪氣。他老到這兒來轉悠甚麼呢？」

「木腿男人？」福爾摩斯顯得有點兒驚奇。

「沒錯，先生，那是個褐皮膚、猢猻臉的傢伙，找過我男人不只一次。前天夜裏就是他把我男人叫起來的，還有啊，我男人應該是知道他要來，提前就給汽艇升上了火。跟您說實話吧，先生，我心裏真是挺擔心的。」

「可是，親愛的史密斯太太，」福爾摩斯聳了聳肩膀，「您沒有甚麼好擔心的啊。您怎麼知道夜裏來的是那個木腿男人呢？我不太明白，您為甚麼這麼肯定。」

「因為他的嗓門兒，先生，我聽得出他那種又粗又含糊的嗓門兒。當時他敲了敲窗子，大概敲了三下吧。『出來一趟，伙計，』他說，『該出來送我們了。』我男人喊醒了吉姆，就是我們的大兒子，話都沒撂半句就走了。我還聽到了木腿落在石頭上的聲音。」

「這個木腿男人是自己一個人來的嗎？」

「說不好，真的，先生。我沒聽見有別人。」

「太遺憾了，史密斯太太，因為我想租艘汽艇，又聽

---

* 格里夫森 (Gravesend) 是英格蘭肯特郡的一個城鎮，在泰晤士河南岸。

人家推薦這艘——我想想啊，它叫甚麼名字來着？」

「『曙光號』，先生。」

「對啊！它不就是那艘漆了一道黃線、船身特別寬大的綠色汽艇嗎？」

「不是，真的不是。它是個苗條的小東西，並不比河裏邊兒別的汽艇寬大。我們剛給它刷過漆，用的是黑色，還加了兩道紅色的條紋。」

「謝謝。但願您很快就能得到史密斯先生的消息。我這就準備到下游去，要是看到『曙光號』的話，我會跟您丈夫說，說您很惦記他。您剛才說它的煙囪是黑色的，對吧？」

「不是，先生。黑底上還有道白條。」

「噢，當然，船身才是黑色的。再見，史密斯太太。那邊有個擺渡的船夫，華生，咱們坐那條船到河對面去吧。」

「跟他們這樣的人打交道，」我倆坐進渡船之後，福爾摩斯說道，「最重要的就是不能讓他們察覺，他們的情報對你來說有哪怕是一丁點兒的價值。一旦察覺到這一點，他們就會把嘴巴關得緊緊的，像隻牡蠣一樣。這麼說吧，如果你像我剛才那樣，僅僅是半推半就地聽他們說，多半就能得到自己想要的情報。」

「現在看來，咱們的目標已經很清楚了，」我說道。

「那麼，接下來你會怎麼辦呢？」

「我會租一艘汽艇，到下游去找『曙光號』。」

「親愛的伙計，那樣可就太費勁了。從這兒到格林尼治，河兩岸有許多船塢，它可以停在其中的任何一個船塢裏。除此之外，橋下游的河道彷彿是一座幾十英里長的迷

宮，可以停靠的地方多得是。自個兒去找的話，不知道要多少天才能找遍。」

「那就通知警方去找。」

「不行。案子辦到最後的時候，我可能會通知埃瑟尼·瓊斯。他這個人也還不錯，我並不想做甚麼損害他職業聲譽的事情。不過，既然咱們已經進展到了這個程度，那我還是想自個兒把這件案子辦完。」

「那麼，咱們能不能登一則啟事、向那些船塢老闆徵集情報呢？」

「這辦法糟得不能再糟了！那樣的話，咱們的目標就會知道風聲很緊，甚至會逃到外國去。這麼說吧，他們本來也多半是要跑的，但是，只要他們還覺得自己非常安全，動作就不會那麼快。從這方面來說，瓊斯的火熱勁頭倒是可以幫到咱們，因為他對這件案子的看法肯定會出現在每天的報紙上，而逃犯們就會覺得，所有人都在往錯誤的方向追查。」

「那你說，咱們究竟該怎麼辦呢？」渡船在米爾班監獄*附近靠岸的時候，我問道。

「坐上這輛馬車，回家去吃點兒早餐，然後再睡上一個小時。很有可能，今天晚上咱們還得出去走走。看到有電報局就停一下，車夫！咱們先留着托比，接下來沒準兒還得用它呢。」

---

* 米爾班監獄 (Millbank Penitentiary) 是當時倫敦的一座監獄，1890年關閉。渡船既然在米爾班監獄靠岸，說明史密斯家的船塢是在沃薩橋附近，在下文中西敏寺、倫敦塔等地的上游。

我們在大彼得街郵局停了一停，福爾摩斯下去發了一封電報。

「你猜一猜，我這封電報是發給誰的呢？」馬車再次上路的時候，他問道。

「這我可猜不出來。」

「辦傑弗遜‧霍普那件案子的時候，我僱了貝克街偵緝特遣隊來幫忙，你還記得嗎？」

「當然記得，」我笑着説。

「眼下這件案子就是最適合他們發揮特長的機會。即便他們沒有成功，我也有別的路子，不過，我還是想先試試他們的能耐。電報是發給威金斯的，就是我那個髒兮兮的小副官。據我看，等不到吃完早餐，咱們就可以見到他和他那幫手下了。」

現在已經是早上八點多鐘了，我開始覺得，持續整夜的興奮勁頭漸漸退去，一股強烈的反作用正在襲來。我無精打采，困頓不堪，心裏面一片茫然，身體上十分疲憊。我沒有我同伴那種孜孜不倦的專業熱情，也沒法簡單地把這件案子看成一個抽象的智力問題。單説巴索洛繆‧舒爾托的死嘛，我沒聽過關於他的甚麼好話，對那兩個兇手也就沒有太大的反感。寶藏的事情就不一樣了。寶藏，或者説寶藏的一部分，是莫斯坦小姐應得的財產。只要能有機會幫她找回寶藏，我就願意把全部的生命獻給這個目標。誠然，如果我找到寶藏，多半就等於把她推到了一個我永遠無法企及的高處。可是，一份愛情若是會受這種想法的影響，那就只能説是又渺小又自私。福爾摩斯能夠不知疲

倦地緝拿罪犯，而我擁有十倍於他的動力，無論如何也要把寶藏找回來。

我在家裏洗了個澡，換掉了全身的衣服，一下子覺得自己煥然一新。下樓走進房間的時候，我發現早餐已經擺在了桌上，福爾摩斯正在斟咖啡。

「看看這個，」他一邊笑，一邊把一份攤開的報紙指給我看。「精力旺盛的瓊斯和無所不在的記者已經把整件事情編了出來。不過，這件案子已經讓你遭夠了罪，你還是先吃點兒火腿和雞蛋吧。」

我從他手裏拿過報紙，看了看這篇題為「諾伍德高地謎案」的《旗幟報》簡訊：

昨夜十二時許，有人發現諾伍德高地龐第切瑞別墅主人巴索洛繆·舒爾托先生死於私室，死狀可疑。本報悉，舒爾托先生遺體並無暴力傷害痕跡，唯該已故紳士曾自亡父手中繼承價值高昂之印度寶石一批，死時業已遭人劫走。歇洛克·福爾摩斯先生及華生醫生首先發現此事，二人當時正與死者之弟薩德烏斯·舒爾托先生一同造訪該處。萬萬之幸，著名警探埃瑟尼·瓊斯先生彼時正在諾伍德警局，接獲警訊不足半小時即已抵達現場。瓊斯先生訓練有素、久經風霜，立時察覺罪犯蹤跡，由是取得可喜成果。死者之弟薩德烏斯·舒爾托業已被捕，同時落網者尚有管家伯恩斯通太太、印度男僕拉爾·勞以及門房麥克默多。現已確定，竊賊或賊眾對事發房屋十分熟悉，此因瓊斯先生素以專精業務聞名，並有洞燭秋毫之觀察能力，借

此一錘定音，罪犯非由門窗出入，乃自屋頂活門進入某房間，該房間並與屍體所在房間相連。此一事實鑿鑿有據，足以論定此案絕非偶然竊盜。執法警員之現場表現可謂雷厲風行，足證此類局面若有能力超絕、手法純熟之幹員主持，利莫大焉。我等唯有以為，此案實可佐證相關人士之觀點，即當局應將探員再行分遣，使之切實貼近各地罪案，以便切實履行罪案調查之責任。

「簡直是妙不可言哪！」福爾摩斯端著咖啡杯，咧開嘴笑了起來。「你覺得這篇報道怎麼樣？」

「我覺得，我們兩個沒有被當成兇手抓起來，已經可以算是萬幸了。」

「我也這麼覺得。要是他碰巧又抽那麼一次風的話，你可別讓我為咱倆的安全負責。」

就在這時，我突然聽見鈴聲大作，跟著就聽見女房東哈德森太太提高嗓門，發出了一連串的抗議和哀嘆。

「天哪，福爾摩斯，」我說道，身子已經起了一半，「照我看，他們真的來抓咱倆了。」

「沒有，事情還沒有糟糕到那種地步。來的只是雜牌軍——貝克街特遣隊。」

話音未落，我們就聽見了許多赤腳在樓梯上飛快奔跑的聲音，又聽見一陣高聲的喧嘩，跟著就看見，十二個骯髒襤褸的街頭流浪兒衝了進來。他們進門的時候雖然毫無秩序，但卻並不是毫無紀律，因為他們一進來就面朝我倆站成了一排，臉上寫滿了期待。其中一個孩子個子比較

高，年紀也比較大，這時就站了出來，還端出了一副懶洋洋的長官架子。這樣的派頭出現在這樣一個有礙觀瞻的小稻草人身上，實在是讓人忍俊不禁。

「我收到了您的指示，先生，」他說道，「所以就準時準點地帶他們來了。車費是三先令六便士。」

「喏，給你，」福爾摩斯拿出了幾枚銀幣。「以後呢，他們可以向你報告，威金斯，然後你再來向我報告。我不能由着你們蹂躪這座房子。話說回來，這樣也好，你們所有人都可以聽到我的指示。我要你們去找一艘名為『曙光號』的汽艇，船主名叫莫迪凱·史密斯，船身黑色，有兩道紅色的條紋，煙囱也是黑色，帶了一道白條。眼下，這艘船是在下游的某個地方。我要你們當中的一個到莫迪凱·史密斯的棧橋那裏去守着，看它回來沒有，棧橋就在米爾班監獄對面。你們得自己決定任務怎麼分配，總之要把河的兩岸都徹徹底底地搜一遍。一有消息就馬上通知我，明白了嗎？」

「明白，長官，」威金斯說道。

「你們的薪水還照老規矩，找到船的孩子可以多得一個畿尼。這裏先預付你們一天的薪水。好了，你們去吧！」

他給了孩子們一人一個先令，他們便鬧哄哄地下樓去了。一眨眼的工夫，我就看到他們的身影湧上了街頭。

「只要那艘汽艇還沒沉，他們就能把它找出來，」福爾摩斯離開餐桌，點燃了自己的煙斗。「他們甚麼地方都能去，甚麼事情都能看見，甚麼人的話都能偷聽。我估計，天黑之前他們就會來報告發現汽艇的消息。在此期間，咱

們只能等他們的消息，別的就甚麼也幹不了。咱們要麼得找到『曙光號』，要麼得找到莫迪凱・史密斯先生，否則就沒法把斷了的線索接起來。」

「要我說，托比吃咱們剩下的東西就行了。你打算去睡了嗎，福爾摩斯？」

「不睡，我不累。我這人的體質很怪。我不記得自己有過工作勞累的時候，沒事幹的日子卻會讓我筋疲力盡。我打算抽抽煙，好好想想那位女主顧介紹給咱們的這椿古怪生意。要說世上有過簡單任務這樣東西的話，咱們手頭的這件就得算是其中之一。原因是裝木腿的人並不算多，另外那個呢，照我看，只能說是真真正正地獨一無二了。」

「又是另外那個！」

「無論如何，我並沒有打算把他變成你心裏的一個謎團。再說，你多半也已經形成了自己的看法。好了，你好好考慮一下這些情況吧。特別小的腳印、沒受過鞋子約束的腳趾、赤腳、綁了石頭的木棒、十分敏捷的身手，還有小小的毒箭，綜合所有這些事實，你會想到甚麼呢？」

「生番！」我大叫一聲。「喬納森・斯莫原來的同伙當中有幾個印度人，那人興許就是其中之一。」

「應該不是，」他說道。「第一眼看到那些怪異武器的時候，我也是往那方面想的，不過，那些異乎尋常的腳印讓我不得不調整自己的看法。印度半島上的確有一些小個子的土著，可他們的腳印都不會是那個樣子。印度教徒的腳一般都是又長又瘦，回教徒則總是穿涼鞋，涼鞋的帶子通常都隔在大腳趾和其餘的腳趾之間，這樣一來，大腳

趾就跟其餘的腳趾分得很開。除此之外，那些小小的毒箭只能用吹管來發射，並沒有其他的發射方法。那麼，咱們這個生番應該是何方人氏呢？」

「南美洲，」我大着膽子猜了一猜。

他伸出一隻手，把書架上的一本大部頭拿了下來。

「這是剛剛出版的一本地名詞典的第一卷，算得上是最新的權威指南了。裏面是怎麼寫的呢？

安達曼群島，位於孟加拉灣海域，南距蘇門答臘島三百四十英里。

「哼！哼！這都是些甚麼東西？潮濕氣候、珊瑚礁、鯊魚、布萊爾港、囚犯營、拉特蘭島 *、三葉楊——哈，找到了！

安達曼群島土著可望贏得世界上最矮小種族的殊榮，儘管某些人類學家傾向於選擇非洲的布須曼人、美洲的「挖掘者」印第安人或者火地人 †。安達曼土著平均身高不足四英尺，許多土著雖已完全成年，身高亦遠遠低於此數。他們性情兇暴乖戾、桀驁難馴，同時也可以成為最為忠實的朋友，前提是你贏得了他們的信任。

「記着這一點，華生。好了，再聽聽這段。

---

* 布萊爾港 (Port Blair) 是安達曼地區首府；拉特蘭島 (Rutland Island) 是安達曼群島當中的一個島嶼。

† 布須曼人 (Bushmen) 為南部非洲土著；「挖掘者」印第安人 (Digger Indians) 是歐美殖民者對美國西部派尤特印第安人 (Paiute) 的稱呼，可能是因為他們掘食植物的根；火地人 (Fuegians) 為南美洲南端火地島的土著；此「地名詞典」關於安達曼土著的描述與事實頗有出入。

他們天生一副兇相，長着畸形的大腦袋、兇狠的小眼睛和扭曲的五官。不過，他們的手腳都小得異乎尋常。此種族可謂兇性不悛，英國官方雖已想盡一切辦法，亦不能令他們有絲毫改悔。長期以來，他們一直是失事水手的夢魘，因為他們會用頂端綁有石頭的棍棒敲碎海難幸存者的腦袋，或者是用毒箭射死對方。諸如此類的屠殺總是會以一場人肉盛宴作為結束。

「真是個文雅可親的種族啊，華生！要是我們追蹤的那個傢伙沒有人管着、可以自行其是的話，這件事情多半還會朝更加恐怖的方向發展呢。按我的估計，現在的狀況就已經讓喬納森・斯莫非常懊惱，後悔不該讓他幫忙了。」

「可是，他是怎麼找到這樣一個古怪同伙的呢？」

「哦，這我可就不知道了。不過，既然我們已經斷定斯莫在安達曼待過，他身邊有這樣一個島民也不能算是特別離奇的事情。毫無疑問，時候一到，一切都會水落石出的。聽着，華生，我看你已經是累垮了，去沙發上躺一會兒，讓我來幫你催眠吧。」

他把小提琴從角落裏拿了出來，等我四仰八叉地躺下之後，他開始演奏一段低沉優美、輕柔如夢的曲調。毫無疑問，這是他自個兒的曲子，因為他特別擅長即興作曲。至今我還依稀記得當時的情景，記得他瘦長的手和誠摯的面容，還有起起落落的琴弓。接下來，恍惚之間，我悠然漂進了一片寧靜的音樂海洋，就這麼進入了夢鄉，夢鄉裏有瑪麗・莫斯坦那張溫柔的臉龐，正在居高臨下地俯視着我。

第九章
線索中斷

　　我一直睡到了將近黃昏的時候，醒來就覺得體力充盈、精神煥發。歇洛克·福爾摩斯仍然坐在原來的那個地方，只不過已經放下了小提琴，正在全神貫注地讀一本書。聽到我有了動靜，他往我這邊看了看，而我立刻發現，他的臉上籠罩着不安的陰雲。

　　「你睡得很香啊，」他說道。「我本來還擔心我們的談話會吵醒你呢。」

　　「我甚麼也沒聽見，」我回答道。「有甚麼新消息嗎？」

　　「糟糕得很，沒有。老實說，我覺得又驚訝又失望。我本來以為，到這會兒肯定能有甚麼確實的消息。可是，威金斯剛剛上來報告，說他們找不到那艘汽艇的蹤跡。這個挫折挺讓人惱火的，到了現在，每個小時都很寶貴啊。」

　　「我能幫上甚麼忙嗎？我已經完全恢復過來了，再出去跑一個晚上也沒問題。」

　　「幫不上，眼下咱們甚麼也幹不了，只能繼續等着。要是自個兒去找的話，咱們就可能錯過他們送來的消息、耽誤辦案的時機。你有事兒就儘管去辦，可我只能在這兒守着。」

「這樣的話，我就上坎伯維爾路去一趟，去看看瑟希爾·福瑞斯特太太。昨天她請我去來着。」

「真是去看瑟希爾·福瑞斯特太太嗎？」福爾摩斯問道，眼睛裏閃出了一抹笑意。

「呃，當然還有莫斯坦小姐。她倆都很想知道案子的進展。」

「換作是我的話，就不會跟她們説得太多，」福爾摩斯説道。「你永遠也不能完全地信任女人，再好的女人也不例外。」

我沒有停下來反駁他這個駭人聽聞的觀點。

「我一兩個鐘頭就回來，」我説道。

「很好！祝你好運！不過，等一等，既然你要去河對面，那就順便把托比還回去吧。現在我覺得，咱們肯定不會再用到它了。」

我依言帶上托比，把它還給了品欽巷那位愛好自然的老先生，同時還送上了一枚半鎊金幣。到了坎伯維爾路之後，我發現莫斯坦小姐雖然被昨夜的冒險之旅弄得有點兒疲憊，但卻還是非常想聽案子的進展，而福瑞斯特太太也是充滿了好奇。於是我就把我和福爾摩斯的行動和盤托出，只不過略去了這場慘劇之中較為可怕的部分。也就是説，我雖然説到了舒爾托先生的死，但卻沒説具體的死狀和致死的因由。不過，儘管我進行了這麼多的刪節，案情還是讓她們驚駭不已。

「簡直像小説一樣！」福瑞斯特太太叫道。「一位蒙冤受屈的女士、一宗價值五十萬的寶藏，一個黑皮膚的食

人生番，再加一名木腿的惡棍。這可比那些老一套的惡龍啦、邪惡伯爵甚麼的驚險多了。」

「還有兩位拔刀相助的游俠騎士，」莫斯坦小姐補充了一句，歡快地瞥了我一眼。

「可不是嘛，瑪麗，你的財富就得看他們查案的結果呢。可是，我覺得你好像並不怎麼興奮啊。想想吧，你會變得那麼富有，把整個世界攬入懷中，那該有多好！」

我心裏掠過一絲喜悅的顫抖，因為我看到，這樣的前景並沒有讓她流露絲毫得意。恰恰相反，她驕傲地揚了揚頭，似乎是對這件事情完全不感興趣。

「我只是替薩德烏斯·舒爾托先生擔心，」她說道。「其他的事情都不重要。我覺得，他從頭到尾都表現得非常善良，非常公道。我們有責任幫他洗脫這個子虛烏有的可怕罪名。」

傍晚時分我才離開坎伯維爾路，到家的時候天已經很黑了。我室友的書和煙斗還擺在他的椅子旁邊，人卻不知道去了哪裏。我四處打量了一下，想看看他有沒有留個字條甚麼的，但卻一無所獲。

「歇洛克·福爾摩斯先生出去了，對吧，」哈德森太太正好上樓來放百葉簾，於是我問了她一句。

「沒有，先生。他在他自個兒的房間裏，先生。您知道嗎，先生，」她壓低嗓門，大驚小怪地小聲說道，「我擔心他的健康哩。」

「為甚麼呢，哈德森太太？」

「呃，他的舉動特別古怪，先生。您走了以後，他

就開始不停踱步，走來走去，走來走去，我都讓他的腳步聲給弄煩了。接下來，我又聽見他自言自語，嘀嘀咕咕，只要鈴一響，他就會衝到樓梯口來問『誰來了，哈德森太太？』再後來，他進了自個兒的房間，『砰』一聲關上了門，可我聽見他還跟以前一樣走個不停。我擔心他是不是病了，先生，還大着膽子問他要不要退火的藥，可他轉過身來，先生，用那樣的一副表情對着我，搞得我連自己是怎麼離開的都不記得了。」

「要我看，你沒有甚麼好擔心的，哈德森太太，」我回答道。「他這種樣子我也見過。他心裏有點兒小疙瘩，所以才這麼坐立不安。」

我在我們可敬的女房東面前說得輕巧，可我自己心裏也有點兒不安，因為在那個漫長的夜晚，我時不時都會聽見他沉悶的腳步聲，由此知道，眼下這種無可奈何的停滯局面對他亢奮的神經造成了極大的折磨。

吃早餐的時候，他神色憔悴，兩頰都帶着一小塊紅色，就跟發了燒一樣。

「你可別把自己給累垮了，老伙計，」我說道。「夜裏我聽見你踱步來着。」

「不會，我只是睡不着而已，」他回答道。「這個該死的問題害得我好苦。那麼多困難我都克服了，眼下卻栽在這麼一個小小的障礙跟前，真讓人不甘心。我知道兇手是誰，還知道汽艇的名字，甚麼我都知道，可就是得不到任何消息。我已經找了別的一些人來幫忙，用上了我能用的一切手段。整條河的兩邊都搜了個遍，但卻還是沒有消

息，史密斯太太那邊也沒有丈夫的音訊。要不是因為有些地方說不通的話，我都要認為他們把船給鑿沉了呢。」

「也沒準兒，史密斯太太故意給了我們一些假情報。」

「不會，我覺得這種可能性可以排除。我找人調查過，的確有那樣的一艘汽艇。」

「它會不會到上游去了呢？」

「這一層我也想到了，而且派了人去搜索，搜索範圍一直延伸到了上游的里奇蒙鎮。今天還是沒有消息的話，明天我就要自個兒出去找，只不過是去找那些兇手，不是找那條船。不過我敢肯定，百分之百肯定，咱們應該能收到一點兒消息。」

可是，我們並沒有收到消息。不管是威金斯，還是其他任何人，都沒有捎來隻言片語。大多數報紙都刊出了關於諾伍德慘案的報道，看那些報道的口吻，它們全都對倒霉的薩德烏斯·舒爾托十分敵視。不過，所有報紙上都沒有甚麼新的案情細節，只是說死因調查 * 的時間定在了明天。這天傍晚，我又去了一趟坎伯維爾路，向兩位女士通報了我們遭遇的挫折。回來的時候，我發現福爾摩斯悶悶不樂，性子也變得乖戾起來。他不回答我提出的任何問題，整晚都自顧自地做着一項高深莫測的化學實驗，實驗內容是把一些曲頸甑燒得滾燙，然後又對由此產生的蒸汽

---

* 死因調查是由驗屍官主持的一個法律程序。在英格蘭和威爾士，驗屍官是由地方政府聘任的獨立司法官員，職責之一是對非自然死亡進行驗屍及死因調查，調查時可自行決定是否召集陪審團，情況特殊的時候則必須召集陪審團（比如死者死於獄中或警方監管之下的時候）。

進行萃取，最終的結果則是一股強烈的氣味，迫使我不得不離開那個房間。直到凌晨，我還能聽見他那些試管相互碰擊的叮噹聲，顯而易見，他仍然在進行那個臭氣熏天的實驗。

天剛亮的時候，我猛然驚醒，詫異地發現福爾摩斯站在我的床邊，穿着一件雙排扣的粗呢外套，繫着一條質地粗糙的紅圍巾，一身粗獷的水手打扮。

「我這就到下游去，華生，」他說道。「我一直在思考這件事情，想來想去也只有這一個辦法。不管怎樣，這辦法還是值得一試的。」

「我跟你一起去，沒問題吧？」我說道。

「不用。你留在這兒做我的代表，這樣對我的幫助會大得多。其實我非常不願意離開，因為今天很可能會有消息，儘管昨晚威金斯說他非常絕望。你得幫我拆閱所有的便條和電報，收到消息就自己掂量着辦。你能把這事情辦好嗎？」

「沒問題。」

「恐怕你沒法通過電報跟我聯繫，因為我自己也不知道我會走到哪裏。不過，運氣好的話，我就不會離開太長的時間。回來之前，我肯定能有所發現。」

早餐之前，我一直都沒有他的消息。不過，翻開《旗幟報》，我倒是找到了關於這件案子的一篇新報道。報道是這麼說的：

關於諾伍德高地慘案，本報有理由相信，案情之複雜神秘將超過此前預期。新獲證據業已表明，薩德烏

斯·舒爾托先生涉案實屬絕無可能之事。該先生及管家
伯恩斯通太太均已於昨暮獲釋。所幸警方據信已掌握真
兇線索，目前正由素以幹練精明著稱之蘇格蘭場警官埃
瑟尼·瓊斯先生全力追查，人犯落網倚馬可待。

「這樣的結果還算令人滿意，」我想道。「不管怎麼
說，我們的朋友舒爾托終歸是脫離了險境。我倒想知道所
謂的新線索到底是甚麼，話又說回來，這似乎只是警方辦
了蠢事之後的習慣性說法而已。」

我剛把報紙扔到桌上，卻在突然之間瞥見了私人啟事
欄裏的一則啟事，其中寫道：

尋人——船夫莫迪凱·史密斯及其子吉姆於週二凌晨
三點左右離開史密斯家船塢，至今未歸，所乘船隻為
「曙光號」汽艇，船身黑色，有紅條二道，煙囪亦為
黑色，有白條一道。知曉莫迪凱·史密斯及「曙光號」
汽艇下落者請速告史密斯太太，接洽地址為史密斯家
船塢或貝克街221B，酬金五鎊。

這顯然是福爾摩斯的傑作，貝克街的地址就是充分的
證明。在我看來，這則啟事的措辭真是相當巧妙，即便那
些逃犯讀到了它，也只會覺得這是一位妻子對失蹤丈夫的
自然關切，不會起甚麼疑心。

這一天顯得十分漫長。每當門上響起叩擊的聲音，或
是街上傳來格外清晰的腳步，我都以為要麼是福爾摩斯回
來了，要麼就是有人來回應他的啟事。我找了本書來看，
思緒卻總是飄向我們面臨的這個古怪問題，總是飄向我們
正在追查的這一對搭配奇特的歹徒。我暗自尋思，有沒有

可能，我室友的演繹當中包含着某種根本性的破綻呢？有沒有可能，他是被某種十分嚴重的自欺心理蒙住了眼睛呢？又有沒有可能，這些匪夷所思的推論只是他那顆敏於推測的頭腦運用虛假的前提捏造出來的呢？我從來沒見過他犯錯，可是，再精明的智者也難免會有上當的時候。我覺得，這次他很有可能犯了錯，就因為他過份注重邏輯上的美感——即便有一個簡單明白、普通尋常的解釋擺在手邊，他也會去尋找更加深奧、更加離奇的答案。可是，話又説回來，我不光親眼看到了相關的證據，而且親耳聽到了他得出那些推論的理由。回頭看看那根奇詭迭出的長長鏈條，其中的許多環節本身雖然微不足道，但卻無一例外地指着同一個方向，因此我不得不承認，即便福爾摩斯的解釋並不正確，真正的答案也一定會跟他的解釋一樣怪異、一樣驚人。

下午三點鐘，我先是聽見門鈴大作，繼而聽見大廳裏傳來一個頤指氣使的聲音，跟着就驚訝地發現，埃瑟尼·瓊斯先生已經大駕光臨。不過，跟在諾伍德高地接管案件的時候相比，眼前的瓊斯先生已經面目全非，不再是那位無比自信的探員，也不再是那位粗魯傲慢的常識專家。眼前的他表情沮喪、神色謙恭，甚至還帶着一點兒自貶的意思。

「下午好，先生，下午好，」他説道。「我聽説，歇洛克·福爾摩斯先生已經出去了。」

「是的，可我不知道他甚麼時候回來。願意等的話，您可以坐那把椅子，還可以嘗嘗那些雪茄。」

「謝謝，那我就不客氣了，」他一邊説，一邊用一塊印度產的大號紅色手帕抹了抹臉。

「來點兒威士忌加蘇打水嗎？」

「呃，半杯就好。今年的天氣真是熱得奇怪，需要我操心受罪的事情又多得不得了。您知道我對諾伍德這件案子的看法吧？」

「我聽您講過。」

「哦，現在我不得不重新考慮了。之前我已經把舒爾托先生緊緊網住，先生，可是『啵』的一聲，他居然從網中央的一個洞裏鑽了出去。他拿出了一份牢不可破的不在場證明。從走出他哥哥房間的那一刻開始，他始終都在這個或者那個人的視線範圍之內，所以呢，他不可能爬到屋頂上去鑽那道活門。這是件非常棘手的案子，我的職業聲譽很可能就此不保。要是能得到一點兒幫助的話，我一定會感激不盡。」

「誰都會有需要幫助的時候，」我説道。

「您的朋友，我是説歇洛克·福爾摩斯先生，是個很了不起的人，先生，」他啞着嗓子，推心置腹地説道。「甚麼事情也難不倒他。我知道這個小伙子參與過許許多多的案子，可我從來沒見過哪件案子能把他難住。他用的方法不是那麼正規，下結論的速度興許也快了那麼一點點，不過，總體説來，我認為他可以成為一名最有前途的警官，當着誰的面我都敢這麼説。今天上午我收到了他一封電報，電報裏説他掌握了舒爾托這件案子的一些線索。喏，這就是他的電報。」

他從口袋裏掏出電報，把它遞給了我。電報是十二點鐘的時候從波普勒區*發出來的，電文如下：

即刻前往貝克街。如我尚未返回，稍待。我已追近舒爾托一案嫌犯。你若願意參與結案，今晚可與我們一同前往。

「從電報看來，情況不錯啊。顯而易見，他已經把中斷的線索接了起來，」我說道。

「哦，這麼說的話，他也遇到過麻煩嘍，」瓊斯嚷了起來，顯然是相當滿意。「的確，就連我們當中最出色的人也會有馬失前蹄的時候呢。當然嘍，到頭來，他這次說的線索也可能只是一場空歡喜，不過，身為一名執法警員，我的職責就是不放過任何一個機會。聽，有人到門口了，沒準兒就是他吧。」

樓梯上傳來了沉重的腳步聲，其間還夾雜着呼哧呼哧的聲音，聽起來，正在上樓的那個人呼吸極度困難。此人在樓梯上停了一兩次，似乎是已經無力攀爬，最終卻還是來到了我們的門前，跟着就進了房間。來人的外貌與我們適才聽到的聲音非常吻合。他已經上了年紀，一身海員打扮，破舊的雙排扣外套一直扣到了喉嚨上。他彎腰駝背，雙膝顫抖，呼吸如哮喘病人一般痛苦。他拄着一根粗大的橡木手杖，肩膀聳得老高，為的是把空氣拽到自己的肺裏。他下巴上繞着一條彩色的圍巾，所以我幾乎看不到他的臉，能看見的只是一雙銳利的黑眼睛、眼睛上方兩道濃密的白眉以及長長的花白連鬢鬍子。按我的整體印象，他

---

* 波普勒 (Poplar) 是倫敦東部的一片區域，當時是一個區。

應該是一位可敬的老練水手，只可惜遭受了歲月和貧窮的荼毒。

「有事嗎，老伙計？」我問道。

他按老年人那種慢條斯理的方式四下打量了一番。

「歇洛克·福爾摩斯先生在嗎？」他說道。

「不在，不過我可以代表他。您要告訴他的事情都可以告訴我。」

「我只想跟他本人說，」他說道。

「可我不是跟您說了嘛，我可以代表他。您要說的事情跟莫迪凱·史密斯的船有關嗎？」

「是的。我非常清楚那艘船在哪裏，也知道他要找的那些人在哪裏，還知道寶藏在哪裏。我甚麼都知道。」

「那您就告訴我吧，我會轉告他的。」

「我只想跟他本人說，」他重覆了一遍，拿出了高齡老人那種不講道理的執拗勁頭。

「好吧，那您只能等他回來了。」

「不，不行。我可不想為了個沒影兒的人白等一整天。福爾摩斯先生這會兒要是不在的話，那他就只能自個兒去把所有這些情報找出來。你們倆愛是甚麼臉色就是甚麼臉色，我一個字兒也不會說的。」

他拖着步子走向門口，埃瑟尼·瓊斯卻擋在了他的前面。

「等一等，朋友，」瓊斯說道。「你手裏有重要的情報，可不能就這麼走了。不管你願不願意，我們都要把你留在這兒，直到我們的朋友回來為止。」

老人往門口跑了幾步。可是，看到埃瑟尼·瓊斯已經用寬闊的脊背頂住了門，他立刻認識到，反抗已經無濟於事。

「這算是甚麼待遇！」他一邊嚷嚷，一邊用手杖跺着地板。「我到這兒來找一位紳士，你們兩個我從來沒見過，居然敢抓着我不放，用這種方法來對付我！」

「您不會有甚麼事兒的，」我説道。「我們會賠償您的時間損失。到這邊的沙發上來坐着吧，等不了多久的。」

他十分慍怒地走了過來，坐了下去，雙手托着腮幫子。瓊斯和我則回復到先前的狀態，一邊抽雪茄一邊聊天。可是，突然之間，福爾摩斯的聲音打斷了我們的談話。

「要我説，你們可不能光顧着自己抽，也應該給我一支才是，」他説道。

我和瓊斯都從椅子上跳了起來。福爾摩斯就在我們身邊坐着，看樣子是正在暗自好笑。

「福爾摩斯！」我大叫一聲。「你在這兒啊！那個老人去哪兒了呢？」

「老人就在這兒，」他舉起了一堆白色的毛髮。「喏，他就在這兒——假髮、鬍鬚、眉毛，全都在。我自己覺得我這個裝化得還算過得去，但卻沒想到它這麼經得起考驗。」

「啊，好你個無賴！」瓊斯興高采烈地叫道。「你真可以去當演員，還是個了不起的演員。你那種貧民窟裏的咳嗽學得真像，那一雙顫巍巍的腿也值得上十鎊的週薪。不過，要我説，你眼睛裏的那種精光可沒瞞過我。你看，你不也沒能輕輕鬆鬆地從我們身邊逃走嘛。」

「今天我頂着這身裝扮幹了一整天，」他點燃了自己的雪茄。「你得明白，犯罪行當裏有一大幫人已經開始認得我了——尤其是在咱們這位朋友由着性子把我辦過的一些案子發表出去之後。這一來，我不得不頂着諸如此類的簡單偽裝去衝鋒陷陣。你收到我的電報了嗎？」

「收到了，收到我才來的。」

「你的案子辦得怎麼樣呢？」

「前面的努力都白費了。我已經被迫釋放了兩個囚犯，要指控另外兩個也沒有證據。」

「不要緊。我們可以給你兩個別的，讓你把那兩個換掉。不過，你必須得接受我的指揮。官面上的功勞都歸你，這你用不着客氣，可你必須按我的指示辦事。同意嗎？」

「完全同意，只要你能幫我抓到犯人就行。」

「很好，那麼，我要你做的第一件事情就是，安排一艘警用快船——我說的是汽艇——七點鐘在西敏寺旁邊的碼頭待命。」

「這事情好辦，那附近一直都有一艘警用汽艇，等下我可以去路對面打電話確認一下。」

「然後，我需要兩個身強力壯的警員，以防對方負隅頑抗。」

「我會在船上安排兩三個人。還有別的嗎？」

「抓到罪犯之後，咱們肯定可以拿到寶藏。照我看，我這位朋友應該很樂意把寶物箱子送到一位年輕女士手上，那位女士是一半寶藏的合法主人。那樣的話，她就可以成為第一個打開箱子的人。你樂意嗎，華生？」

「樂意之至。」

「這可不太符合常規，」瓊斯搖起頭來。「算了，反正整件事情都不符合常規，要我說，我們也只好假裝看不見。不過，接下來你們必須把寶藏交給政府，等官方調查結束之後才能領取。」

「當然可以。這事情好辦。還有一點，我很想從喬納森·斯莫本人的嘴裏聽到案子當中的幾個細節。你也知道，我辦案的時候喜歡把所有細節都搞清楚。我打算在我這兒或者別的甚麼地方對他進行一次非官方的訊問，並且保證把他看管好，這你應該不反對吧？」

「呃，眼下的局面是你說了算。直到現在，我都還不能確定這個喬納森·斯莫是不是真的存在呢。不過，如果你能逮到他的話，我看我沒理由不讓你對他進行訊問。」

「這事兒就算是說定了，對嗎？」

「一點兒不錯。還有別的事情嗎？」

「只有一件，我強烈要求你留下來跟我們一塊兒吃飯。飯半個鐘頭就好。我準備了一些牡蠣和一對松雞，外加一點兒勉強不算大路貨的白葡萄酒。——華生，你還沒見識過我打理家務的手段吧。」

第十章
島民的末日

　　我們這頓飯吃得非常高興。興致好的時候，福爾摩斯可以是個異常健談的人，然後呢，這天傍晚他興致的確很好，似乎是進入了一種亢奮的狂喜狀態。我以前還真不知道，他居然這麼伶牙俐齒。他接連不斷地聊起了一大堆話題，從中世紀神跡劇談到中世紀陶器，從斯特拉底瓦里小提琴談到錫蘭的佛教 *，跟着又談到未來的戰艦，説起來都是頭頭是道，就跟對每個話題都作過專門的研究似的。他眼下的這種晴朗心緒，剛好就是之前那段消沉抑鬱的陰霾日子造成的一種反作用。埃瑟尼・瓊斯呢，他不光證明了自己在閒暇的時候是個相當好打交道的人，享用晚餐的時候還拿出了一副美食家的派頭。我自己也是歡欣不已，一方面是因為案子即將辦結，一方面又受了福爾摩斯那股快活勁兒的感染。直到晚餐結束，三個人都對這次歡聚的由頭隻字未提。

　　桌子收拾乾淨之後，福爾摩斯看了看錶，然後就斟上了滿滿的三杯波爾圖葡萄酒。

---

* 　神跡劇 (miracle play) 亦稱聖徒劇，是盛行於中世紀歐洲的一種民間戲劇，以聖徒生平及所行神跡為題材；斯特拉底瓦里小提琴見《暗紅習作》當中的注釋；錫蘭 (Ceylon) 是斯里蘭卡的舊稱。

「乾一杯，」他説道，「祝咱們的小小探險圓滿成功。咱們該出發了。你有手槍嗎，華生？」

「我當兵時用的那把左輪手槍就在我書桌裏。」

「那你最好把它拿上，有備無患嘛。馬車應該已經等在門口了。我跟車夫定的時間是六點半。」

七點多一點的時候，我們趕到了西敏寺旁邊的碼頭，汽艇已經等在了那裏。福爾摩斯用挑剔的眼光打量着它。

「船上有甚麼警方的標誌嗎？」

「有的，船舷上那盞綠燈就是。」

「那就把它摘掉。」

完成這個小小的調整之後，我們登上汽艇，解開了纜繩。瓊斯、福爾摩斯和我坐在船尾，船上一人掌舵，一人司爐，船頭還有兩名身材魁梧的督察。

「去哪兒？」瓊斯問道。

「去倫敦塔。叫他們停在雅各布森船廠對面。」

我們的船顯然是速度驚人，它飛快地掠過一艘又一艘滿載的駁船，就跟它們停着沒動似的。當我們將一艘小火輪甩到身後的時候，福爾摩斯露出了滿意的笑容。

「這麼看，咱們應該能追上這條河裏的任何東西，」他説道。

「呃，話也不能這麼説。不過，比咱們這艘船還快的汽艇確實不多。」

「咱們必須追上『曙光號』，那艘船可是以快著名的。我來跟你講講眼下的形勢，華生。之前我被那麼個小小的問題擋了道，心裏有多窩火，你還記得吧？」

「記得。」

「所以呢，我一頭扎進化學實驗，讓自己的腦子徹徹底底地休息一下。咱們的一位大政治家曾經說過，最好的休息就是換換工作*。這話說得一點兒也不錯。成功做完分解碳氫化合物的實驗之後，我又回頭來看舒爾托這個案子，把整件事情重新理了一遍。我那些小傢伙已經把這條河上上下下搜了個遍，結果是一無所獲。那艘汽艇沒有在任何一個船塢或是碼頭出現，也沒有回到它原先所在的地方。與此同時，罪犯多半不會用鑿沉它的方法來掩蓋自己的行蹤。當然，如果其他可能性都已排除的話，這也不失為一種可能的假設。我知道斯莫這傢伙有一些市井之徒的小伎倆，但卻不相信他真能使出甚麼妙不可言的大手筆，因為那種東西通常都是高等教育的產物。接着我又想，咱們既然知道他一直在監視龐第切瑞別墅，那他必然是在倫敦待了一段日子，由此就不可能說走就走，多少也得花點兒時間來料理自己的事情，哪怕只是一天呢。再怎麼說，這也是最符合常理的一種推測。」

「我倒覺得這種推測有點兒牽強，」我說道，「更符合常理的推測是，他先料理好了自己的事情，然後才以身犯險。」

「不對，我可不這麼想。對他來說，倫敦的這個窩巢應該是一個十分寶貴的藏身之所，除非他已經確信自己不會再需要它，否則就不會輕易放棄。作出這個推測之後，

---

* 這句話通常被歸在曾四度擔任英國首相的格萊斯頓 (William Gladstone, 1809–1898) 名下，但卻沒有確切的出處。

我又想到了另外一件事情。喬納森·斯莫一定會覺得，不管他用甚麼方法來遮掩，旁人都免不了要對他那個奇形怪狀的同伙指指點點，沒準兒還會把後者跟諾伍德的慘案聯繫起來。他還是滿精明的，應該想得到這一點。作案的時候，他倆借着黑夜的掩護從老窩裏鑽出來，而他肯定是打算趕在天光大亮之前逃回去。好了，按照史密斯太太的説法，他倆三點多鐘才坐上船，再過一個鐘頭左右，天就該亮得差不多了，周圍的人也會多起來。由此我可以斷定，當時他倆肯定沒跑多遠。他倆多半是給了史密斯不少封口費，又包下他的汽艇以作最後逃亡之用，然後就帶着寶物箱子急匆匆地跑回了老窩。他倆會等上兩個晚上，看看報紙上有些甚麼説法、自己有沒有成為懷疑的目標，然後就會借着黑夜的掩護坐汽艇去格里夫森或者當斯錨地＊，毫無疑問，他倆已經預先買好了船票，打算從那些地方前往美洲，或者是大英帝國的海外殖民地。」

「可是，汽艇怎麼辦呢？他倆總不可能把汽艇帶回自己的老窩吧。」

「確實不可能。當時我斷定，那艘汽艇雖然無蹤無影，但卻一定不會離他倆的老窩太遠。接下來，我把自己擺到斯莫的位置，用他的頭腦來考慮這個問題。他多半會覺得，絕不能把汽艇打發回去，也不能把它泊在某個碼頭，那樣的話，萬一警方盯上了他，要追蹤他就會比較容易。那麼，要想把汽艇隱藏起來、同時又方便自己隨時取

＊　當斯錨地 (the Downs) 是北海南部英吉利海峽附近的一片海域，在多佛海峽和泰晤士河口之間，歷來是各種船隻的避風港。

用，他應該怎麼做呢？我反復揣摩，換作我是他的話，我會怎麼做。想來想去也只有一個辦法，那就是把汽艇交給某家造船廠或是修理廠，讓廠家對它做點兒無關緊要的修整。這樣的話，汽艇就會順理成章地進入廠家的倉庫或者修理廠，從別人的視線當中消失，與此同時，如果我想用它的話，提前幾個小時打聲招呼就行了。」

「這辦法倒是挺簡單的。」

「最容易被人忽視的恰恰是這種非常簡單的東西。不管怎麼樣，我決定按照這個推測採取行動。於是我立刻換上了那身無傷大雅的水手行頭，到河邊的各家船廠去打探消息。前面十五家都沒有帶來任何收穫，第十六家，也就是雅各布森船廠，卻告訴我，兩天之前，一個木腿男人把『曙光號』送到了他們那裏，讓他們稍微修一修船上的舵。『它的舵壓根兒就是一點兒問題也沒有，』船廠的工頭是這麼說的。『瞧，它就在那兒，船幫上有紅條的那艘。』就在這個時候，巧得很，失蹤船主莫迪凱・史密斯先生走了過來，顯然是喝得相當不少。當然嘍，我本來並不認得他，可他大呼小叫，把自己的名字和汽艇的名字一起吼了出來。『我今晚八點鐘來取船，』他還說──『記好嘍，是八點整，我那兩位先生可不喜歡等人。』那兩個傢伙顯然是給了他不少錢，因為他一副錢多了燒得慌的樣子，一個勁兒地朝那些工人扔先令。我跟着他走了一陣，可他又鑽進了一家酒館，所以我只好返回船廠，碰巧看到我的一個小傢伙從路上過，於是就叫他留在那裏監視那艘汽艇。那兩個傢伙一出發，他就會站到岸邊衝咱們揮手帕。咱們

就在河裏埋伏着，要是不能人贓並獲，那才是件怪事哩。」

「那些傢伙是不是正主兒我不知道，你這些安排還是挺周詳的，」瓊斯説道，「不過，這事兒要是由我來辦的話，我就會讓一幫警察到雅各布森船廠去候着，他們一來就衝上去抓。」

「那他們就永遠也不會來。斯莫這傢伙十分狡猾，肯定會派個探子打頭陣，要是發現有甚麼不對勁的話，他就會再躲上一個星期。」

「不過，你完全可以死死地盯住莫迪凱·史密斯，讓他把你領到他們的窩巢裏去。」我説道。

「那樣的話，我只會白白地浪費時間。我覺得，史密斯知道他們住處的可能性只有百分之一。他反正是又有酒喝又有錢花，還問那麼多問題幹甚麼呢？他們肯定是通過捎信的方法給他下指示的。不行的，所有的辦法我都考慮過了，眼下的這一種才是最好的。」

説話之間，我們一直在飛速駛過泰晤士河上的一座座橋樑。經過故城 * 的時候，夕陽的最後一抹餘暉剛好給聖保羅大教堂穹頂的十字架鍍上了一層金色。直到暮色深沉，我們才趕到了倫敦塔下面。

「那就是雅各布森船廠，」福爾摩斯説道，指了指聳立在薩里郡那一側河岸的一些桅杆吊索。「咱們就拿這排駁船作為掩護，在這兒來來回回地慢慢晃盪。」他從兜裏

---

* 故城 (the City) 通譯為「倫敦城」，特指倫敦市中心的一小片歷史悠久的區域，有時也稱「方里」(the Square Mile)，因為這片區域的面積剛好是一平方英里左右。為免與泛指倫敦全城的「倫敦城」發生混淆，此系列均譯作「故城」。

掏出一副夜用望遠鏡，向對岸望了一會兒。「我看見了，我的哨兵正在堅守崗位，」他告訴我們，「只不過還沒有手帕信號。」

「咱們不妨往下游開一點點，到那兒去等他們，」瓊斯急切地説道。

到這會兒，大家都已經迫不及待，連那幾個對此次任務不甚了了的警員和船工也不例外。

「咱們可沒有想當然的權利，」福爾摩斯答道。「當然，他們下行的機率是上溯的十倍，可這並不是百分之百的事情。眼下這個位置可以看到船廠的出口，同時又不會被他們看到。今天晚上天氣不錯，對岸又有很多燈光。咱們必須守在這兒。瞧，那邊的煤氣燈下面還真是人頭攢動哩。」

「他們都是剛下班的船廠工人。」

「好一群骯髒邋遢的傢伙，可是我相信，他們每一個人的身上都藏着一點點不朽的火花。光看他們的外表，你絕對想不到火花的存在。這方面的事情可沒法預先推定。人這種東西，真是個解不開的謎啊！」

「有人説，人和動物的區別就在於軀殼之中有個靈魂。」我插了一句。

「溫伍德·瑞德在這個問題上很有見地，」福爾摩斯説道。「他認為，個體的人雖然是無法破解的謎題，集合起來卻擁有數字一般的確定性。比如説，你永遠也無法預測某一個人的行為，但卻可以準確地預測一般的人會怎麼樣。個體千差萬別，百分率卻始終有效。統計學家們就是

這麼說的。呃，那是一塊手帕嗎？毫無疑問，那邊的確有一個晃動的白影。」

「沒錯，就是你那個小傢伙，」我叫了起來。「我可以清清楚楚地看到他。」

「『曙光號』也在那裏，」福爾摩斯叫道，「速度快得跟鬼魅一樣！全速前進，司爐。去追那艘亮着黃光的汽艇。老天在上，要是他們的船跑贏了我們的話，我一輩子都沒法原諒自己！」

在此之前，「曙光號」神不知鬼不覺地溜出了船廠的出口，從兩三艘小船之間穿了過去。等我們看見的時候，它的速度已經提得很高了。眼下它貼着河岸，正在飛速駛向下游。瓊斯神色嚴峻地看着它，忍不住搖起頭來。

「它太快了，」他說道。「我懷疑咱們追不上了。」

「咱們**必須**追上它！」福爾摩斯咬牙切齒地叫道。「快添火，司爐！能開多快就開多快！咱們一定得逮到他們，就算把這艘船燒了都行！」

我們緊緊地跟了上去。鍋爐呼呼怒號，強勁的引擎尖嘯聲聲、咣噹作響，如同一顆鋼鐵的心臟。尖削的船頭劈開平靜的河水，將兩道滾滾的波浪拋向左右兩旁。伴隨着引擎的每一次悸動，船身一次又一次地跳躍顫抖，彷彿是有了生命。船頭的黃色大燈投出長長的光束，在我們的前方搖曳不停。正前方水面的那個模糊黑影就是「曙光號」，翻湧的白色尾跡訴說着它驚人的速度。我們從一艘艘來來往往的駁船、汽輪和商船旁邊一掠而過，剛剛還在這一艘後面，轉眼就到了那一艘前面。黑暗之中傳來了衝我們叫

好的聲音，「曙光號」卻依然風馳電掣地跑在前頭，我們也依然如影隨形地跟在後面。

「添火，伙計們，添火！」福爾摩斯高聲叫喊，眼睛瞥向下方的鍋爐室，熊熊的火光烙上了他鷹隼一般的焦灼臉龐。「能燒出多少蒸汽就燒多少。」

「我覺得，咱們已經追近了一點兒，」瓊斯說道，眼睛緊盯着「曙光號」。

「絕對沒錯，」我說道。「用不了幾分鐘，咱們就能趕上它了。」

沒想到，厄運就在這個時候從天而降，一艘拖船牽引着三艘駁船闖到了我們和「曙光號」的中間。我們死死地扳住了舵輪，這才沒有跟它撞上。我們還沒來得及繞過拖船擺正航向，「曙光號」就已經把我們甩下了足足兩百碼的距離。還好，它仍然清晰地顯現在我們的視線範圍之內，與此同時，星光燦爛的澄明夜晚也正在取代晦暗模糊的游移暮色。我們的鍋爐已經燒到了極限，洶湧的動力讓脆弱的船殼震顫不停、嘎吱作響。一路之上，我們穿過了倫敦池 *，掠過了西印度碼頭，駛過了長長的德特福德河段，繞過了狗兒島，此時正在向北行進。前方的那個模糊暗影已經現出本來面目，變成了秀美迷人的「曙光號」。瓊斯把船上的探照燈轉向了它，甲板上的人影立刻清清楚楚地呈現在我們眼前。一個男的坐在船尾，正在低頭查看

---

* 原文為「pool」，應是倫敦池 (Pool of London) 的省寫，指倫敦橋和倫敦塔橋之間的河段。本章下文之中的所有地名都是泰晤士河沿岸的真實存在。

擺在自己雙膝之間的一件黑色物品，他旁邊躺着一團黑乎乎的東西，看樣子像是一頭紐芬蘭犬 *。船主的兒子把着舵，船主的身影則映現在紅紅的爐火之中，只見他光着膀子，正在拼命地往爐膛里加炭。剛開始的時候，他們興許還不能肯定我們真的是在追他們，眼下看到我們跟着他們彎來拐去，心裏自然不會再有任何疑問。經過格林尼治的時候，我們離他們大概有三百步 † 遠。到了布萊克沃，我們跟他們的距離就不超過二百五十步了。奔波轉徙的過往生涯之中，我在許多國家追獵過許多野獸，但卻沒有哪一次的經歷能比得上泰晤士河這次極速若飛的緝兇行動，沒有哪一次能有這般的狂野刺激。我們一碼一碼地步步逼近，寂靜的夜晚之中，他們那部輪機的喘息轟鳴已經清晰可聞。船尾的那個男人仍然蜷在甲板上，雙臂不停揮動，似乎是正在忙活甚麼事情，其間還時不時地抬起頭來瞥上一眼，估量兩艘船之間的距離。我們離他們越來越近，瓊斯便開始大聲叫喊，喝令他們停下來。到這會兒，我們還落後不超過四個船身的距離，兩艘船都在疾速飛駛。眼前是一段開闊的河面，一邊是巴奇因平原，另一邊是陰鬱的普拉姆斯蒂德沼地。聽到我們的叫喊，船尾的男人從甲板上一躍而起，開始衝我們揮舞緊握的雙拳，還用粗礪的嗓音高聲叫罵。此人身材高大 ‡，體格健壯，因為他叉開兩

---

* 紐芬蘭犬 (Newfoundland) 是一種大型犬類，因最初培育於加拿大的紐芬蘭而得名。

† 用作長度單位的時候，一步 (pace) 等於 0.76 米。

‡ 原文如此。但前文中福爾摩斯曾對瓊斯說，斯莫是個小個子。當然，當時福爾摩斯尚未見到此人。

腿站在那裏，所以我看到，他身體右側大腿以下的部位不過是一截木樁。聽到他刺耳的怒吼，甲板上那堆蜷成一團的東西有了動靜。那堆東西立了起來，原來是一個黑人，個子小得我見所未見，肩上卻扛着一顆畸形的大腦袋，腦袋上頂着一蓬凌亂糾結的頭髮。到這個時候，福爾摩斯早已拔出了他的左輪手槍，看到這個奇形怪狀的生番之後，我也忙不迭地把自己的槍拔了出來。他身上裹着一件類似烏爾斯特大衣的東西，也可能是一條暗色的毯子，只有一張臉露在外頭。可是，僅僅是那張臉就足以把人嚇得竟夜無眠。我從來都沒見過，有誰的五官能像他的那樣，把所有的獸性與殘忍體現得如此淋漓盡致。他那雙小小的眼睛裏燃着森然的兇光，厚厚的嘴唇上下翻開，齜在外面的牙齒衝我們咬得格格直響，宣洩着一股跡近野獸的狂怒。

「他一抬手咱們就開槍，」福爾摩斯平靜地說道。

此時我們離那艘船已經不到一個船身，獵物幾乎伸手可及。我看到他倆站在那裏，白皮膚的那個正在叉開兩腿尖聲叫罵，那個褻瀆神靈的侏儒則是滿臉猙獰，粗大的黃牙齒映着燈光，似乎是想要從我們身上咬下一塊肉來。

我們可以如此清楚地看到他，實在是一種幸運。看着看着，他就從身上的衣物下面拿出了一根形如尺子的短木棍，又用雙手把它舉到了嘴邊。我們手裏的槍同時響了起來，他轉了個圈兒，高高地舉起雙臂，跟着就發出一聲嗆水似的咳嗽，側着身子栽到了河裏。我看見，他那雙惡毒兇狠的眼睛在白沫翻湧的水流之中一閃而逝。與此同時，木腿男人縱身一躍，狠命地扳了一下舵輪，他們那艘船立

刻直直地衝向南岸，船尾從離我們只有幾英尺的地方掠了過去。我們趕緊追了上去，可它已經衝到了離岸很近的地方。岸邊是一個荒涼慘淡的所在，月光照耀着一片廣袤的沼地，沼地之中只有一汪一汪的死水和一片一片的腐爛植物。隨着一聲沉悶的轟響，那艘汽艇衝上了滿是淤泥的河岸，船頭翹到空中，船尾則灌滿了水。逃犯跳下船去，可他的木腿立刻齊根沒入了濕答答的淤泥。他徒勞無益地又是掙扎又是翻騰，向前向後卻都是寸步難移。他發出無可奈何的怒吼，還用另一條腿瘋狂地踢打腳下的污泥，結果只是讓自己的木腿在粘乎乎的河灘裏越陷越深。等我們把汽艇開過去的時候，他已經被死死地鉚在了沼地裏，我們只好在他肩膀上繞了一根繩子，這才把這個如同魚怪的傢伙拽出淤泥、拖到了我們的船上。史密斯父子悶悶不樂地坐在自己的汽艇上，聽到命令之後也乖乖地上了我們的船。至於「曙光號」，我們把它拖回水裏，又把它牢牢地綁在了船尾。它的甲板上有一隻沉甸甸的印度鐵箱，毫無疑問，舒爾托家那宗不祥的寶藏就在這隻箱子裏。箱子沒有鑰匙，份量又着實不輕，我們便小心翼翼地把它搬進了我們這艘汽艇的小小艙室。接下來，我們慢慢地溯流返回，還用探照燈往各個方向照了一遍。哪裏都沒有那個島民的影子，遠來此土的奇異客人已經葬身在泰晤士河底的黑色淤泥之中。

「瞧，」福爾摩斯指着木製的艙門説。「咱們開槍的動作還是不夠快。」千真萬確，艙門上扎着一根我倆十分熟悉的兇險毒箭，就扎在我倆剛才所在位置往後一點兒的

地方。在我們開火的那個瞬間，它想必是從我倆之間「嗖」的一聲飛了過去。福爾摩斯還是那麼若無其事，衝着它笑了一笑，接着又聳了聳肩膀，可我必須承認，想到可怕的死亡曾經跟我倆擦肩而過，我不由得產生了一種惡心欲嘔的感覺。

第十一章
阿格拉重寶

我們的俘虜坐在艙室裏，正對着那隻鐵箱子，那是他耗費了無數的光陰和力氣才終於換來的東西。他眼神兇悍，皮膚曬得黝黑，紅褐色的臉上溝壑縱橫，記錄着艱苦的戶外勞作。他蓋滿鬍鬚的下巴異常突出，顯然是一個不會輕言放棄的人。他的年紀應該是五十上下，因為他黑色的捲髮已經掛滿了霜花。眼下他面容沉靜，倒也不惹人討厭，當然，正如我剛才所見，一旦發作起來，他濃重的眉毛和氣勢洶洶的下巴就會讓他的表情顯得格外可怕。此刻他坐在那裏，銬着的雙手擱在膝上，腦袋耷拉在胸前，精光閃爍的眼睛緊盯着那隻致使他作下種種罪孽的箱子。在我看來，他那副僵硬漠然的表情當中更多的是哀傷，並不是憤怒。中間有那麼一次，他抬頭看了看我，眼裏閃過了一縷調侃似的光芒。

「好了，喬納森‧斯莫，」福爾摩斯點起了一支雪茄，「事情發展到這個地步，我覺得非常遺憾。」

「我也有同感，先生，」他爽快地回答道。「真不敢相信，我會為了這件事情上絞架。我可以把手按在《聖經》上起誓，我絕沒有動過舒爾托先生半根指頭。這都得怪童加那個小惡鬼，是他把他那該死的毒箭射到了舒爾托先生

身上。我跟舒爾托的死沒有關係，先生。當時，我就跟自個兒的至親死了一樣痛心，還用繩子抽了那個小惡魔一頓。可是，事情已經是那樣了，我也沒有挽回的辦法。」

「抽支雪茄吧，」福爾摩斯說道，「最好再就着我的酒壺來上一口，因為你全身都濕透了。那個黑傢伙如此矮小、如此虛弱，你怎麼會指望這麼個同伙來幫你制住舒爾托先生，好讓你有時間順着繩子往上爬呢？」

「您說得就跟親眼看見了似的，先生。事情是這樣的，我本來以為房間裏沒人，因為我非常了解那家人的生活習慣，舒爾托先生通常都會在那個時候下樓去吃晚飯。我沒有甚麼好隱瞞的，因為真相就是對我最有利的辯詞。真的，要是那個老少校還在世的話，我肯定會幹掉他，上絞架也高興。對我來說，用刀子捅他就跟抽這支雪茄一樣用不着考慮。可是，眼看着我就要為這位年輕的舒爾托去蹲監獄，我心裏真的很不好受，因為我跟他無冤無仇。」

「你現在處於蘇格蘭場警官埃瑟尼·瓊斯的監管之下，他會把你帶到我那裏去，而我要求你把事情原原本本地講出來。你必須把所有一切和盤托出，那樣我才能幫得上你。照我看，我應該能夠證明，毒藥發作得非常快，沒等你爬進房間，受害人就已經死了。」

「確實是這樣，先生。剛爬進窗子的時候，我受到的驚嚇是我一輩子都不曾有過的，因為我看到他腦袋耷拉在肩頭，咧着嘴衝我笑。我真是驚呆了，先生。要不是童加溜得快，我當時就能把他給宰了。後來他告訴我，就是因為我揍他，他才落下了自己的棒子和幾根毒箭，而且我

敢肯定，那些東西給你們提供了追查的線索。當然，我確實想不出來，您到底是怎麼一路追查過來的。我並沒有懷恨您的意思，可這事情的確有點兒讓人想不通，」他補了一句，臉上露出了苦澀的笑容。「您瞧，我是五十萬財產的合法主人，結果呢，我上半輩子都在安達曼群島修築防波堤，接下來的半輩子又多半得上達特莫爾＊去挖排水溝了。現在回想起來，那一天真是個倒霉的日子，就是在那一天，我第一次見到了那個名叫阿赫默特的商人、跟阿格拉寶藏扯上了關係。直到如今，這宗寶藏帶給主人的只有詛咒，再沒有甚麼別的東西。它帶給那個商人的是謀殺，帶給舒爾托少校的是恐懼和愧疚，帶給我的則是終身的苦刑。」

就在這時，埃瑟尼·瓊斯把他寬闊的臉膛和厚實的肩膀伸進了狹小的艙室。

「好一場溫馨的家庭聚會啊，」他如是評論。「我覺得我應該拿起你的酒壺來上一口，福爾摩斯。是這樣，我覺得咱們應該相互慶賀一下。只可惜另一個沒抓到活的，可咱們也沒有別的選擇。要我說，福爾摩斯，你也得承認吧，這次的事情可真是非常僥倖。咱們使出了吃奶的勁兒才追上它呢。」

「好結局就是好事情，」福爾摩斯說道。「當然嘍，我確實沒想到，『曙光號』居然能跑這麼快。」

「史密斯說，它是這條河上數一數二的快艇。要是再有一個人幫他司爐的話，咱們永遠也別想追上它。他跟我

＊　達特莫爾 (Dartmoor) 是英格蘭一座監獄的名稱，坐落在德文郡的一片同名高地荒原之中。

賭咒發誓，説他一點兒也不知道諾伍德的事情。」

「他確實不知道，」我們的俘虜叫了起來——「一丁點兒也不知道。我選他的汽艇只是因為聽説它開得飛快，並沒有告訴他任何事情。當然，我們出的價錢可不少，要是能讓我們趕到格里夫森、搭上去巴西的『埃斯梅拉達號』的話，他還能再賺一大筆。」

「很好，既然他沒辦甚麼錯事兒，我們也不會拿錯事兒來辦他。我們抓人的動作雖然快，整人的動作就不會那麼快了。」剛剛逮到犯人，瓊斯就端起了自命不凡的架子，這樣的轉變真讓人暗自好笑。看到福爾摩斯臉上那一抹一掠而過的淡淡笑意，我知道他也把瓊斯的這番高論聽在了耳朵裏。

「馬上就要到沃薩橋了，」瓊斯説道，「華生醫生，你就帶着寶物箱子在這兒下吧。用不着我説，你也應該知道，我這麼幹是要負很大的責任的。這麼幹完全不合常規，當然，之前説好的事情也不能不算。不過，我有責任派一名督察跟你一起去，因為你攜帶着這麼貴重的物品。你肯定是坐車去吧，對嗎？」

「對，我打算坐車去。」

「沒鑰匙真是太可惜了，要不然，我們還可以先開列一張清單呢。看來你只能把它砸開了。我説伙計，鑰匙在哪兒呢？」

「河底，」斯莫的回答十分簡潔。

「哼！抓你就已經夠費勁的了，你何必給我們添這道多餘的麻煩呢。好了，醫生，我就不提醒你多加小心了。

完了之後，你就把箱子帶回貝克街吧。我們會先到那裏，然後再去警局。」

他們把我和那隻沉重的鐵箱子一起放在了沃薩橋，還派了一名坦率和藹的督察跟我同行。坐了一刻鐘馬車之後，我們趕到了瑟希爾·福瑞斯特太太的家。看到我們深夜造訪，女僕似乎頗為吃驚。她解釋說，瑟希爾·福瑞斯特太太傍晚就出去了，可能要很晚才會回來。不過呢，莫斯坦小姐這會兒就在客廳裏。於是乎，我捧着箱子進了客廳，把那名知情識趣的督察留在了馬車裏。

她坐在敞開的窗子邊上，穿着一件半透明的白色裙子，頸間和腰際都有一點兒紅色的點綴。她斜倚在一把柳條椅子上，紗燈的柔和光線在她溫柔莊重的臉上搖盪，又給她濃密的捲髮灑上了一點暗淡的金光。她把一隻白皙的胳膊搭在椅子邊上，全身上下都流露着一種若有所思的憂傷。不過，聽到我的腳步聲，她一下子站了起來，蒼白的雙頰立刻泛起了乍驚乍喜的紅暈。

「我聽見了馬車來的聲音，」她說道。「還以為是福瑞斯特太太提前回來了呢，做夢也沒想到是您來了。您帶給我的是甚麼消息呢？」

「我帶來的可不只是消息，」我一邊說，一邊把箱子放到桌上，心情雖然十分沉重，口氣卻十分快活輕鬆。「我帶給您的東西抵得上全世界所有的消息。我帶給您的是一筆巨大的財富啊。」

她瞥了一眼桌上的鐵箱子。

「這麼說，寶藏就在裏面嘍？」她問話的語氣十分平靜。

「沒錯，裏面就是價值巨大的阿格拉寶藏，一半屬於您，一半屬於薩德烏斯·舒爾托，你們倆每人都可以分到二十萬鎊。想想吧！它可以帶來一萬鎊的年金啊。全英格蘭也找不出幾個比您更富有的年輕女士了。很不錯吧？」

現在想來，我這番假裝歡喜的表演一定是相當過火，致使她從我的慶賀之辭當中聽出了一抹虛情假意，因為我看見她眉毛微微揚起，跟着就不以為然地瞥了我一眼。

「就算我得到了它，」她說道，「那也是多虧了您。」

「不，不是這樣，」我回答道，「不是多虧了我，是多虧了我的朋友歇洛克·福爾摩斯。我身上雖然裝着全世界所有人的決心，可我絕對沒有本事去追蹤一條能讓他的分析天才受到考驗的線索。這麼說吧，我們差一點兒就攤上了功敗垂成的結局。」

「請您坐下，把全部的經過講給我聽聽吧，華生醫生，」她說道。

我把上次見她之後的事情簡短地說了一遍，講到了福爾摩斯全新的搜索方法，講到了他尋獲「曙光號」的過程，講到了埃瑟尼·瓊斯的到訪，講到了我們的夜間旅程，還講到了泰晤士河上的瘋狂追逐。她專注地聽着我回述之前的種種冒險經歷，雙唇微啟、兩眼放光。聽我講到那根險些射中我倆的毒箭，她一下子面無人色，我還以為她馬上就會暈倒哩。

「不要緊，」看見我忙不迭地跑去給她倒水，她趕緊

說道。「我已經沒事兒了。剛才我只是非常驚駭，因為聽您說我才知道，我竟然把朋友們送進了那麼可怕的危險境地。」

「那些事情都過去了，」我回答道。「不要緊的。我不想再跟您說那些淒慘的細節了。咱們說點兒高興的事情吧。寶藏已經找回來了，還有甚麼能比這事情更值得高興呢？我請求他們允許我把它帶來，就是因為我覺得，您沒準兒會樂意先睹為快。」

「我確實是樂意之至，」她說了一句，聲音裏卻沒有甚麼興奮之情。毫無疑問，她這麼說只是因為她覺得，要是對我們費盡心血才奪得的獎品表現得無動於衷的話，禮數上未免不太周全。

「這盒子真漂亮！」她俯身看着箱子，讚了一聲。「依我看，這應該是印度人的手藝吧？」

「沒錯，這樣的金屬工藝出自貝拿勒斯*。」

「而且好沉！」她伸手去拿箱子，一下子叫了起來。「這箱子本身就挺有價值的吧。鑰匙在哪兒呢？」

「斯莫把鑰匙扔進了泰晤士河，」我回答道。「我得借用一下福瑞斯特太太的撥火棍了。」

箱子正面有一個又粗又寬的搭扣，鑄成了一尊坐佛的樣子。我把撥火棍伸進搭扣，使勁兒地往外撬，搭扣「啪」的一聲彈了開來。等我用顫抖的手揭開蓋子之後，我倆就目瞪口呆地站在了原地。箱子是空的！

---

* 貝拿勒斯 (Benares) 是印度中部偏東北歷史文化名城瓦臘納西 (Varanasi) 的別稱，該城有「智慧之城」和「印度宗教之都」的美譽。

箱子這麼重不是沒有理由的，因為它四壁的鑄鐵足足有三分之二英寸厚。它體量龐大、精工細作、沉重堅實，正是一個如假包換的寶物箱。可是，箱子裏見不到一片金屬，也見不到一粒寶石，完完全全、徹徹底底地一無所有。

「寶藏已經丟了哦，」莫斯坦小姐平靜地說了一句。

我聽出了她的言外之意，籠罩在心裏的一片巨大陰影瞬間消散。阿格拉寶藏的包袱終於離我而去，這一刻我才真正意識到，之前它給我造成的壓力究竟有多麼沉重。毫無疑問，我這種如釋重負的感覺自私自利、不忠不義，可我想不到甚麼別的，心裏只有一個念頭：曾經橫亙在我倆之間的那一堵金色高牆，如今已然徹底消失。

「謝天謝地！」我脫口說出了心靈深處的真實想法。

她看着我，臉上掠過了一抹探詢的笑容。

「您幹嗎要這麼說呢？」她問道。

「因為你不再遙不可及了，」我一邊說，一邊握住了她的手，而她也沒有把手抽回去。「因為我愛你，瑪麗，古往今來的男人對女人有過多麼真誠的愛，我的愛就有多麼真誠。就因為這宗寶藏、這份巨大的財富，我才不敢向你啟齒。現在它已經不見了，所以我才敢讓你知道，我有多麼地愛你，所以我才會說，『謝天謝地』。」

「那我也要說一聲，『謝天謝地』，」我把她攬入懷中的時候，她輕聲說道。

不知道世上有多少人失去了他們的寶藏，我只知道，這天晚上，我得到了一件無價之寶。

第十二章
喬納森·斯莫的離奇故事

馬車裏的那名督察實在是很有耐性，因為他等待的時間實在是長得讓人心煩。等我把空箱子拿給他看的時候，他的臉上陰雲密佈。

「這麼一來，獎金就沒了！」他悶悶不樂地說道。「寶物沒找到，獎金也就沒了着落。要是寶藏還在的話，我跟山姆·布朗還可以每人掙上十鎊呢。」

「薩德烏斯·舒爾托先生有的是錢，」我說道，「他會給你獎賞的，找沒找到寶藏都是一樣。」

可是，督察還是沮喪不已地搖了搖頭。「這件事辦砸了，」他重申了一遍，「埃瑟尼·瓊斯先生也會這麼想的。」

果然不出他所料，看到我帶回去的空箱子，探員的表情確實非常失落。他、福爾摩斯和犯人也是剛剛才到貝克街，因為他們臨時改變了計劃，路上先到一個警局去通報了一下破案的消息。我回去的時候，我室友正像平常一樣無精打采地窩在扶手椅上，斯莫則神色漠然地坐在他的對面，木腿蹺在好腿的上方。我展示空箱子的時候，斯莫往椅背上一仰，大聲地笑了起來。

「原來是你幹的好事，斯莫，」埃瑟尼·瓊斯氣沖沖地說道。

「沒錯，我把它收在了一個你們永遠也夠不着的地方，」他興高采烈地叫道。「寶藏是屬於我的，我要是得不到，那就得想方設法地不讓別人得到。實話告訴你們，除了我本人和安達曼囚犯營裏的那三個人之外，再沒有哪個活着的人有權得到裏面的任何東西。如今我知道，寶藏我已經用不上了，他們三個也是一樣。從頭到尾，我的行動都不光是代表我自己，還代表着他們三個。不管是甚麼時候，我們永遠不會背叛『四簽名』的誓言。呃，我知道他們一定會完全贊成我的做法，寧願把寶藏扔進泰晤士河，也不能讓它落到舒爾托或者莫斯坦的親戚手裏。我們當初對阿赫默特下手，可不是為了讓那些人發財。箱子鑰匙和童加去了哪裏，寶藏也就去了哪裏。那時候，我看到你們的船肯定能追上我們，於是就把寶藏放到了一個穩妥的地方。這一趟跑下來，你們是一個子兒也撈不着的。」

「你別想騙我們，斯莫，」埃瑟尼·瓊斯厲聲說道，「要是你真想把寶藏扔進泰晤士河的話，早就連箱子一塊兒扔了，那樣多省事。」

「我扔着省事，你們找起來也省事，」他一邊回答，一邊狡獪地往旁邊瞥了一眼。「某人既然有本事追蹤到我，自然就有本事從河底撈一隻鐵箱子上來。可是，那些東西眼下分散在五英里左右的河道裏，要撈的話恐怕得費點勁兒了。當然，這只是我突然之間的一個想法。當時你們越追越近，急得我都快發瘋了。不過，現在後悔也沒有

甚麼用處。這輩子我走過運也倒過霉，可我至少明白了一個道理，後悔藥沒有甚麼吃頭。」

「這可是一件非常嚴重的事情，斯莫，」探員說道。「如果你選擇幫助我們維護正義，而不是通過這種方法來製造障礙，你在法庭上的前途可能還會光明一些。」

「正義！」這名前科罪犯發出了一聲怒吼。「正義了不起！寶藏如果不屬於我們，那又該屬於誰呢？那些人並沒有為寶藏付出過任何代價，我憑甚麼要把它交給他們，那樣才叫做正義嗎？瞧瞧我這份權利是怎麼掙來的吧。我在那片熱病蔓延的沼澤裏待了整整二十年，整天都在紅樹林裏面幹活，整夜都被銬在臭氣熏天的犯人棚子裏，挨蚊子的叮咬，受瘧疾的折磨，還得任由那些該死的黑鬼看守欺凌，他們就喜歡拿白人出氣。我這份阿格拉寶藏就是這麼掙來的，你倒好，就因為我不樂意接受我出代價別人快活的結果，你就拿正義來教訓我！我寧願上二十次絞架，或者讓童加的毒箭扎進我這身厚皮，也不願意一邊蹲班房，一邊想像，外面有個人拿着本該屬於我的錢，正在某座宮殿裏面逍遙快活。」

此時的斯莫已經卸下了冷靜漠然的面具，上面這番話像連珠炮一般從他嘴裏湧了出來，他眼睛噴火，手上的鐐銬也隨着他激動的手勢哐噹作響。看到這個蒙冤受屈的犯人如此狂怒、如此衝動，我立刻明白，聽說他即將找上門來之後，舒爾托少校的那種恐懼只能說是有憑有據、合情合理。

「可你不要忘了，我們對這些事情一無所知，」福爾

摩斯平靜地說道。「我們還沒有聽到你的故事，自然也沒法判斷，本來你究竟有多麼佔理。」

「呃，先生，您這話說得非常公道，雖然我看得出來，我手腕上這雙鐲子就是受您的恩賜。我不會對您有甚麼怨恨，因為這是一次明面兒上的公平較量。您要是願意聽我的故事，我也不會有甚麼保留。我告訴您的事情都可以讓老天爺作證，一個字都不假。謝謝，您把杯子放我旁邊好了，嘴巴乾的時候我會喝的。

「我本來是伍斯特郡*的人，出生在珀夏鎮附近。我敢說，即便是現在，您也可以在那邊找到一大堆姓斯莫的人。我經常都想回去看看，不過說實話，家裏人從來都不覺得我給他們掙了多大面子，所以我覺得，我回去他們也不一定會特別歡迎。他們都是些喜歡上教堂的老實人，都是些小農場主，在鄉裏又出名又受人尊敬，我呢，從小就不是那麼安分守己。還好，到了大概十八歲的時候，我就再沒有給他們添過麻煩了。當時我因為一個姑娘惹上了一身的麻煩，為了脫身就只好去吃女王陛下的皇糧，參加了正要向印度開拔的第三步兵團。

「不過，命中注定我當不了太久的兵。剛剛結束踢正步的階段，學會了怎麼用步槍，我就腦子發昏，居然跑到恆河裏去游泳。我還算幸運，因為連裏的士官約翰·霍德爾當時也在水裏，而他又是軍中數一數二的游泳好手。我剛剛游到河中間，一條鱷魚就撲了上來，齊着膝蓋往上一點點的地方一口咬掉了我的右腿，跟外科手術一樣乾淨利

---

*　伍斯特郡 (Worcestershire) 是英格蘭中西部的一個郡。

落。我驚慌失措，又流了很多血，當時就暈了過去，要不是霍德爾抓住我、把我送上了岸的話，我肯定就淹死在了河裏。我在醫院裏待了五個月，最後才終於把這條木腿綁在殘肢上，一瘸一拐地走了出來。這時我發現自己已經成了廢人，不但不能當兵，其他的重體力活也幹不了了。

「你們可以想像，我還沒到二十歲就成了個沒有用的廢人，真的是悖運到了極點。不過，事實很快證明，我這次倒霉經歷其實是一種改頭換面的運氣。有個名叫阿貝爾·懷特的人到印度來辦了個靛藍種植園，他想找個人來監督園子裏的苦力，免得他們不好好幹活。說來也巧，我那個團的上校跟他是朋友，而在我出了事以後，上校一直都很關心我。長話短說吧，上校強烈要求他把那個職位給我，再者說，那份工作大部分都可以在馬背上完成，我那條殘腿也算不上特別大的障礙，因為剩下的部分還夠我緊緊地夾住馬鞍。我的工作就是騎着馬在園子裏轉來轉去，監督工人、舉報懶漢。他給的薪水相當公道，我也有了舒適的住處，總的說來，我已經心滿意足，準備在靛藍園子裏打發我剩餘的生命。阿貝爾·懷特先生是個不錯的人，經常都會到我的破爛窩棚裏來跟我一起抽煙斗，這也是因為那個地方的白人彼此之間比較貼心，跟在國內的時候大不相同。

「可是，我的運氣從來都沒有長久的時候。突然之間，事先沒有任何徵兆，那場大規模的兵變*就降臨到了

---

*　指1857至1859年（也有1858年之說）間發生在印度中部和北部的反英民族大起義，即英國人所說的「印度兵變」，亦稱「印度

我們頭上。前一個月，印度還太平無事，從各方面看都跟薩里郡和肯特郡一樣平靜；後一個月，二十萬黑鬼就跑了出來，把這個國家變成了一座不折不扣的地獄。當然，先生們，這些事情你們都知道，多半還比我清楚得多，因為我沒有看報的習慣，只知道那些我親眼看見的事情。我們的種植園是在一個名叫馬圖拉*的地方，離西北那幾個邦不遠。一晚接着一晚，滿天都是燒房子的火光。一天接着一天，不斷有三五成群的歐洲人帶着妻兒從我們的園子裏經過，他們都是到阿格拉去逃難的，因為這一帶最近的軍營就在那裏。阿貝爾·懷特先生非常固執，一根筋地認為這次的事件並沒有那麼嚴重，還認為它很快就會突然平息，就跟爆發的時候一樣。周圍的土地已經是一片火海，他卻自顧自地坐在陽台上，喝着威士忌加蘇打水，抽着方頭雪茄。當然，我們都留在了他的身邊，我說的是我和道森兩口子，他倆負責園子的賬目和日常管理。這麼着，一個天氣晴好的日子裏，禍事就來了。那天我去了遠處的一片種植園，傍晚時分才慢慢地騎馬回家，突然發現一條深溝的底部有一個蜷成一團的東西。我騎馬下去看了看，一下子滿心冰涼，原來那是道森的老婆，身上的衣服被撕成了碎片，屍體也被豺狼和土狗吃掉了一半。我沿路往上走了一點點，又發現道森趴在地上，早已經死了，手裏拿着一把放空了的左輪手槍，前方躺着四具彼此交錯的印度

第一次獨立戰爭」。

* 　馬圖拉 (Muttra) 是今日印度中北部的一座城市，在後文所說的阿
　　格拉 (Agra) 東北大約五十公里處。

兵*屍體。我勒住馬兒，不知道該往哪裏去。就在這個時候，我看到滾滾的濃煙從阿貝爾·懷特先生的房子上冒了出來，火焰也開始吞噬房頂。於是我知道，自己已經幫不上東家的忙，跑過去干涉也只能是白白送死。從我站立的地方看過去，幾百個黑鬼正圍着燃燒的房子又跳又叫，身上仍然穿着紅色的印度兵制服。他們中的一些人開始對我指指點點，兩顆子彈擦着我的腦袋嗖嗖飛過。我趕緊穿過稻田奪路而逃，最後就在當天深夜平安地逃進了阿格拉的城牆。

「然而，事實證明阿格拉也不是那麼安全的地方。整個國家都已經像蜂群一樣躁動起來，英國人如果能聚集成小股的隊伍，就還可以勉強守住槍支射程之內的地方。一旦分散開來，他們就成了毫無反抗能力的逃犯。這是一場幾百萬人對幾百人的戰爭，最殘酷的一個事實則是，跟我們打仗的那些人，不管是步兵、騎兵還是炮手，都是我們自己的精銳部隊，都經過我們自己的教導和訓練，手裏拿的都是我們自己的武器，作戰時吹的也都是我們自己的軍號。當時駐扎在阿格拉的部隊包括孟加拉第三燧發槍團、一些錫克士兵†、兩個騎兵排以及一個炮兵連。城裏的職員和商人還組建了一支志願部隊，我也參加了進去，木腿不木腿的都無所謂。七月初，我們到城外的沙岡吉去迎擊

---

* 這裏的印度兵 (sepoy) 指的是英國駐印軍隊當中的印度士兵，此時已經紛紛倒戈。

† 即信奉錫克教 (Sikhism) 的士兵。錫克教是印度的主要宗教之一，印度民族起義爆發之後，旁遮普邦的錫克教徒採取了支持英國政府的立場。

叛軍＊，並且暫時打退了他們。不過，後來我們的彈藥用光了，於是就只好撤回了城裏。

「四面八方傳來的都是最糟糕的消息，這事情也很正常，瞅一眼地圖，你們就知道我們當時所在的城市正好是騷亂的中心。勒克瑙在我們東邊一百多英里的地方，坎普爾在我們南邊，差不多也是這個距離†。隨便你往哪個方向看，看到的都只是酷刑、謀殺和其他暴行。

「阿格拉是一座大城，城裏擠滿了狂熱的異教分子和極其堅定的魔鬼崇拜者，各種各樣的都有。在那些又窄又彎的街道當中，我們這一小群人根本起不到任何作用。因此，我們的頭領決定把營盤搬到河對面，以阿格拉古堡作為陣地。各位，我不知道你們當中有沒有誰讀到過或是聽說過那座古堡。那地方非常古怪，反正我是沒見過比它更古怪的地方，雖然我去過的古怪地方也不算少。第一條，它簡直大得不得了。照我看，古堡的面積不知道得有多少英畝。裏面有一片比較新的地方，我們把士兵、婦女、孩子、給養和其他一切都裝了進去，就這樣也還剩了許多房間。可是，新區的面積根本不能跟那片古老的區域相提並論。誰也不願意去那個老區，全都讓給了蠍子和蜈蚣。裏面到處都是空空盪盪的大廳、曲裏拐彎的過道，還有許多長長的走廊在那裏繞進繞出，這樣一來，走進去就很容易迷路。就是由於這個原因，很少有人到裏面去，只不過，

＊　1857年7月初，阿格拉附近的沙岡吉確曾發生小規模戰役。

†　勒克瑙 (Lucknow) 和坎普爾 (Cawnpore) 都是印度城市，此二城市曾在印度民族起義期間遭受重創，坎普爾還發生過全部英軍包括婦孺均遭屠殺的慘劇。

時不時也有人拉幫結伙，拿着火把去探索一番。

「河水從古堡的前方流過，形成了一道天然的防線。可是，古堡的側面和背後也開着很多門，那些門當然也需要有人把守，不管它們是開在老區，還是開在我們實際佔據的那片新區。我們人手不夠，幾乎無法組織一道覆蓋古堡各個角度的封鎖線，同時又保證各個炮位都有人值守。這樣一來，對於那些數都數不清的門，我們自然不可能道道都加上嚴密的警戒。我們的辦法是在古堡中心設立一個中央警衛室，外面的每道門都只留一名白人衛兵，再加兩三個印度士兵。他們讓我在夜裏一段固定的時間上崗，負責看守古堡西南面一道孤立的小門。我手下有兩名錫克士兵，給我的命令是發現情況就鳴槍示警，聽到槍聲，中央警衛室就會立刻派人支援。可是，中央警衛室遠在兩百步之外，兩百步的空間之內又有一大堆迷宮一般的過道和走廊，因此我非常懷疑，真要是有人襲擊的話，他們能不能及時趕到，能不能幫上忙。

「好了，這份小小的指揮權讓我相當自豪，因為我不過是一名新兵，而且還是個瘸腿的新兵。頭兩個晚上，我都跟那兩個旁遮普邦 * 手下一起站崗。他倆一個叫馬哈默特·辛格，一個叫阿卜杜拉·汗，都是長相兇悍的高個子，也都是扛慣了槍的老兵，曾經在奇連瓦拉 † 跟我們打過仗。他倆的英語講得相當不錯，可我還是沒法從他倆嘴

---

* 這裏的旁遮普邦 (Punjab) 指當時英屬印度的一個大邦，涵蓋今天印巴兩國各自的旁遮普邦以及其他大片區域，是錫克教的大本營。

† 奇連瓦拉 (Chilian Wallah) 是旁遮普邦的一個地區。奇連瓦拉戰役是 1848 至 1849 年間英軍對錫克軍隊第二次戰爭期間的一場戰役。

裏聽到甚麼東西。他倆喜歡站在一起，嘰里咕嚕地說他們那種古怪的錫克話，一整夜都不停。我呢，通常是站在門外，俯瞰那條寬闊曲折的河流，以及那座大城的閃爍燈火。大鼓咚咚，小鼓咣咣，過足了鴉片和大麻癮的叛軍鬼哭狼嚎，這一切都足以提醒我們，讓我們整夜提防河對面的危險鄰居。每隔兩個鐘頭，值夜的軍官就會到各個哨位巡查一遍，為的是確定一切正常。

「第三次站崗的那個夜晚又黑又泥濘，因為天上下起了雨，雖然不大，勢頭卻很猛。趕上這樣的天氣，連着幾個小時站在門口實在是非常煩人。我三番五次想跟那兩個錫克士兵說話，他倆卻始終不怎麼開口。凌晨兩點，軍官來查了一遍崗，暫時打破了這一夜的單調。後來，我發現自己撬不開兩個同伴的嘴巴，只好拿出煙斗，放下火槍來劃火柴。兩個錫克士兵立刻撲了上來，一個抓起火槍來指着我的腦袋，另一個則拿一把巨大的刀子頂住了我的喉嚨，還低聲地警告我，只要我膽敢走上半步，他就要把刀子往裏面捅。

「一開始，我以為這兩個傢伙跟叛軍是一伙，制服我是他們發動進攻的第一步。要是我們這道門落到叛軍手裏的話，城堡就會陷落，城堡裏的婦女和兒童就會落得跟坎普爾那些人一樣的下場。你們幾位興許會覺得我是在往自己臉上貼金，不過我可以保證，一想到坎普爾的事情，我顧不得自己的喉嚨上架着刀子，張開嘴就準備大喊大叫，哪怕這是我最後的一聲叫喊，沒準兒也可以提醒中央警衛室的人。拿刀子頂着我的人似乎看穿了我的心思，所以

呢，就在我鼓足勇氣準備行動的時候，他悄聲說了一句：
『不要叫。古堡不會有危險。河這邊沒有叛軍的奸細。』
他的話聽着不像是說謊，而我也知道，提高嗓門我就會一
命嗚呼，他那雙褐色的眼睛就是這麼說的。就這樣，我默
不作聲地等了一等，想看看他倆到底想把我怎麼着。

「『聽我說，老爺，』說話的是個子更高、長相也
更兇悍的那一個，他們管他叫阿卜杜拉·汗。『您要麼現
在就加入我們，要麼就得永遠把嘴閉上。這件事情實在是
太大，我們沒時間猶豫。要麼您憑基督徒的十字架發誓，
說您真心實意地入伙，要麼我們今天夜裏就把您的屍體扔
下河，然後就到河對面去找我們在叛軍裏的兄弟。沒有第
三條路可走。您要選哪一樣——死還是活？我們只能給您
三分鐘的時間來作決定，因為時間不等人，下一次查崗之
前，所有事情必須辦完。』

「『你們叫我怎麼決定呢？』我說。『你們都沒告訴
我，等下要讓我做甚麼。不過我可以告訴你們，只要你們
的事情對古堡的安全不利，那我就絕對不會參與，那樣的
話，你只管一刀捅到底，用不着客氣。』

「『絕不會對古堡不利，』他說。『我們只是要您去
幹一件事情，您那些同胞到我們的土地上來，為的都是這
件事情。我們要您去發財。只要您今天夜里加入我們，我
們就可以指着這把明晃晃的刀子發誓，發那種從來沒有哪
個錫克人違反過的三重毒誓，保證您可以從弄來的財寶當
中分到公平的一份。四分之一的寶藏歸您，這事情再公道
不過了。』

「『這麼説的話，寶藏究竟是甚麼呢？』我問他們。『我想發財的心情跟你們一樣，你們只需要告訴我這財該怎麼發就行了。』

　　「『那您先得把誓發了，』他説，『拿您父親的身體、您母親的名譽和您信仰的十字架發誓，説您絕不會害我們，不管是動手還是動嘴，不管是現在還是將來，您願意嗎？』

　　「『我可以發誓，』我這麼回答，『只要古堡不會面臨危險就行。』

　　「『這樣的話，我和我的伙伴發誓將寶藏四人均分，讓您得到四分之一。』

　　「『這裏只有三個人啊，』我説。

　　「『您不知道，多斯特·阿克巴也得拿一份。我們可以一邊等他們來，一邊把事情的來由講給您聽。你站到門口去吧，馬哈默特·辛格，看到他們來就通知我們。事情是這樣的，老爺，對了，我把事情告訴您，是因為我知道歐洲佬發誓是算數的，我們可以相信您。如果您是個成天撒謊的印度教徒的話，哪怕您憑着你們那些假廟裏所有的神靈發誓，您的血還是會濺在這把刀子上，您的屍體也還是會到水裏去。不過，錫克人了解英國人，英國人也了解錫克人。行了，您好好聽我講吧。

　　「『北邊那一帶有個土王，雖然沒多少領地，但卻非常有錢。他父親給他留下了很多遺產，他自己弄來的則比繼承來的還要多，因為他這個人生性卑賤，光知道攢

金子，卻不捨得花。騷亂爆發之後，他就想獅子老虎兩面討好，這邊拍着印度士兵，那邊又捧着東印度公司的老爺*。可是，沒多久他就覺得，白人的日子要到頭了，因為他到處打探，聽到的都是白人被屠殺、白人被推翻的消息。不過，他這人生性小心，所以就定下了一個計劃，計劃的目標是不管誰贏，他都能保住至少一半的財寶。這麼着，他就把手頭的金子銀子留在身邊，鎖進了他王宮裏的一個保險庫，又把那些最珍貴的寶石和最稀有的珍珠裝進一個鐵箱子，叫一個靠得住的僕人假扮商人，把箱子送到阿格拉古堡來存放，直到這片土地恢復平靜為止。這樣一來，假如叛軍得勝，他就可以保住自己的金銀，要是公司打贏了呢，他又可以取回自己的珠寶。把家當一分為二之後，他就一頭扎進了叛軍的陣營，因為叛軍在他那片地方佔着上風。您想想看，老爺，他既然做出了這等事情，他的財產也就該歸到那些忠於自己天職的人名下了吧。

「『這個冒牌商人化名阿赫默特，如今已經進了阿格拉城，正打算想辦法進入古堡。他帶了個名叫多斯特·阿克巴的旅伴，這人知道他的秘密，剛好又曾經被我們家收養，算是我的異姓兄弟。多斯特·阿克巴答應了他，今夜就帶他來鑽古堡的邊門，同時又按照自己的算盤，選好了我們把守的這道門。阿赫默特馬上就會來，來了就會發現馬哈默特·辛格和我本人在這裏等他。這地方很偏僻，沒

---

* 印度民族起義之前，英國政府在印度的統治是通過東印度公司實施的。起義後果之一是英國政府於 1858 年 8 月宣佈解散東印度公司，將印度的統治權收歸政府。

人會知道他來過這裏。世上不會再有阿赫默特這個商人，土王的偌大寶藏則由我們平分。您覺得怎麼樣，老爺？』

「在我老家伍斯特郡，人的生命似乎是件又偉大又神聖的東西；不過，一旦你走進了火海血池，習慣了隨時隨地看到死亡，感覺就很不一樣了。對我來説，阿赫默特這個商人的死活是件跟空氣一樣沒有份量的事情，與此同時，聽他説了寶藏的事情之後，我不由得心動不已，想着我有了那些錢，回老家之後可以幹些甚麼，鄉親們看到這個不成才的子弟兜裏裝滿了金幣，又該驚訝成甚麼樣子。這麼一想，我也就下定了決心。可是，阿卜杜拉·汗以為我還在猶豫，説出來的話就更加直白了。

「『想想吧，老爺，』他説，『如果這個人叫司令官給抓住了，肯定逃不脱吊死或者槍決的下場，他身上的珠寶也會充公，誰也別想得到一個子兒的好處。好了，橫豎我們都要抓他，幹嗎不捎帶着把其他的事情一塊兒辦了呢？珠寶歸了我們，比進了公司的錢櫃還要好一些。那些東西足夠把我們幾個都變成巨富，都變成了不起的領袖。誰也不會知道這件事情，因為我們這裏不會有任何別人。還有比這裏更適合下手的地方嗎？好了，我再問一次，老爺，您是要跟我們一起幹，還是要讓我們把您當成敵人。』

「『我全心全意地跟你們一起幹，』我這麼回答他。

「『很好，』他一邊説，一邊把我的火槍還給了我。『瞧，我們信任您，因為您跟我們一樣，不會違背自己的誓言。眼下咱們只需要做一件事情，那就是等我兄弟和那個商人來。』

「『那麼，你兄弟知道你的計劃嗎？』我問。

「計劃是他定的，本來就是他的主意。咱們到門口去吧，跟馬哈默特·辛格一起守着。」

「雨還在下個不停，因為那會兒正是雨季剛剛起頭的時節。褐色的濃雲在天上飄，眼睛能看見的不過是扔塊石頭所能到達的範圍。我們那道門的前面有一道深深的城壕，只不過有些地方差不多已經徹底乾涸，走過來非常容易。我和那兩個野蠻的旁遮普人就這麼站在那裏，等那個人來送死，這樣的情景真讓我覺得十分詭異。

「突然之間，我瞥見城壕之外有一點亮光，看樣子是一盞蒙了罩子的提燈。亮光在一個個土堆之間忽隱忽現，慢慢地朝我們這邊挪了過來。

「『他們來了！』我叫了一聲。

「『您得盤問他，老爺，跟平常一樣，』阿卜杜拉悄聲說。『別讓他起疑心。等下您打發我們跟他一起進去，然後您就留在這裏站崗，剩下的事情我們來幹。您準備好揭開您那盞提燈的罩子，免得我們認錯人。』

「亮光停停走走，一閃一閃地靠了過來，最後我終於看見，兩個黑黢黢的人影出現在了城壕對面。他們爬下傾斜的溝壁，趟過溝底的泥漿，然後又順着門這邊的溝壁往上爬。等他們爬到一半的時候，我才開口盤問。

「我壓低嗓門喝道，『甚麼人來了？』

「『朋友，』有人應了一聲。我揭開提燈的罩子，強烈的燈光照到了他們身上。打頭的是一個塊頭很大的錫克人，黑色的長鬍子幾乎垂到了腰帶上，除了戲台子之外，

我還沒在別的地方看見過個子這麼高的人呢。另一個則矮矮胖胖，圓不溜秋，頂着一塊碩大的黃色纏頭布，手裏拿着一個用布裹着的包袱。他似乎是嚇得全身都在哆嗦，雙手跟瘧疾病人一樣不停抽動，腦袋不停地朝左右兩邊轉，兩隻眼睛又小又亮，活像一隻出了洞的老鼠。想到我們就要把他殺死，我全身都覺得冷颼颼的。可是，一想到那宗寶藏，我的心就硬得跟打火石一樣了。看到我是個白人，他高興地咂了咂嘴，朝我這邊跑了過來。

「『求您保護，老爺，』他上氣不接下氣地說，『求您保護不幸的商人阿赫默特。我從拉伊卜塔納*那邊來，想在阿格拉古堡找個安身之處。我遭過搶，挨過打，還受過其他種種虐待，就因為我一直都是公司的朋友。這可真是個幸運的夜晚，因為我終於來到了安全地帶，我這點兒可憐的家當也安全了。』

「『你的包袱裏面是甚麼東西？』我問他。

「『一隻鐵箱子，』他這麼回答，『裏面有一兩件小小的家庭紀念品，其他人拿着沒用，可我卻捨不得丟下。不過，我並不是甚麼叫花子，我會報答您的，年輕的老爺，還有您的長官，要是他答應給我個安身之處的話。』

「我不敢再跟他說下去。越看他那張驚惶失措的胖臉，我就越沒法狠下心來殺死他。還是趕緊把事情辦完比較好。

「我說了聲，『把他帶到中央警衛室去』，兩個錫

---

*　拉伊卜塔納 (Rajpootana) 是今天印度西北部拉賈斯坦邦 (Rajasthan) 的舊稱，在英國統治時期，這個地區有許多土邦。

克人立刻從兩邊貼住了他，跟他同來的那個大塊頭走在後面，幾個人一起走進了漆黑的門洞。從來沒有誰像眼前這個商人一樣，讓死亡的陰影包裹得這麼緊。我留在了門口，手裏拎着提燈。

「我聽到他們整齊的腳步聲在空盪盪的走廊當中回響。接下來，腳步聲突然停了，換成了吵嚷和扭打的聲音，此外還有重擊的聲音。片刻之後，我突然驚恐地聽到了越來越近的狂奔腳步，還有奔跑的人粗重的呼吸。我把提燈轉向那條又長又直的走廊，只見那個胖子飛也似的跑了過來，滿臉都是血，緊跟在他後面的是那個黑鬍子的錫克大塊頭，來勢像老虎一樣兇猛，手裏的刀子閃着寒光。直到現在，我都沒見過有誰跑得像那個小胖子商人一樣快。他漸漸地甩開了那個錫克人，而我也知道，只要他能過了我這一關，衝到古堡外面，那就還可以撿回一條性命。想到這裏，我的心不由得軟了下來，可是，他身上的財寶又一次讓我硬起了心腸。他從我身邊跑過的時候，我用火槍照他的兩腿掄了過去，他立刻在地上滾了兩圈，像一隻中了槍的兔子。他還沒來得及爬起來，那個錫克人已經撲到了他身上，朝他的肋部連捅了兩刀。其間他沒有呻喚，身子也沒有動，就那麼直挺挺地躺在摔倒的地方。現在想來，他多半是在被我絆倒的時候摔斷了脖子。你們看，先生們，我說話算話，把當時的情況原原本本地告訴了你們，不管它是不是對我有利。」

講到這裏，他停了下來，伸出銬着的雙手，捧起了福爾摩斯先前斟給他的那杯威士忌加蘇打水。説實在話，

那時我已經完全認清了他極度殘忍的本性，不光因為他親身參與了這樣一樁冷血無情的勾當，更因為他講述這件事情的方式多少有點兒油嘴滑舌、輕鬆隨意。當時我就想，不管他面臨着甚麼樣的懲罰，都別想從我這裏得到絲毫同情。歇洛克·福爾摩斯和瓊斯坐在那裏，雙手放在膝上，聽得雖然非常專注，臉上卻掛着同樣的反感表情。斯莫想必是注意到了這一點，所以呢，接着往下講的時候，他的聲音和神態都帶上了一點兒挑釁的意思。

「當然嘍，這些事情都非常糟糕，」他說道。「我只是想知道，若是處在我當時的位置，明知道拒絕沒有任何用處，僅僅是讓別人割斷自己的喉嚨，還有多少人會拒絕這樣一份財寶。再說了，他進了古堡之後，我跟他就不可能同時活着了。假使他跑了出去，整件事情就會暴露，而我就會站上軍事法庭，最後也多半會吃槍子兒，那樣的年月，大家可不講甚麼寬大為懷。」

「接着講你的故事吧，」福爾摩斯簡短地回了一句。

「呃，我們三個把他抬了進去，阿卜杜拉、阿克巴和我。別看他個子那麼矮，分量可着實不輕。馬哈默特·辛格留在外面把門。我們把他抬到了那幾個錫克人預先找好的一個地方。那地方離門口有段距離，我們穿過一段曲裏拐彎的過道，走進了一個空無一物的大廳，大廳的磚牆垮塌得非常厲害。泥土地面上有個凹坑，形成了一個天然的墓穴，於是我們就把商人阿赫默特留在了那裏，當然嘍，那是在我們用鬆脫的磚頭把他蓋起來之後。這件事情辦完之後，我們就一起跑回了寶藏所在的地方。

「他剛剛遭到襲擊的時候，寶物箱子就掉在了地上，這會兒也還在原來的位置。我說的那個箱子，眼下就敞着蓋子躺在你們的桌子上。箱子頂蓋的雕花把手上繫着一條絲繩，鑰匙就吊在絲繩上面。我們打開箱子，提燈的光線照出了一大堆閃閃發亮的珠寶，我還在珀夏鎮上當小孩子的時候，從書裏面讀到的就是這種東西，心裏想像的也是這種東西。它們亮得叫人睜不開眼睛。看飽了之後，我們就把所有的珠寶拿了出來，給它們列了一張清單。其中有一百四十三顆上等鑽石，我還記得，那顆名為『莫臥兒大帝』* 的鑽石也在裏面，據說是世界上第二大的鑽石。接下來是九十七顆上好翡翠和一百七十顆紅寶石，當然，有一些紅寶石不算特別大。再下來是四十顆石榴石、二百一十顆藍寶石和六十一顆瑪瑙，以及無數顆綠柱石、縞瑪瑙、貓眼石、綠松石和其他寶石，當時我並不知道那些寶石的名稱，是後來才慢慢熟悉起來的。此外還有將近三百顆上好珍珠，其中的十二顆鑲在一個黃金的頭冠上。對了，我說的最後一樣東西被人從箱子裏拿走了，我找回箱子的時候，它已經不在裏面了。

「清點完財寶之後，我們把它們放回了箱子裏面，又把它們帶到門口去給馬哈默特·辛格看。接下來，我們非常鄭重地發了第二遍誓，發誓同心協力、嚴守秘密。我們一致同意把財寶藏到一個安全的地方，等這個國家太平了再拿出來平分。馬上就分是不行的，如果人家發現我們身

---

* 莫臥兒大帝 (the Great Mogul) 指莫臥兒帝國 (1526–1857) 的君主，該帝國曾統治南亞次大陸大部分地區，後成為英國殖民者的附庸，並在印度民族起義之後滅亡。

上有這麼貴重的珠寶，肯定會起疑心，再說了，古堡裏沒有隱私這樣東西，我們也沒有收藏珠寶的地方。這麼着，我們把箱子帶回了埋屍體的那個大廳，找了一堵相對來說最完好的牆，在牆上掏了個洞，把寶藏放了進去。我們仔仔細細地記好了那個地方，第二天我就畫了四張地圖，一人一張，還在地圖下端加上了我們四個人的簽名，因為我們已經發了誓，每個人都得按大家的共同利益辦事，誰也別想佔便宜。到今天，我可以拍着胸脯保證，我從來沒有違背過這個誓言。

「呃，印度兵變的結果你們幾位都知道，用不着我來講。等威爾遜攻下德里、科林爵士解救勒克瑙之後 *，這場叛亂的主心骨也就斷了。增援部隊不斷湧來，『納納老爺』消失在了邊境之外 †。戈里瑟德上校率領一支快速縱隊來到阿格拉 ‡，趕跑了那些作亂的奴才。整個國家似乎正在安穩下來，我們四個也看到了希望，都以為過不了多久，我們就可以帶着分到的財寶安全脫身了。沒想到，希望轉眼之間就成了泡影，因為我們被逮了起來，罪名正是謀殺阿赫默特。

---

* 印度民族起義爆發之後，反抗軍推莫臥兒末代君主為王，定都德里。圍攻德里的英軍統帥為威爾遜 (Archdale Wilson, 1803–1874)，攻下德里的時間是 1857 年 9 月；科林爵士 (Colin Campbell, 1792–1863) 曾在印度民族起義期間擔任印度英軍總司令，並率軍於 1857 年 10 月及 11 月兩次解救被圍困的勒克瑙。

† 「納納老爺」(Nana Sahib) 是印度民族起義領袖之一東都·潘特 (Dhondu Pant, 1824– ？) 的別名。他一度控制了坎普爾，在英軍於 1857 年 7 月攻佔坎普爾之後即下落不明，傳聞之一是逃到了國外。

‡ 戈里瑟德上校 (Edward Greathed, 1812–1881) 為當時的英軍將領，於 1857 年 10 月率軍進入阿格拉。

「事情是這樣的，那個土王放心地把珠寶交給了阿赫默特，是因為他知道這個人靠得住。可是，那些東方佬的疑心病確實重，所以呢，那個土王又派出了一個更靠得住的僕人，叫他跟在後面監視阿赫默特，而且命令他，無論如何也不能讓阿赫默特跑出自己的視線範圍。這麼着，他就像影子一樣跟着阿赫默特，那天晚上也看到阿赫默特走進了我們把守的門。他自然以為阿赫默特已經在古堡裏面找到了落腳的地方，於是就在第二天取得許可跟了進來，但卻看不到阿赫默特的影子。他覺得事情非常蹊蹺，就跟我們那支混編部隊的一名士官説了，士官又把事情告訴了司令官。他們馬上就對古堡進行了一次徹底的搜查，屍體也被找了出來。結果呢，我們剛剛開始覺得萬事大吉，他們就逮住了我們，還把我們送上了法庭，罪名是涉嫌謀殺——我們四個當中，三個是因為當晚負責把守那道門而惹上了嫌疑，剩下的一個則是因為人家知道他當時跟受害者在一起。整個審判當中都沒有人提到寶藏的事情，因為那個土王已經遭到廢黜，而且被趕出了印度，寶藏由此變成了無主之物，沒有人特別關注。另一方面，他們倒是把謀殺的事情審得明明白白，並且斷定我們四個都有份。三個錫克人被判終身苦役，我得到的則是死刑。只不過，他們後來又發了慈悲，給了我一個跟他們一樣的判決。

「於是乎，我們陷入了一種十分古怪的處境。一方面，我們四個都被鐐銬捆住了手腳，擺脫的機會只能説是非常渺茫；另一方面，我們四個的心裏都藏着一個秘密，一旦這個秘密派上了用場，我們四個就都可以住上宮殿。

為了吃幾粒糙米喝幾口涼水，我就不得不忍受所有那些神氣活現的小小獄卒，任由他們拳打腳踢，與此同時，那筆巨大的財富就在外面好端端地擺着，只等着我去拿，這樣的情形，給人的感覺真像是心裏有無數隻螞蟻在咬。面臨這樣的處境，瘋了也是常事，幸好我向來皮糙肉厚，所以才能夠堅持下來，靜靜地等待機會。

「到最後，機會似乎來到了我的眼前。他們把我從阿格拉挪到馬德拉斯＊，又從馬德拉斯挪到了安達曼群島當中的布萊爾島。那地方的白人囚犯非常少，再加上我從一開始就很守規矩，所以呢，我很快就得到了一點兒小小的特權。他們在哈雷特山麓的霍普小鎮給我弄了間小木屋，基本上不怎麼管我。布萊爾島是個熱病蔓延的倒霉地方，除了我們所在的那幾塊小小空地之外，到處都有大群大群的食人生番，逮到機會就用吹管向我們放毒箭。我們在那裏挖溝開渠，種植山藥，此外還有十幾樣活計要幹，因此就整天忙忙叨叨，到晚上才能有點兒自己的時間。我漸漸地學到了一些本領，其中之一就是跟一名軍醫學會了配藥，外加一點兒半通不通的醫學知識。每時每刻，我都在尋找逃跑的機會，只可惜那個島離任何一塊陸地都有幾百英里遠，海上又沒有甚麼風，逃跑實在是一件無比困難的事情。

「軍醫是個名叫索默頓的小伙子，生活隨便，喜歡賭博，其他的年輕軍官經常是天一黑就到他家去打牌。醫務

＊　馬德拉斯 (Madras) 是金奈 (Chennai) 的舊稱，為印度東南部港口城市。

室跟他家的客廳只有一牆之隔，牆上還開了一扇小窗子，而我常常到那裏去配藥。覺得寂寞的時候，我經常都會關掉醫務室的燈，站在窗子跟前聽他們說話、看他們打牌。我自己就喜歡打兩把，看別人打也跟自己打差不太多。牌友當中有舒爾托少校、莫斯坦上尉和布羅姆里・布朗中尉，他們都是本地駐軍的指揮官。此外還有醫生本人以及兩三個獄官，幾個獄官都是牌技高超的老手，打得一手招數繁多、穩贏不輸的好牌。他們這幫子人聚在一起，場面總是非常快活的。

「是這樣，沒過多久，我就注意到了一件事情，當兵的總是輸，幹文職的總是贏。注意，我可不是說這中間有人搞鬼，說的只是當時的實際情況。那些獄官來安達曼之後就沒幹過甚麼別的，天天都在打牌，對彼此的牌路也熟到了相當的程度，其他人打牌卻只是為了混時間，隨隨便便把牌扔出去就算完。這麼着，當兵的一晚窮過一晚，越窮就越想翻本。舒爾托少校輸得最慘，他剛開始都用金幣和紙鈔來付賭賬，很快就用上了手寫的紙條，紙條上的數字還相當之大。有時候他也能贏上幾把，剛好夠維持他繼續打的信心，隨之而來的就是比以前任何時候都要霉的運氣。他整天黑着個雷公臉轉來轉去，而且還開始拼命喝酒，遠遠超過了應有的限度。

「一天晚上，他輸得比平常還要慘。我正在自個兒的小屋裏坐着，忽然聽見他和莫斯坦上尉搖搖晃晃地往住處走。他們兩個是非常要好的朋友，從來都是形影不離。當時，少校正在一個勁兒地抱怨自己的損失。

「他倆從我那座小屋經過的時候，少校剛好在說，『全完了，莫斯坦。我看我只能辭職了。我這個人算是完蛋了。』」

「『別胡說，老伙計！』上尉一邊說，一邊拍他的肩膀。『我還不是輸得一塌糊塗，可是——』當時我只聽見了這麼多，不過，這已經足夠讓我浮想聯翩了。」

「兩天以後，舒爾托少校在海灘上閒逛，於是我趁機跟他搭話。

「『我想聽聽您的建議，少校，』我說。

「『是嗎，斯莫，甚麼事情？』他把嘴裏的雪茄拿了下來，問了一句。

「『我早就想問您，長官，』我說，『秘密的寶藏應該上交給誰比較合適。有一宗價值五十萬鎊的寶藏，我知道它的下落，還有呢，我自己反正也用不上，所以就覺得，最好的辦法就是把它交給合適的當權人士，沒準兒，他們還會給我減點兒刑呢。』

「『你說的是五十萬嗎，斯莫？』他吸了一口涼氣，死死地盯着我，想知道我是不是在開玩笑。

「『確實有這個數，長官——全都是寶石和珍珠。寶藏就擺在那裏，誰都可以去取。還有啊，最妙的事情是真正的主人已經遭到驅逐，沒法索要這筆財產，所以呢，誰第一個去，寶藏就歸誰。』

「『交給政府吧，斯莫，』他結結巴巴地說，『交給政府。』可是，他這話說得吞吞吐吐，我心裏立刻明白，他已經被我釣上了。

「『這麼說，長官，您的意見是我應該把寶藏的下落交給總督，對嗎？』我平靜地說。

「『呃，呃，做甚麼事都不能着急，要不然就會後悔。你把前前後後的事情都講給我聽吧，斯莫。讓我了解一下具體的情況。』

「我把所有的事情都告訴了他，只作了一些小小的改動，免得他聽出具體的地點。我講完之後，他一動不動地站在原地，一個勁兒地想來想去。他的嘴唇不停抽搐，內心的掙扎顯然是十分劇烈。

「『這是件非常重大的事情，斯莫，』他終於開了口。『你千萬別跟任何人說一個字，我很快就會來找你的。』

「兩個晚上之後，他和他的朋友，也就是莫斯坦上尉，一起跑進了我的小屋，來的時候深更半夜，還拿了一盞提燈。

「『我要你再講一遍，讓莫斯坦上尉聽你親口說這件事情，斯莫，』他說。

「我原原本本地重覆了一遍。

「『聽着不假，對吧？』他說。『值得咱們幹一票吧？』

「莫斯坦上尉點了點頭。

「『聽着，斯莫，』少校說。『我和我這位朋友，我倆已經討論過了，結論是不管怎麼看，你這個秘密也只是你私人的事情，算不上甚麼政府公務，所以呢，你當然有權按你自己覺得最合適的方法來處理。現在的問題是，你打算給它標一個甚麼樣的價碼呢？條件能談攏的話，我倆

興許會接下這件事情，至少也會好好地研究一下。』他拼命想裝出一副若無其事、漠不關心的口吻，眼睛卻閃閃發亮，裏面全都是興奮和貪婪。

「『咳，說到價碼嘛，先生們，』我也想裝得若無其事，心裏卻跟他一樣興奮，『我落到眼下這步田地，能開出的自然只有一個條件。我希望你們幫我爭取自由，同時也要幫我那三個朋友。那樣的話，我們就可以算你們入了伙，可以給你們五分之一的寶藏，由你們自個兒去分。』

「『哼！』他說。『五分之一！這條件可不怎麼誘人。』

「『算下來，每人也有五萬鎊哩，』我說。

「『可是，你叫我們怎麼給你自由？你應該非常清楚，你要求的事情根本辦不到啊。』

「『完全可以辦到，』我回答說。『我已經從頭到尾想好了整件事情。我們逃跑的障礙僅僅是弄不到適於航行的船，也弄不到航行期間需要的給養。加爾各答或者馬德拉斯有的是小遊艇和小快艇，全都可以滿足我們的需要。你們幫我們弄一艘來吧，我們可以在夜裏上船，然後呢，你們在印度本土的海岸上隨便找個地方把我們放下，就算是完成了交易的條件。』

「『就你一個人的話，事情還好辦，』他說。

「『要不都走，要不都別走，』我這麼回答。『我們發過誓的，四個人必須一起行動。』

「『瞧瞧，莫斯坦，』他說，『斯莫可是條說話算話的漢子哩。既然他這麼對得起朋友，要我說，咱們完全可以信任他。』

「『這可不是甚麼光彩事情，』另一個回答他。『不過，你說得沒錯，這筆錢確實能讓咱們體體面面地保住軍銜。』

「『好吧，斯莫，』少校說，『依我看，我們只能按你說的辦了。當然，我們首先得檢驗你說的事情可不可靠。你把那個箱子的下落告訴我，然後我請個假，坐每個月一班的給養船回印度本土去查一查這件事情。』

「他越來越急切，我倒是越來越冷靜。於是我說，『不能這麼着急。我必須先徵得三個伙伴的同意。我跟你說過，我們四個是一體的。』

「『瞎扯！』他打斷了我。『那三個黑傢伙跟咱們的約定有甚麼關係？』

「『黑也好，藍也好，』我說，『他們總歸是跟我一體的，我們必須一起走。』

「就這樣，事情在我們第二次見面的時候有了結果，當時馬哈默特·辛格、阿卜杜拉·汗和多斯特·阿克巴都在場。大家又討論了一遍，總算是達成了一個協議。我們的責任是給兩位軍官一人一張阿格拉古堡的局部地圖，並且把牆上那個藏寶的地方標出來。舒爾托少校的責任是去印度本土核查我們說的事情是否真實。看到箱子之後，他得把箱子留在原來的地方，打發一艘配好給養的小快艇去拉特蘭島等我們，之後就趕回來處理他的軍務。等他回來之後，莫斯坦上尉就請假去阿格拉，跟我們一起對寶藏進行最後的分割，然後再把少校和他自己的份額一塊兒帶走。所有這些安排，我們全都發了誓要遵行不渝，用的還

是腦袋想得到、嘴巴説得出的最最鄭重的誓言。這之後，我拿上紙和墨水幹了一整夜，第二天早上就準備好了兩張地圖，還給每張地圖加上了『四簽名』，也就是阿卜杜拉、阿克巴、馬哈默特和我的簽名。

「呃，先生們，估計你們已經聽煩了我這個沒完沒了的故事，同時我也知道，我朋友瓊斯先生還急着把我穩穩當當地送進監房呢。我盡量長話短説好了。拿到地圖之後，舒爾托這個惡棍去了印度本土，從此就再也沒有回來。莫斯坦上尉給我看了一艘郵輪的旅客名單，名單裏有舒爾托的名字。舒爾托去印度本土之後沒幾天，那艘郵輪就駛向了英國。原來他叔叔死了，還留了一大筆遺產給他，所以他退了役。即便如此，他仍然不惜紆尊降貴，用這樣的手段來對付我們五個人。沒多久之後，莫斯坦去了一趟阿格拉，結果不出我們所料，寶藏的確沒了。這個無賴偷走了全部的財寶，但卻沒有兌現他用來換取秘密的任何一個條件。從那個時候開始，我活着的目的就只剩下了報仇。報仇的念頭白天在我腦子裏盤旋，夜晚也在我心窩裏滋長，最終就變成了一種無法遏制也無法忘懷的強烈願望。我壓根兒不考慮法律，也不把絞架放在眼裏，一心只想着逃出監獄、找到舒爾托，最後再親手扭斷他的脖子。跟宰掉舒爾托相比，就連阿格拉寶藏也變成了一件次要的事情。

「説起來，我這輩子也立過不少志向，沒實現的還真是找不出來。不過，時機到來之前的那些個年頭，日子確實是非常難熬。前面我跟你們講過，我學了點兒醫學知

識。後來有一天，一幫囚犯在林子裏撿到了一個安達曼本地的小生番，那個小生番已經不行了，所以才跑到一個僻靜地方去等死。囚犯們把他送到了醫務室，不巧的是索默頓醫生發了燒，起不了床。那個生番像小蛇一樣惡毒，可我還是收下了他。我給他治了兩個月之後，他的病好了，可以站起來走路了。打那以後，他就對我產生了某種感情，再也不願意回林子裏去，老是在我的小屋周圍轉悠。再後來，我跟他學了一點兒他們的話，他對我的態度就更熱乎了。

「他名叫童加，是個技藝嫻熟的船夫，自己還有一條又大又寬敞的獨木船。我發現他對我非常忠心，為了我甚麼都肯幹，於是就意識到，逃跑的機會已經來到。我跟他商量了一下，把時間定在了某一天的晚上，到時候，他會划着船到一個向來無人看守的老碼頭去接我。除此之外，我還吩咐他帶上幾葫蘆水，外加一大堆的山藥、椰子和番薯。

「說一不二、絕不含糊，小童加這個人就是這樣。比他還忠實的伙伴，這世上從來也不曾有過。在我們說好的那個晚上，他帶着船等在了碼頭。機緣巧合，有個獄卒剛好出現在了那裏——那是個帕坦族 * 惡棍，只要能有侮辱我、折磨我的機會，他從來都不肯放過。我一直都想找他報仇，這下子可算逮着了機會。命運似乎是特地讓他來擋我的道，好讓我在離開那個島之前把賬算清。當時他背對

---

* 帕坦族 (Pathans) 即普什圖族 (Pashtuns)，為阿富汗第一大民族，也是巴基斯坦的主要民族之一。

着我站在岸邊，卡賓槍挎在肩上。我東張西望，想找塊石頭來砸開他的腦袋，只可惜一塊也找不到。

「接下來，我腦子裏冒出了一個古怪的主意，一下子看清了該到哪裏去找武器。我在黑暗之中坐了下來，解下了自己的木腿。之後我連跳了三大步，就這麼撲到了他的跟前。他把卡賓槍端了起來，可我已經結結實實地給了他一下，把他的整張臉都打得凹了進去。你們瞧瞧，木腿上的這條裂縫就是打他的時候留下的紀念。接下來，我們兩個一起摔到了地上，因為我保持不了平衡。不過，等我爬起來的時候，他仍然無聲無息地躺在地上。我走到船邊，一小時之後就出了海。童加帶上了自己的全部家當，包括他使用的武器，還有他敬奉的神靈。其中有一根長長的竹矛和幾張安達曼棕毛蓆子，我倆就用這些家什做了張勉強算是帆的東西。我們在海裏晃盪了十天，聽憑命運的擺佈，到第十一天才被一條商船救了上去。那條船從新加坡開往吉達，裝了滿滿一船的馬來族朝聖者*。那幫人非常古怪，可我和童加很快就在他們中間安頓了下來。他們有一種特別好的品性，那就是由得你自個兒待着，甚麼問題也不問。

「呃，要是把我和我那個小伙伴的冒險經歷全部講出來的話，你們是不會感謝我的，那樣的話，你們恐怕得在這兒待到太陽出來呢。總而言之，我倆在世界各地四處漂流，但卻總是讓這樣那樣的事情絆着，總也到不了倫敦。

---

* 吉達 (Jiddah) 是紅海上的一個港口，今屬沙特阿拉伯，歷來是穆斯林朝聖者前往伊斯蘭聖地麥加的中轉站。

可是，我從來都沒有忘記過自己的目標，連做夢都會夢見舒爾托。在夢裏面，我已經宰了他千百次。到最後，大概是三四年之前吧，我倆終於來到了英格蘭。我沒費甚麼勁兒就找到了舒爾托的住處，跟着就開始調查，他是把寶藏留在手上，還是拿它去換了現錢。我交了個能幫得上忙的朋友，朋友的名字我就不說了，免得給別人惹來麻煩。總之我很快就發現，那些珠寶還在他的手裏。接下來，我千方百計地找他尋仇，可他這個人非常狡猾，身邊又總有兩個職業拳手守着，還不算他的兩個兒子和他那個吉特默迦。

「有一天，我聽說他快要死了。想到他就要以這麼便宜的方法逃脫我的報復，我實在咽不下這口氣，馬上就溜進了他家的院子。我往窗子裏面看，發現他躺在床上，兩個兒子站在床的兩邊。我正打算不顧一切地衝進房間，跟他們三個拼個你死我活，突然卻看見他腦袋耷拉了下去，知道他已經上了路。不過，當天晚上我就跑進他的房間，檢查了他的那些文件，想知道他把我們的珠寶藏在了哪裏。可他的文件裏沒有任何記錄，所以我只好離開，心裏萬分痛苦，萬分憤怒。離開之前，我突然想到，我應該為我們的仇恨留下一點兒記號，那樣的話，萬一我還有機會再見到那些錫克朋友，說起來也是件讓人解氣的事情。於是我按照地圖上的原樣，把我們的『四簽名』潦草地寫在了紙上，又把紙釘在了他的胸口。我們這些人受了他的洗劫和愚弄，如果不趁在他進墳墓之前給他留點兒信物的話，實在是太便宜他了。

「這些年當中，為了餬口，我總是待在集市之類的地方，把可憐的童加當作吃人的黑生番來展覽。他可以表演吃生肉，跳他的那種戰舞，這麼着，一天下來，我倆總是能賺到滿滿一帽子的銅板。我仍然可以隨時聽到龐第切瑞別墅那邊的消息，當然嘍，幾年當中也沒有甚麼別的消息，只知道他們正在尋找寶藏。不過，最後我終於聽到了那個等待已久的消息，聽說他們找到了寶藏，寶藏就在屋子的頂層，在巴索洛繆·舒爾托先生的化學實驗室裏。我立刻趕去看了看那個地方，結果卻發現，拖着我這條木腿，我根本就爬不進那個房間。還好，我知道屋頂上有道活門，也知道舒爾托先生甚麼時間吃晚飯。照我看，只要有童加幫忙，這事情並不難辦。這麼着，我帶着他一起去了那裏，把一根長長的繩子盤在了他的腰間。他爬牆的動作靈活得跟貓一樣，很快就從屋頂鑽了進去。倒霉的是，巴索洛繆·舒爾托還沒有離開房間，結果就為我們的霉運付出了代價。童加肯定是覺得，殺他的事情辦得非常漂亮，因為我順着繩子爬上去的時候，發現他正在大搖大擺地走來走去，神氣得像隻孔雀。看到我用繩子抽他，還罵他是個嗜血成性的小妖怪，他可真是吃驚不小。接下來，我在桌上留了個『四簽名』的標記，表示珠寶終於回到了那些最應該得到它的人手裏，然後就把寶物箱子縋到地面，自己也跟着滑了下去。我走了之後，童加把繩子收了上去，接着就關上窗子，按他的來路離開了。

「依我看，要講的事情我已經講得差不多了。之前我聽一個船夫說過，史密斯的『曙光號』是艘非常快的汽艇，

於是就覺得，這倒是一件非常好用的逃跑工具。我跟老史密斯講好，只要他能把我倆安全地送上輪船，我就給他一大筆錢。當然，他看得出事情有點兒蹊蹺，可他並不知道我倆的秘密。我說的這些句句是實，還有啊，我把這些事情告訴你們，先生們，並不是為了給你們找甚麼樂子，因為你們對我也說不上特別地好。我只是覺得，要想替我自己辯護，最好的方法就是毫無保留地說出事情的真相，讓所有的人知道，我曾經在舒爾托少校的手裏受過多麼大的冤屈，在他兒子遇害的事情上又是多麼地無辜。」

「你這個故事很不一般，」歇洛克・福爾摩斯說道。「正好用來給這件極其有趣的案子收尾。你這個故事的後半段全都是我早已知道的舊聞，新鮮的事情只有一件，因為我確實不知道，那根繩子是你自個兒帶去的。對了，我本來以為童加的毒箭全都丟了呢，沒承想，到了船上的時候，他還是衝我們放了一箭。」

「的確是全都丟了，先生，那一根是本來就在吹管裏的。」

「哦，可不是嘛，」福爾摩斯說道。「這一點我倒沒想到。」

「你們還有甚麼想問的嗎？」犯人問得很是殷勤。

「應該沒了，謝謝你，」我室友回答道。

「我說，福爾摩斯，」埃瑟尼・瓊斯說道，「你老是讓大家遷就你，大家也都知道，你是個喜歡收集罪案的鑑賞家。不過，職責終歸是職責，眼下呢，為了遷就你和你的朋友，我已經通融得太多了。如果能把這位故事大王安

全地送進號子的話，我心裏興許能踏實一點兒。馬車在外面等着呢，再說了，樓下還有兩名督察。我非常感謝兩位的協助，當然，審判的時候還得麻煩兩位。晚安，兩位。」

「晚安，兩位先生，」喬納森·斯莫說道。

「你先請，斯莫，」走出房間的時候，機警的瓊斯先生說了一句。「我得多留點兒神，不管你究竟對安達曼群島的那位先生做過些甚麼，我反正不能讓你把木腿用到我的身上。」

我倆坐在原地，默不作聲地抽了一會兒煙。「好啦，咱們這齣小小的戲劇總算是唱到了盡頭，」我開口說道。「要我說，以後我恐怕沒機會研究你的破案方法了。承蒙莫斯坦小姐惠允，我已經成了她的未婚夫。」

他發出了一聲淒慘至極的呻吟。

「我就擔心會是這樣，」他說道。「對不住，我真的沒法向你道喜。」

我覺得有點兒不悅。

「我這個選擇讓你這麼不滿，有甚麼理由嗎？」我問道。

「沒那回事。我認為她是我見過的最迷人的年輕女士之一，興許還會對咱們一直在做的這類工作大有幫助。她無疑具有這方面的天賦，證據就是她能從父親留下的眾多文件當中挑出那張阿格拉藏寶圖。然而，愛情是一種情緒化的東西，與此同時，任何情緒化的東西都與真真正正的冷靜理性格格不入，後者才是我最為推崇的東西。我永遠也不會結婚，免得影響自己的判斷力。」

「我敢肯定,」我笑着説,「我的判斷力還是經得住考驗的。怎麼,你看起來很疲憊啊。」

「是啊,後遺症已經發作了。接下來,我多半得像一堆破布一樣癱上一個星期。」

「怪事,」我説道,「你怎麼老是這樣,一會兒有氣無力,放在別人身上我就要稱為懶惰,一會兒又突然爆發,渾身上下都有用不完的能量和活力。」

「沒錯,」他回答道,「我身體裏面藏着一個如假包換的懶漢,同時又藏着一個手不停腳不住的好動傢伙。我常常都會想到歌德老先生的這句話:

「嘆的是上蒼只給你一個軀體,皆因你一身材料足以造就兩人,一個是高貴的紳士,一個是卑污的惡棍*。

「對了,説到諾伍德這件案子嘛,你瞧,正像我推測的那樣,那座房子裏的確有他倆的內應,內應不會是別人,只能是那個名叫拉爾·勞的男僕。如此説來,瓊斯撒出去的那張大網還是網到了一條魚的,這份榮耀完全歸他,不容他人瓜分。」

「這種分法可不怎麼公平,」我説道。「這件案子完全是你一個人破的。我通過它得到了妻子,瓊斯通過它得到了功績,你説説,剩給你的還有甚麼呢?」

「我嘛,」歇洛克·福爾摩斯説道,「我還有我的可卡因瓶子。」話音未落,他就把瘦長白皙的手伸向了那個藥瓶。

---

* 這首原文為德語的短詩出自歌德與席勒 (Friedrich Schiller, 1759–1805) 合著的諷刺短詩集《待客的禮物》(*Die Xenien*, 1796)。

ISBN 978-0-19-399543-7

福爾摩斯全集 I